ヒポクラテスの憂《ゆう》鬱《うつ》

中山七里

祥伝社文庫

目次

一　堕《お》ちる

1

『みんなー、あーゆのスプリング・コンサートに来てくれてありがとー』

オープニング曲を歌い終えた佐倉亜由美《さくらあゆみ》は、ステージの上から観客に向かって絶叫した。

「あーゆっ」

「あーゆっ」

さいたまスーパーアリーナをほぼ埋《う》め尽くした観客が亜由美に応《こた》えると、ステージの底がびりびりと震えた。この震え方の大小が、そのまま人気の高さに比例する。

『今日はー、あーゆのー、デビューしてちょうど三周年の日でーすっ』

「おおおーっ」

「おめでとーっ」

『三年前のー、デビューコンサートではー、お客さんは十五人でしたー。今ではー、こんなに来てくれてー、あーゆは世界で一番幸せでーす！』

今日のコンサートはスタジアムモードで座席数は約三万六千五百席、およそ九分の入りなので約三万二千人を動員した勘定になる。

デビュー三年目にしてこれだけの観客を動員することには相応の意味がある。年間デビューするアイドルは約二千人だが、二年のうちにそのほとんどが消えていく。つまり三年目でこれだけのファンを集められるのは、亜由美がアイドルの生存競争に打ち勝ったことを、そしてまだしばらくは人気を維持できることを示している。このコンサートは亜由美とプロダクション、そしてファンがそれを確認し合う場でもあった。

アイドルグループ全盛の時期にあって、個人のアイドルは最初から劣勢を強《し》いられている。よほど強烈な個性がない限り数の中に埋没《まいぼつ》してしまうのだ。そんな状況の下《もと》、佐倉亜由美の健闘ぶりは芸能記者も一目《いちもく》置くところだった。人並み外《はず》れた美貌《びぼう》も秀《ひい》でた歌唱力もない。だがドラマの端役《はやく》もバラエティでのいじられ役も懸命にこなしているのが好感度を上げた。最近では現場で躓《つまず》いて転ぶなど、どこか抜けた部分もプラス材料となった。

ＣＤの売れ行きが落ち込んで久しい。ネット配信やＹｏｕＴｕｂｅが幅《はば》を利《き》かせる一方でＣＤの出荷量は減少の一途《いっと》を辿《たど》り、先ごろはかつて歌姫として一世を風靡《ふうび》した女性歌手のCD売り上げが四千枚を切ったとして業界を震え上がらせたものだ。

そんな中、佐倉亜由美はCDの売り上げでも業界に貢献《こうけん》していた。握手券の特典つきという前提があるにせよ、発売最初の週で二万枚を売ってしまうアイドルはなかなかいない。歌唱力はさておき、その販売力だけでも大した存在価値がある。

『なんだかあー晴れてるんだか曇《くも》ってるんだかあー、よく分かんない空だけどー、あーゆは今日も元気でえっすー』

「おおーうっ」

「ちゃんと晴れてるよー」

『あはははー、とにかくさー、もやもやしたもの、吹っ飛ばすために歌うからねー、みんな、ちゃあんとついてきてよー』

「まかせとけーいっ」

『じゃあ二曲目いくよー。〈トライ・アゲイン〉！』

一気にテンションが上がる。〈トライ・アゲイン〉こそは亜由美の名を世間に知らしめたアップチューンのヒット曲で、コンサートを盛り上げる定番でもあった。

矢庭《やにわ》にベースギターの演奏が入り、ドラムが第一打を放つと同時にステージ脇のキャノン砲からメタリックテープが放出される。

「おおーうっ」

放たれた二百本のテープにライトが反射し、会場が眩《まばゆ》く彩《いろど》られる。亜由美がステージの前に向かって走り出す。いつもステージぎりぎりの場所で歌い踊るのが、亜由美のパフォーマンス・スタイルだった。

だがその時、誰も予想し得なかったことが起きた。

一歩踏み出したかと思うと、亜由美は大きくよろけて前方に倒れ込んだ。

そしてあろうことか、そのままステージを転がり続け、端から身を躍《おど》らせたのだ。

ステージ衣装をはためかせながら亜由美は十五メートル下に落ちていく。それは最前列の観客には、まるでスローモーションのように映った。

ぐしゃっ、という肉の潰《つぶ》れる音を亜由美のヘッドセットマイクが拾った。演奏が中断した無音の中、キーンというヒス音だけが観客の耳を劈《つんざ》いた。

会場から悲鳴が上がったのはその直後だった。

ステージ真下の足場近くに、亜由美の身体《からだ》があった。手足は有り得ない方向に曲がっている。変事を悟《さと》った警備員とスタッフたちがすぐに駆《か》けつける。

だが既《すで》に手遅れだった。

亜由美は即死していた。

*

桜の花弁が舞い散る頃になれば、キャンパスの中には新しい顔が目立つようになる。どの顔にも期待と不安が混在しているが、きっとこれはどこの大学でも同じなのだろう。自分にもあんな頃があったのだと、栂野真琴《つがのまこと》は少しくすぐったいような気持ちを味わいながら校舎に入る。

今日、四月一日は真琴が正式に浦和《うらわ》医大法医学教室の助教として登録された日でもある。以前のような人数調整でもお客さん扱いでもなく正式な大学職員だ。光崎《みつざき》教授やキャシー准《じゅん》教授とともに重責を担《にな》うことになった初日だった。

たったの数カ月だったが法医学教室で得たものは大きかった。知識だけではない。将来、医師を生業《なりわい》としていくために必要な心構えも教わった。晴れて法医学教室の一員となったからには、あの無愛想な老教授からもっともっと知識を吸収してやろう。

教室の前に立ち、清新な心持ちで深呼吸を一つ。さあ、これが新たな第一歩だとドアを開けた瞬間、視界に飛び込んできたのは予想外の人物だった。

「よお、真琴先生」

所在なげな古手川《こてがわ》がこちらに向かって手を挙《あ》げた。

埼玉県警刑事部捜査一課、古手川和也《かずや》刑事。ここの法医学教室が埼玉県の異状死体の司法解剖を一手に引き受けていることから、足繁《あししげ》く通っている。素っ気《そけ》なさと向こう気の強さがネクタイをして歩いているような男で、新たな第一歩を刻む記念の日には、あまりお目にかかりたくない人間だった。

思ったことが顔に出たのだろう。古手川は眉間《みけん》に皺《しわ》を寄せて真琴を少し睨《にら》んだ。

「何だか迷惑そうな顔をしているな」

「迷惑そうな、じゃなくて迷惑そのものです」

真琴は切って捨てるように言う。この男に皮肉や婉曲《えんきょく》な言い回しは通用しない。

「古手川さんがここに来る度に余分な解剖が増えます。余分な解剖が増える度に法医学教室、延《ひ》いては浦和医大の予算が減っていきます」

これは冗談でも当てつけでもなく事実だった。司法解剖一件当たりの費用は正味約二十五万円だが、これに対して警察から支払われる金額は司法解剖謝金・司法解剖鑑定書作成料・死体解剖外部委託検査料を合わせても必要経費に及ばないことが多い。つまり十分な解剖をしようとすると赤字がでることになり、その分はそのまま法医学教室の経費になってしまうのだ。

「医は算術ではなく仁術《じんじゅつ》、という諺《ことわざ》がありませんでしたか、真琴？」

教室の奥から声を掛けてきたのはキャシー・ペンドルトン准教授だった。コロンビア医大で法医学に目覚め、斯界《しかい》の権威である光崎教授を頼って留学してきた変わり種だが、時折日本人でも使わないような諺を持ち出して周囲を煙《けむ》に巻く。

「でもキャシー先生」

「大学の予算というのは、学生やワタシたちの知識の習得のために充《あ》てられます。それを考えれば県警からの解剖要請も一石二鳥ではありませんか。それに今回、古手川刑事は解剖要請で来ているのではありませんよ」

「それなら何の用があって……」

「〈コレクター〉について訊《き》きに来たんだ。キャシー先生か光崎先生なら何か知ってるんじゃないかと思ってさ」

「〈コレクター〉？　何です、それ」

「昨日、県警のホームページの掲示板に書き込みがあったんだ。悪戯《いたずら》っぽいんで担当者がすぐ削除したんだけどな。こういう書き込みだった」

古手川が差し出したのはB5サイズの用紙に印字された掲示板の一部だった。

「以前にも同様の書き込みがあったらしい。県警の掲示板というのは一般に開放されていて、県民が要望やら不満やらを自由に書き込めるようになっているんだが……」

印字された内容はひどく簡潔だった。

『全ての死に解剖が行われないのは、わたしにとって好都合である。埼玉県警は今後県下で発生する自然死・事故死において、そこに企《たくら》みが潜《ひそ》んでいないかどうか見極めるがい い。わたしの名前はコレクター（CORRECTOR）、修正者である』

一読しただけでは何のことか分からない。文面からは善意も悪意も感じられない。

分かるのはこの発信者が、日本の解剖の現状を知っているということだった。たとえば東京都に限っても、一昨年に発生した異状死体はおよそ二万一千体。そのうち解剖に回されたのはわずかに三千八百体であり、全体の二割にも満たない。監察医制度がある東京都でさえこの体たらくなのだから、他の自治体の有様《ありさま》は推《お》して知るべしだろう。

「これは新手の社会風刺か何かですか」

真琴は素朴な気持ちで訊いてみた。

「単純な社会風刺や愚痴《ぐち》だと思ったら、わざわざこんなところまで来ないよ」

口の悪さは相変わらずだった。

「こんなところって何ですか、こんなところって」

「ああ、それは俺のボキャブラリーが貧困なせいだ。光崎先生とキャシー先生のお二人なら、何か意見があるんじゃないかと思ってさ」

「どうして」

「発生する異状死体に対する司法解剖数の少なさは、警察や法医学者の間では周知の事実だけど、それほど一般に知れ渡っていることじゃない。義憤にしろ愚痴にしろ、こういうことをツイッターとかで呟《つぶや》きかねない人間に心当たりがあれば教えて欲しいと思ってね」

「ちょっと待ってください、古手川さん」

聞いているうちに、持ち前の向こう気が顔を覗《のぞ》かせた。

「それってウチの先生方を怪《あや》しんでいるってことですか。光崎教授やキャシー准教授が解剖に充てられる人や予算が少ないのを、匿名で告発したって……」

「そんな訳ないだろ」

「だって」

「あのねえ、真琴先生。人の腹かっ捌《さば》くのが三度の飯より好きな二人が、警察の掲示板に書き込むほど現状に不満を抱《いだ》いている訳ないでしょう」

「じゃあ、まさかわたしを疑って」

「それもペケ。真琴先生だったらそんなまどろっこしいことする前に、俺に食ってかかるでしょう」

それもそうだ、と真琴は合点《がてん》する。

「でも、その書き込みって古手川さんがそんなに気にするほどのものなんですか。わたしが読む限り、せいぜい現場の解剖医の愚痴ぐらいにしか聞こえないんだけれど」

確かに浦和医大へ持ち込まれる検案要請の件数は突出して多いが、県下で発生する案件全てを担当する訳ではない。他の医大や時には開業医にまでお鉢《はち》が回ることもある。真琴としては、そうした外部委託の執刀医の方が現状に不満や危機感を抱いている印象だった。

「真琴。古手川刑事はそう思っていない様子ですよ」

二人の間にキャシーが割り込んできた。

「古手川刑事はこの文面から、逆にデンジャラスなものをキャッチしたのです。その一つはコレクターという名前でしょうね」

「コレクター……修正者と書いていますよね」

「修正者と名乗るからには、自らが手を下して誤りを是正《ぜせい》する。そのためには不明瞭な異状死を少なくする……そういう意味にも読み取れますね。どうですか、古手川刑事？」

ぎょっとした。

それではまるで犯行声明とも取れるではないか。

問われた古手川は頭を掻《か》きながら苦笑してみせる。

「いや、前例がない訳じゃないんですよ。もちろん純粋に悪戯心でこんな書き込みするヤツも星の数ほどいるんです。ただ、その……この書き込みに限っては、〈修正者〉なんて聞き慣れない言葉を使っているのが気に食わない。何ていうか独特の臭いがするんだよなあ」

「臭い？　古手川さん、犬なの」

茶化してみたが、古手川は無視する。

「一度ならず、こういう犯行声明をする凶悪犯を相手にしたことがある。どれも酷《ひど》い事件で犠牲者は複数に及んだ。社会不安も生んだ。この文面からは、そいつらと同じ臭いがするんだ」

茶化したい気分は一瞬で吹き飛んだ。

普段は軽薄そうな顔つきが、すっかり刑事のそれになっている。

「肝心《かんじん》の埼玉県警はどのように受け取っているのでしょうか」

「俺と約一名を除いては、ただの悪戯で片づけてますよ」

約一名、というのはおそらく噂《うわさ》に聞く古手川の上司のことだろう。

「しかし古手川刑事。申し訳ないのですが、ワタシにはこういう告発をする人物に心当たりがありませんね。ワタシのフィールドはこの教室の中だけで、光崎教授ほど人脈がありませんので」

「光崎先生だって、教室からあまり外には出ない人でしょう。骨の髄《ずい》まで消毒薬の臭いが染《し》みついた人なんだから」

「ノーですよ。何といってもワタシの母国にまで名前が轟《とどろ》いているのです。古手川刑事が考えている以上に広くて深いネットワークを持っていますよ」

ここに至って、真琴は教室の主《ぬし》が不在であるのを思い出した。

「そういえば教授は？」

「新任の内科教授を迎えて第一回目の教授会議です。先ほどワタシに散々シットな言葉を吐いて出掛けられました」

その様子が目に見えるようなので、キャシーに同情した。

「それじゃあ、光崎先生が戻るまでもう少し待つしかないか」

あなたはそんなに暇《ひま》なんですか——と突っ込もうとした時、古手川の胸元から電子音が鳴った。

古手川は携帯電話を取り出して耳に当てる。

「はい古手川……いや、どこで油売ってるって、光崎先生の到着を待っているところですよ。そもそも先生なら〈コレクター〉に心当たりがあるんじゃないかって言い出したのは班長……そうですよ、先生が会議とかでまだ会えてなくて……えっ、佐倉亜由美？　掲示板？　本当ですか、それ……分かりました。こっちで伝えておきます」

会話を終えた古手川はまたしても表情を硬くしていた。携帯電話を操作して、何やら熱心に覗《のぞ》き込んでいる。

「言った傍《そば》からこれかよ……」

どうしたのかと訊く前に、古手川の方がこちらに向き直った。

「さっき話した県警の掲示板だよ。〈コレクター〉の野郎、早速降臨しやがった」

「佐倉亜由美って、昨日ステージから転落死した……でも、ニュースであれは事故死だって」

古手川は無言で携帯電話の画面を突き出してきた。

『昨日死亡した佐倉亜由美は頭から落ちて頸椎《けいつい》損傷と頭蓋骨《ずがいこつ》骨折、そして内臓破裂。浦和西警察署は転落事故と結論づけた。だが本当に事故死だったのだろうか？〈コレクター〉は修正を望む』

「テレビのニュースで見たけど、あの高さから落下したらこのくらいの損傷は当然でしょう。何も不審な点はないように思いますけど」

「浦和西署が報道機関に発表したのは転落死という事実だけで、損傷した箇所については一切触れていないそうだ」

「でも頭部から落ちたのなら、その三カ所は大抵損傷する部位です」

「頭から落下するのを目撃したのはコンサート会場にいる者だけだった。偶然〈コレクター〉を名乗る者が佐倉亜由美のファンだったと？」

「会場で目撃していた誰かが面白がって〈コレクター〉を名乗ったのかも」

言葉を重ねながらも、真琴は仮説のための仮説を立てていることに薄々気づく。敢《あ》えて恐ろしい可能性に言及すまいとしている。

「最初の〈コレクター〉の書き込みはすぐに削除したと言った。その限られた時間内に閲覧した人間が偶然、佐倉亜由美のコンサートに来ていたって？　佐倉亜由美のファンが面白がって、彼女の死を殺人に誤導しようとしていると？　駄目だ、真琴先生。偶然で片づけるには条件が揃《そろ》い過ぎている」

古手川は姿勢を正してキャシーに向き直る。

「先ほど、埼玉県警は佐倉亜由美の転落死事件を浦和西署と合同で捜査することを決定しました。ついては浦和医大法医学教室へ検案を要請するものです」

やはりそうなるのか。

泥濘《ぬかるみ》の中に足を突っ込むような嫌悪感は、しかし一瞬で立ち消えた。

アイドルにさほど興味がある訳ではなかったが、そんな真琴でも佐倉亜由美の名前は知っている。あどけない笑顔と何にでも一生懸命な姿勢が印象的な十六歳。不思議に女性受けもする女の子だった。

単なる事故死だというのならただ可哀想《かわいそう》なだけだが、これが殺人ならばそれだけでは済まない。『能力と判断の及ぶ限り、患者の利益になることを考え』——教室の入り口に掲《かか》げられた〈ヒポクラテスの誓い〉の文言が頭を掠《かす》める。隠された死因を明らかにして、死者の伝えたかったことを伝えるのが自分たちの務めだ。

正式な検案要請が下ると、キャシーの動きは早かった。

「真琴。光崎教授は間に合いそうにもありません。伝言を残してワタシたちは検案に行きましょう。古手川刑事、遺体は今どこにありますか」

「まだ浦和西署の中に安置されているはずですよ。俺と一緒に行きますか」

「オフコース。それから運搬のためのクルマを用意してもらうかも知れませんから、そのつもりでいてください」

一番先に教室を飛び出して行ったのはキャシーだった。古手川と真琴は顔を見合わせてから、すぐ彼女の後を追う。

2

三人が浦和西署に到着すると、霊安室の前で見覚えのある顔に遭遇《そうぐう》した。神経質そうな細面《ほそおもて》に奥二重の目。そして薄い唇。その唇が三人の姿を認めた途端に弧《こ》を描いた。

「やっぱり、あなたたちが出馬してきましたか」

鷲見《すみ》博之《ひろゆき》、埼玉県警検視官。真琴たち法医学教室の面々とは、昨年市内で発生した案件で知己《ちき》になっている。鷲見が単純な人身事故と検視した案件だったが、光崎が解剖した結果そうではないことが判明したのだ。

普通であれば自尊心を傷つけられたと憤慨《ふんがい》するところだが、この検視官はそれほど狭《きょう》量《りょう》ではなく、改めて光崎の知見に畏敬の念を示したのが好印象だった。

「おや、肝心の光崎御大の姿が見えませんね」

「光崎先生は会議とかで抜けられないみたいっスね。ひょっとして佐倉亜由美の検視担当は鷲見さんだったんですか」

「この場合は運悪く、といったところかな。ありきたりな事故だと判断したが、〈コレクター〉とかいうお調子者のせいで再度検視を命じられた。これでまた光崎教授に間違いを指摘されたら、いよいよわたしの面目《めんぼく》は丸潰《まるつぶ》れだ」

面目丸潰れと言いながら、どこか楽しげな素振《そぶ》りだった。

「県警は浦和医大に、正式に検案要請をしたらしいな。早速、見るか？」

真琴とキャシーに異存はない。二人が頷《うなず》くのを確かめると、鷲見は霊安室の扉を開いた。

「昨日の今日でまだ荼毘《だび》に付していないのが幸いだった。本来なら今日の午前中にも両親が遺体を引き取りに来る予定だったんだが、〈コレクター〉の書き込みが発覚して、県警本部からストップが掛かった」

部屋の中に入った瞬間、滑《ぬめ》ったような冷気が身体を包んだ。乾燥していないのは、空気中に腐敗臭と消毒薬の臭いが混じっているためだ。

鷲見はステンレスのキャビネットから遺体を取り出す。遺体を台に移してから遺体袋を開くと、甘く饐《す》えた臭いが一斉に放たれた。

ティーンたちの熱い視線を集めたアイドルも、死んでしまえばただの肉塊でしかないことに寒々とした無常を覚える。

佐倉亜由美はひどく華奢《きゃしゃ》な身体をしていた。十六歳という若さを抜きにしても贅肉《ぜいにく》一つついていないのは日頃のトレーニングの成果か、それとも生来のものなのか。ただし高所から転落したため、体形が不自然に歪《ゆが》んでいる。

「外見から頸椎損傷と頭蓋骨骨折は明らかなように見える。先生方はどう思うかね」

鷲見の問い掛けに真琴とキャシーは浅く頷く。

真琴は死体の頭を軽く前後させてみる。ほとんどの哺乳類の頸椎は七本の骨で構成されており、その複雑さが可動角度を広範にしている。

「死亡したのは、昨日の午後一時過ぎだから丸々二十四時間が経過している。そのために死後硬直はそろそろ下顎《かがく》部で緩解《かんかい》が始まっている」

鷲見の説明を聞くまでもない。硬直の緩解を差し引いたとしても、これだけ頭部がぐらつくのは頸椎の何本かが折れているためだ。頭蓋骨骨折も側頭部がやや陥没《かんぼつ》していることから容易に推察できる。鷲見の見立ては決して外れていない。法医学にさほど詳しくない捜査員でも、おそらく同様の見立てをするだろう。

「彼女がステージから落下する一部始終は全八カ所からカメラで捉《とら》えられていたらしい」

「八カ所。それは観客の携帯端末ですか」

「そういう類《たぐい》は事件直後、早々とネットの動画投稿サイトにアップされたらしいが、わたしが言っているのはライブＤＶＤの制作会社が撮っていた素材だよ。ブレもしていないし画像も鮮明だから、浦和西署はその画像を証拠として採用した。見る限り、佐倉亜由美がステージ上で何者かに突き落とされたようなショットは存在していない。彼女はステージ前方に駆け出した瞬間、何かに躓いたように体勢を崩《くず》し、そのまま端から落下した」

話を聞いていた古手川は鬱陶《うっとう》しそうな顔をする。

「そういう状況からすりゃあ、確かに事故死以外の何物でもないですねえ」

「だから浦和西署にもそう報告したんだ」

ちらと憤《いきどお》りめいたものが顔を覗かせた。それも当然だろうと真琴は思う。どう見ても事故死の案件を、たった一件の匿名投稿で疑問視されては検視官の立つ瀬がない。

これはハズレくじかも知れない――そう思ってキャシーに同意を求めようとしたが、意外にも彼女は遺体を舐《な》めるように観察している最中だった。

「キャシー先生？」

「真琴はこの遺体から何を発見しましたか」

「まだ何も……」

するとキャシーは少しだけ目つきを険《けわ》しくした。

「いつもいつも有るものを見ようとする癖《くせ》をつけてはいけません。そこに無いものを探すことも重要デス」

カタコト日本語の意味を考えていると、横から鷲見が割り込んできた。

「ほう。さすがに准教授は早々と気づかれたようですね」

「Oh？　検視官は知っていたんですね。それならどうして事故死と断定されたのですか」

「不審な点であっても、他の状況が全て事故死を指し示していますからね。それにこうした事例は珍しいが、皆無ということでもないので」

「あ、あの、お二人は何を言っているんですか」

「真琴。腕なのですよ、腕」

「腕？」

「そうです。高い場所から落ちる時、人は反射的に頭を庇《かば》おうとします。自殺の場合は、逆にそういうことはしません」

遅ればせながら思い至った。

頭を庇おうとすれば、当然腕から先に衝撃を受けるので外傷なり骨折なりが残るはずなのだ。

慌《あわ》てて遺体の両腕を見直してみる。表面にはかすり傷一つなく、もちろん骨折しているようにも見えない。

つまり自殺でもないのに、手で頭を庇わなかったということだ。

「落下途中で気を失ってしまえば庇い手をしないこともあるが、それは高層ビルから落ちた時だ。ステージから地上までは約十五メートルしかなかった。そんな高さで気絶するとも思えない」

「鷲見検視官」

今度は古手川が絡《から》む。

「その不審点も検視報告に？」

「無論、言及したさ」

「それにも拘《かか》わらず浦和西署が司法解剖に回そうとしなかったのは……やはりカネの問題ですか」

「少なくとも職務怠慢《たいまん》より予算不足という理由にしておいた方が、外聞はいいだろうね」

くそ、という古手川の呟《つぶや》きは浦和西署に向けてのものか、それとも司法解剖に回す予算が慢性的に不足している現状に対してのものなのか。

「県警本部との合同捜査になったからにはそんな心配も不要ですよ。さてお二方、早速遺体を搬送するとしますか」

遺体を袋に戻し、古手川の先導で霊安室を出ると、そこに二人の男が立っていた。仕立てのいい背広を着た長身の男とスプリングコートを羽織《はお》った小柄な男だった。

すぐさま古手川が誰何《すいか》すると、長身の男は佐倉亜由美のマネージャーである古久根誠《こくねせい》二《じ》、短軀《たんく》の方はステージスタッフの小山田一志《おやまだかずし》と名乗る。

「いや、亜由美の遺体は本日ご両親が引き取ると聞いていたものですから、マネージャーとして葬儀のお手伝いをすべく馳《は》せ参じたのですが……」

「小山田さん、あなたは？」

「それはっ、いくら設営自体に問題がなかったとしても、僕の責任下で設営したステージで起きた事故で……それに……」

「それに？」

「個人的にあーゆのファンだったんで、最後にできるだけのことはしてあげたいと……」

へえ、と古手川は頷いてから片方の眉を上げた。何度も見ている真琴には分かる。これは相手に疑惑を抱《いだ》いている時の仕草だった。

「申し訳ありませんが、佐倉さんの転落事故に関して再捜査の必要が出てきました。従って遺体をお返しするのは後日になるでしょうね」

「さ、再捜査？」

「あーゆは事故死じゃなかったと言うんですか」

「マネージャーさんにお訊きしますが、最近佐倉さんに何か変わったことはありませんでしたか。たとえば何かのトラブルを抱えて悩んでいたとか……」

「あるいは」と、キャシーが横から割り込む。

「体調に変化があったとか」

二人に問われた古久根は気圧《けお》されたように後ずさる。

「いや、特にトラブルや体調不良はありませんでしたね。多少の悩みごとがあってもワンステージ歌い終えると解消させてしまうような子だったので。体調についてもコンサートの二週間前から万全を期していました。何せ三時間の長丁場でゲストもいません。少しでも健康面に不安があれば察知できるよう、わたしもずいぶん気を配っていましたから。まあよく物に躓いたり階段でコケたりはしましたけれど、元々そういうキャラの子だったし」

「僕もリハーサルからずっと見てましたけど、いつものあーゆでしたね。変わったところは何もなかったです」

「それじゃあ、ますますあの偏屈《へんくつ》教授の腕を頼りにしなきゃならなくなってきたな」

独《ひと》り言のように呟いてから古手川は古久根と小山田を脇に退《しりぞ》かせ、遺体を載《の》せたストレッチャーを引く。

「あんたたちにはまた後で訊くことがあるが、取りあえずは当の本人に訊くのが順番ってものだろうな」

「本人ですって。しかし亜由美はもう……」

「尋問するのは俺じゃない。そこにいる二人のご機嫌なレディたちと一人の不機嫌な爺《じい》さんが、彼女の身体から真実を訊き出してくれる」

三人が浦和医大に戻ってみると、法医学教室では件《くだん》の主がいつもの仏頂面《ぶっちょうづら》を作っていた。

「遅いぞ、若造。いったい人をどれだけ待たせるつもりだ。老人にとって時間ほど貴重なものはないということがまだ分からんのか」

浦和医大法医学教室教授、光崎藤次郎《とうじろう》。白髪をぴっしりと後ろへ撫《な》でつけ、端整な顔立ちは知性を感じさせるが、目だけは獲物を狙《ねら》う猛禽《もうきん》類のように鋭い。少し愛想をよくするだけでずいぶん好印象になるはずだが、本人は他人に好かれようなどとは毛頭思っていないらしい。

「いや、浦和西署から大急ぎで帰ったんスから」

「ふん。今の時間帯で浦和西署から来ればもう少し早く到着したはずだ。どうせ向こうで益体《やくたい》もない訊き込みで時間を浪費したに違いあるまい」

「や、益体もないって。あのですね、俺は刑事だから関係者から話を訊くのは当たり前であって」

「わしは医者だから患者を診《み》ること以外、何も関係がない。ここに遺体を持ってくるのがお前の仕事なら、それを優先させるのが道理ではないか」

光崎にばっさりと切り捨てられ、古手川は半開きにした口を閉じる。どれほど正当な抗議をしようが、この教室の中では光崎が絶対君主なのだ。逆らえる者など誰一人いない。さながら白衣を着た唯我独尊《ゆいがどくそん》といったところか。

「待たされているのはわしだけではない。その遺体もそうだ。つまらん言い訳をしておる暇があるなら、さっさと解剖室へ運べ」

「あのさ」

遺体を運ぶ途中、古手川は真琴にこっそりと耳打ちする。

「最近、光崎先生はますます気が短くなってないか」

「さあ、どうでしょう。寿命が短くなると、逆に気は長くなるって聞いたことあるけど」

「じゃあ、まだまだ長生きするのかよ。先が思いやられるな」

遺体を解剖台に載せると、早速光崎が執刀《しっとう》を宣言する。

「では、始める。遺体は十代女性。体表面は側頭部の挫傷および陥没。他に目立つ外傷はないものの、腹部膨満が顕著《けんちょ》である。まず損傷部分の頭皮剝離《はくり》から開始する。メス」

真琴は皮膚切開用の円刃《えんじん》メスを光崎に手渡す。メスは大別して、皮膚切開に使用する円刃メスと作業用の尖刃《せんじん》メスに大別される。しかしどんなに鋭い刃先であっても人間の脂が付着した途端に切れ味が鈍《にぶ》くなるので、一回の執刀でこの二種類を何本も用意するのが普通だが、光崎はそれぞれ一本だけで全工程をこなしてしまう。

その理由は光崎のメス捌《さば》きを見れば明らかだ。とにかく光崎のメスは速い。死体相手という事情を差し引いても、的確な場所をわずかな躊躇《ちゅうちょ》もなく割《さ》いていく。まるで熟練の料理人のような手先は、つい息を止めて注視してしまうことがしばしばだった。

あっという間に頭皮が剝《は》がされる。既に凝固《ぎょうこ》した血溜《ちだ》まりを拭《ふ》き取ると、頭蓋の損傷部分が明確になる。

「開頭する。ストライカー」

光崎は電動ノコギリで手際よく頭蓋を切っていく。この作業にも澱《よど》みは一切なく、そうかと言って粗雑さは微塵《みじん》もない。

きっと職人というのは、職業に限らず似たような手捌きになっていくのだろう。思考とは別な回路で、機械のように正確で無駄なく動く。それは指先にもう一つの脳があり、必要に応じた動作を完璧に記憶しているかのようだ。

やがて露出した硬膜《こうまく》は、損傷部分が著《いちじる》しく歪《ゆが》んでいる。硬膜を取り除くと潰れた脳髄がどろりと溢《あふ》れ出た。

「損傷度合は甚大《じんだい》。一撃でこれだけの損傷を与えるには並外れた腕力が必要であり、遺体が転落死した事実を否定するものではない。次、開腹に移る」

セオリー通りのY字切開、光崎のメスは快調に動き続ける。その動きに目を奪われるが、真琴は一方で遺体となった佐倉亜由美に思いを馳《は》せる。

まだ十六歳だった。しかも人気絶頂のアイドルだった。生きていれば普通の女の子よりも多彩でスケールの大きな人生になっていたかも知れない。それが、今はただ解剖台の上で開腹されて中身を露出している。

さぞかし無念だろうと思う。そして、その無念を掬《すく》い取るためにも、遺体に残された全ての情報を見逃してはならないと思う。

真っ逆さまに落下したので外表の損傷は頭部に顕著《けんちょ》だが、体重の数倍の衝撃が加わるために臓器への損傷も免《まぬか》れない。肋骨に押し潰され、歪《いびつ》に変形したものもある。腹部膨満は変形した臓器による症状だった。

光崎のメスは更に下腹部へと向かう。そして子宮体部が現れると、真琴は大きく目を見開いた。

子宮体部は膨脹《ぼうちょう》していた。不自然な膨脹ではない。資料写真で何度も見たことがある。これは妊娠中の形状そのものだった。

「赤ちゃん……」

真琴の呟きに反応したのは遠巻きに解剖を観察していた古手川だった。

「何だって」

真琴の中でなけなしの芸能情報が渦《うず》を巻く。だが十六歳アイドルの浮いた話など一つも思い浮かばなかった。

「そこの外野。煩《うるさ》いぞ」

「しかし佐倉亜由美が妊娠していたなんて」

「生殖可能な女性だ。妊娠して何の不思議がある」

光崎のメスが子宮を割く。中から現れたのは紛《まご》うことなき胎児だった。

「胎児の成長度合いから妊娠八週目と推測。子宮体部に損傷はないが、胎児は既に死亡している。他に臓器破裂による出血も認められるがいずれも軽微であり、直接の死因は頭蓋骨骨折による脳挫傷と判断できる」

死因は鷲見検視官の見立て通り。しかし佐倉亜由美が妊娠していた事実は、死因以上に衝撃的だった。一番ショックを受けた様子の古手川が、光崎を恐れもせずに声を出す。

「光崎先生。被害者は頭から落下をしたのに庇い手をしていませんでした。その理由というのは、つまり……」

「無意識のうちに胎児を庇って手を腹に添えた。その可能性は充分にある。キャシー先生、胎児の組織を一部採取してくれ」

「了解」

古手川は表情を硬くしたままだった。

「DNA鑑定ですか、光崎先生」

「遺体は学生だったのか」

「もちろん十六歳だから学生としての一面もありましたが、それよりは芸能人としての部分が大きかったでしょうね。芸能記事の受け売りですが、最近では珍しい単体アイドルだったようです」

その話は真琴も聞いたことがある。今もアイドルの存在は芸能界を賑《にぎ》わせているが、そのほとんどはグループアイドルであり、単体アイドルの不在が指摘されて久しい。佐倉亜由美こそは、その現状に風穴を開ける業界期待の星だった。

「たとえ芸能関係であったとしても、わずか十六歳の娘の交際範囲はさほど広くあるまい。胎児のDNAに一致する相手を探すのもさほど困難とは思えん」

「それは、その通りですね」

言うなり、古手川は解剖室のドアに向かう。

「ちょっと関係者全員に当たってきます」

そして部屋の外へ出て行った。おそらく関係者の毛髪やら口腔内細胞やらを採取するつもりなのだろう。古手川の思惑は真琴にも理解できる。胎児の父親が誰であるのか。その結果如何《いかん》で、事故の様相が一変してしまうことが考えられるからだ。だが、そんな真琴の思考は光崎の声で遮断された。

「どこを見ておるか、真琴先生」

「は、はいっ？」

「解剖はまだ終わっておらん」

「ただちに閉腹します」

「違う。まだ見るべきところが残っておるだろう」

光崎は真琴の方を見もしなかった。

「この遺体は、まだまだ語り足りていないらしい。それなのにあの男ときたら、相も変わらず落ち着きがない」

3

佐倉亜由美の所属するライザープロダクションは北青山《きたあおやま》に事務所を構えていた。ドアにも壁にもアイドルの告知ポスターが貼られている他はどこといって特徴のないオフィスだったので、少し期待外れだった。

「どうしたの、真琴先生。何だかがっかりしているみたいだけど」

「そんなことないですよ」

「まさか、受付辺りにイケメンのアイドルがたむろしているとでも想像していたのか」

「……そんなことないですよ」

古手川は笑いを噛《か》み殺すような顔で受付の女性に来意を告げる。古久根の待つ部屋に通されたのは、それから間もなくだった。

「今日はどうしたんですか、いきなり。わたくしどもにも都合があるので、いくら捜査でも前もってアポを取っていただかないと」

「そりゃどうも。ただ急ぎ古久根さんには確認しなきゃいけないことができましてね」

「いったい何なんですか」

「こちらのまこ……梅野先生をはじめとする浦和医大法医学教室の方々が司法解剖の結果、極めて興味深い事実を発見してくれました。佐倉亜由美は妊娠二カ月目だったそうです」

するとソファに座っていた古久根はいきなり腰を浮かせた。

「二カ月目だっただと?」

「おや、そこに驚きますか。てっきり妊娠の事実の方に驚愕《きょうがく》されるんじゃないかと想像してたんですけど」

「い、いや。充分に驚いてます」

「ひょっとして妊娠には心当たりがあったんじゃないんですか」

「何を根拠に」

気色《けしき》ばんだ古久根の眼前に、古手川は一枚の紙片を翳《かざ》す。

「それは？」

「DNAの鑑定結果ですよ。これも法医学教室で作成してもらいました。これによると古久根さん、彼女のお腹にいた胎児は九十九・九パーセントの確率であなたのお子さんらしいですね」

古久根は悪戯を見つかった子供のように顔を逸《そ》らす。

「この間、口の中の細胞を取らせていただきましたよね。それにしても否定しませんね」

「DNA鑑定が出ているのなら否定してもしょうがないでしょう」

「つまり心当たりはある、と。しかし妊娠の事実に意外そうな顔をされたのは何故《なぜ》ですか」

「二カ月なんて知らなかったからですよ。知っていたらコンサートは中止させていたし、マスコミ対策もした。いや、それ以前に……」

「芸能界を引退させましたか、それとも堕胎《だたい》させましたか」

古手川の詰問は容赦《ようしゃ》ない。何度かこの男の尋問を聞いた真琴には、それがわざと相手の怒りを誘う目的であることが分かっているが、それでも過度に挑発的だと思える。

果たして古久根は今にも摑《つか》みかからんばかりの顔で古手川を睨んだ。

「彼女とのことは真剣に考えていました。そんな、堕胎なんて……二カ月と言いましたよね。そんなにお腹も目立っていなかったし、おそらく本人も気づいていなかったんじゃないのかな」

これには古手川よりも先に真琴が反応した。

「馬鹿なこと言わないでください」

まるで他人事《ひとごと》のような古久根の言い草に、ひどく腹が立った。

「妊娠四週目は月経の予定日になりますが、妊娠していれば当然生理はなくなります。中には着床出血を生理と勘違いする人もいますが、妊娠すれば子宮が大きくなり体調に変化が出てきます。八週目になれば悪阻《つわり》が一番ひどくなる時期です。本人に自覚症状がなかったなんて到底思えません。それに八週目にもなれば、市販の検査薬で妊娠したかどうかは簡単に判定できます」

「……だそうです。従って考えられるのは佐倉さんが妊娠した事実を知ってあなたに告知したのか、または告知しなかったかの二つなんです」

「わたしは彼女から聞いていない。さっきもそう言ったじゃないですか」

「それを証明することはできますか」

「証明？　いや、それは……」

古久根は困惑して黙り込む。真琴はそれも当然だろうと思った。ある事実があったことは証明できても、なかったことを証明するのは困難になる。所謂《いわゆる》、悪魔の証明だ。この場合、古久根が彼女の妊娠を知っていれば当然何らかの方法で検査をするだろうから、その痕跡《こんせき》が残る。しかし逆に、古久根が妊娠を知らなかったという証明はできない。古久根は、知っていたら亜由美のコンサートを中止させたと主張するが、それは口では何とでも言えるからだ。

「もし佐倉さんの妊娠をあなたが知っていたとすると動機が生まれます。売出し中のアイドルが妊娠、しかも年齢は十六歳。アイドルとしては致命的なスキャンダルです。コンサートやテレビ出演は軒並《のきな》み中止せざるを得ないでしょうし、莫大な違約金が発生する。いや、それ以前にあなたがプロダクションから責任を問われるでしょうね。違約金をそのままあなたに請求するかも知れない」

「だから、わたしが亜由美を殺したと？」

「有り得ない話じゃない」

「馬鹿馬鹿しい！　よくもそんなことを考えつくものですね」

「しかし佐倉さんと関係を持った時点で、マネージャーであるあなたなら責任を問われる可能性も充分考えられたはずです。あくまで可能性の話ですがね」

「亜由美の妊娠が発覚した時点でわたしを疑っているのなら、わたしが何をどう言い訳しても無意味です」

「そんなことはありません。警察にも心証というものがありますから。正当な弁明なら無視する訳にもいきません」

「その……下賤《げせん》な言い方になりますが、要は売り物に手をつけてしまった訳で……」

本当に下賤な言い方だと思った。何が彼女とのことは真剣に考えていただ。結局、モノ扱いではないか。年齢差をとやかく言うつもりはないが亜由美はまだ十六歳、対する古久根とは倍ほども歳が違う。仮に亜由美から言い寄られたとしても、そこは古久根が自制すべきだろう。

「いくらわたしたちが真剣に交際しようとしても、この世界はそれを簡単に許してはくれません。アイドルというのは、ファンにすれば女神のような存在ですから」

「女神は恋愛もしなければ、もちろんセックスもしない。と、そういう意味ですか」

古久根は恨《うら》めしそうに古手川を見るが、真琴は拍手喝采《かっさい》したい気分だった。アイドルを神聖化したい気持ちも分からないではないが、やはり女からすれば滑稽《こっけい》だ。同性だから見方が厳しくなるのかも知れないが、十六歳ともなれば女性としての原型は既に完成されている。汚濁《おだく》もあれば性欲もある。それをいったんリセットし、無垢《むく》な女神に祭り上げた上で欲望の対象にしようとするのは、どれだけ好意的に解釈しても歪んだ男の発想でしかない。そしてファンたちの偶像と心得ていながら自らはセックスの相手にした古久根は少なくともマネージャーとしては失格だろうし、肌を重ねておきながら不特定多数の欲望に晒《さら》したことは彼氏としてどうかと思う。しかし、亜由美のファンが知ったらどう思うだろう。

そしてそこまで考えた時、真琴は不意に別の動機に思い当たった。

慌てて横を見ると、古手川もひどく驚いた顔をしている。

「古手川さん……」

「ああ、言いたいことは分かる。俺も今気づいた」

翌日、二人が向かったのは、コンサート会場となったさいたまスーパーアリーナだった。

古手川は調整室を借り、亜由美がステージから転落するその一瞬をモニターに映し出していた。

「ただしこの映像はＤＶＤの制作会社が撮った素材を加工したものです」

「加工？」

彼はモニター前の椅子《いす》に陣取り、古手川の説明に耳を傾けている。

「元々はステージ横から中央を捉えたショットです。もちろんこのままでは何も分からないので、佐倉さんが転倒しステージから落ちる瞬間、その足元にピントを合わせて拡大しています。では見てください」

再生が始まる。

亜由美の足元が一気に駆け出してステージ前方へと進んでいく。もちろんバックにはアップビートの演奏が流れているのだが、音を消しているのと、この先に待つ結末を知っているために一連の動きがひどく不穏に見える。

「前奏の間、佐倉さんは観客の声援に応えるため、ステージ前方に移動します。端に手摺《てす》りはないので、手前一メートルの位置には蛍光テープが貼られています。つまりこの線から出るなという警告です。実際、本番前に行われたリハーサルでは、佐倉さんはこのラインの内側でステップを踏んでいます。ところが」

ここで古手川はキーを叩《たた》いてスロー再生にする。

蛍光テープの手前に一メートル四方の枠《わく》が見えた。

「ご存じでしょうが、これは迫《せり》と呼ばれる昇降装置で、コンサートのスタート時、この迫に乗って奈落から姿を現すという演出がよくされます。今回、佐倉さんのステージでは使用されなかったらしいですね」

「ええ。彼女のステージスタイルはそういう仰々《ぎょうぎょう》しいものではなく、ステージ袖《そで》から全力で走ってくるような、元気一杯というイメージですから」

「だから佐倉さんは、迫を示す枠についてはあまり警戒していませんでした。そこに奈落があると知っていても、表面上はただの平面だから、迫を実際に使用しない限り注意を向けなくなるのも当然です」

次の映像で古手川と真琴、そしてもう一人の視線が釘《くぎ》づけになる。

亜由美の右足が迫の中に着地する寸前、その地点が五センチほど凹《へこ》んだ。迫がわずかに降下したのだ。ただしその段差は遠景から捉えたショットでは到底確認できない。素材を鑑識の画像解析で処理して、やっと判別できたほどだ。

予測よりも五センチ下がったために右足は不自然な形で着地する。亜由美はバランスを崩し、ステージの上に倒れかかる。

「普通、人が倒れる時には手を突き出して受け身の体勢を取ろうとします。条件反射みたいなものです。でも佐倉さんの腕の突き出し方は中途半端で、とても身体全体を支えきれるような形を取っていません。しかも迫の一メートル先にステージの端があるというのに、佐倉さんは足を踏み外したように、四歩たたらを踏んでいます」

古手川が解説する通り、亜由美は体勢を崩したまま四歩よろめき、迫と床の段差に躓いて前方に倒れる。倒れた位置は既にステージの端だ。亜由美の身体は転倒の勢いでそのまま床の上を転がり、そして外へ投げ出されていく――。

映像はそこで停止した。モニターを凝視していた三人はしばらく口を開かなかった。

その沈黙を古手川が破る。

「この五センチ下がった迫に注目してください」

画面右下にあるタイムコードの数列が目まぐるしく回る。そして亜由美の落下から二十秒経過した時、迫が持ち上がり床と同じ高さになった。

「見ての通り、迫の上下によって段差が生まれ、佐倉さんはそれが元で転倒、転落しました。その直後に迫が元に戻ったことから、一連の流れが何者かの故意によるものであることは明確です」

彼はぷるぷると唇を震わせながら古手川を見上げる。古手川はここぞとばかりに口調を一変させた。

「迫の昇降はそこにあるボタンによって制御されている。言い換えれば、そのボタンでなければ迫を操作することはできない。そしてこれは他のステージスタッフからも証言が得られているけど、事故が起きた際、その場所に座り、昇降ボタンに触れることができたのはあんた一人だけなんだ。あの迫を動かしたのはあんたなんだな？」

「ぼ、ぼ、僕は」

「答えはイエスか、ノーか」

古手川がぐいと顔を近づけると、小山田は追い詰められたようにこくこくと頷いた。

「そ、そうです。僕が迫を動かしました」

「最初から、ステージから転落死させるつもりだったのか」

「ち、違います！　ほんのちょっとステージで転べばそれでいいと思って」

「ほんのちょっと転べば……それでどうなると思った？」

「流産すればいいと思って……」

悄然《しょうぜん》とした小山田を前に、古手川と真琴は顔を見合わせる。やはりこの男も亜由美の妊娠を知っていたのか。

「彼女の妊娠をどうして知っていたんだ」

「二週間ほど前からあーゆはこの会場でリハを繰り返していたんだけど……彼女が使用した直後のトイレを漁《あさ》ると、市販の妊娠検査薬が出てきて……それも陽性反応で」

真琴の背筋に、いきなり悪寒《おかん》が走る。トイレのゴミを漁るだって？ 冗談じゃない！

「それであーゆの周辺を探っていたら、マネージャーとそういう関係になっていることが確定して……それで許せなくなったんです。あーゆはみんなのアイドルなんです。天使なんです。そのあーゆが、あんな男の子供を身籠《みごも》るなんて絶対に絶対に許されることじゃないっ」

その天使のトイレのゴミを漁っていたのはいったい誰だ、と思う。ここまでくればファンではなくストーカーだ。

歪んだファン心理——それこそが真琴の思いついた新たな動機だったが、いざ的中してみれば爽快感など露《つゆ》ほどもなく、ただただおぞましさが足元から立ち上る。

小山田の顔を見ていると不快感ばかりが募《つの》る。アイドルのファン全員がこんな風ではないのだろうが、よくない先入観が芽生《めば》えそうだ。

古手川も同じことを考えているのか、眉間に刻まれた皺は話すごとに深くなる。

「それで迫を下げて転倒するように仕組んだ訳か。それがあんな大惨事になったものだから我を忘れた。迫を元に戻すのに二十秒のタイムラグがあるのはそのせいか」

「で、でも、まさかあんな風に倒れるなんて思ってなかったんです。たった五センチの段差だったら、よろけて、その場でコケるくらいが関の山だと踏んでいたから……だから、こ、こ、殺す気なんて毛頭なかったんです！　ほんの少し転べば、それで流産すると思ったから。ぼくはあくまであーゆのためにこんなことをしたんです。あのとき流産してくれたら、彼女は清らかな存在でい続けることができた。アイドル活動を継続することができた……」

「そのアイドルを殺したのはお前だ」

古手川がそう断罪すると、小山田はびくりと肩を震わせる。

「殺意があったのかどうか知らないし、それを立証できるのかどうかも分からないが、少なくとも佐倉亜由美という十六歳の女の子を殺したのはお前だ。ナイフで刺さなくても銃で撃たなくても人は殺せる。おまえの場合は指先一本使っただけだが、それでも殺人だ。精々夢《せいぜい》の中でうなされろ」

小山田の言い分はどこまでも自分本位で、独りよがりで、そして卑劣だ。そして古手川という男は卑怯な人間には本当に容赦がない。おそらく小山田にとっては、裁判で実刑判決を受けるよりも自分でアイドルを殺した事実の方がはるかに応えるに違いない。

「……でも、本当に計算外でした。たかが五センチの段差であんな転び方をするなんて」

「それには別の理由があるんだ」

「別の理由？」

「それを暴いてくれたのも法医学教室の面々だった。佐倉さんの身体には妊娠以外にも異変があってね」

古手川が言葉を切る。これは説明を譲るという合図だ。仕方なく、真琴がその後を継ぐ。

「司法解剖の結果、佐倉さんは網膜色素変性症であることが分かったんです」

「網膜色素……それ、何の病気なんですか」

「視覚障害の一種です。網膜の視細胞が退行変性していき、進行性夜盲《やもう》や視野狭窄《きようさく》を引き起こすのですが、ゆっくりと進行して自覚症状のない患者さんも多いんです。視野の狭《せば》まり方も周辺からドーナツ状に欠けていくので、本人にも分かり難《にく》いようです。しかも悪阻による体調不良が症状を進行させた疑いがあります」

「正面は見えるものの周辺視野が欠ける。これが何を意味しているか分かるよな」

小山田の目が大きく見開かれる。

「生前、佐倉さんはよく物にぶつかったり、段差に躓いたりしたそうだな。生来のものもあったかも知れないが、視野狭窄の症状が発現していた可能性は大きいだろうな。正面だけしか見えない状態で五センチの段差に足を取られたら、そりゃあ大きくよろめくだろうし、次の段差で体勢も崩すだろう。おまけに倒れていい方向の判断もつかない」

「そんな……そんな……」

「お前にはちょっとしたアクシデントの引き金のつもりでも、彼女にとっては地獄の釜《かま》の中に放り込まれるようなものだった。そして、その蓋《ふた》を開いたのはお前だ」

いきなり小山田は椅子から床に倒れ伏した。両手で顔を覆《おお》い、獣のような声で嗚咽《おえつ》を洩らし始める。

どう見ても亜由美の死を悼《いた》んでいるのではなく、自分の犯した罪の大きさに怯《おび》えているようにしか映らない。

まさか、こんな醜態を晒《さら》すとは想像していなかったのだろう。古手川は困惑したように頭を掻《か》きながら、腰を屈《かが》める。

「最後に訊いておく。埼玉県警のホームページに〈コレクター〉という名前で書き込みを残したのはお前か？」

「な、何のことだ。知らない……僕は、そんなこと知らない……」

迫の昇降まで白状した人間が、そんな微罪を隠す謂《いわ》れはない。嗚咽交じりの言葉が嘘《うそ》とは思えない。

古手川と真琴は顔を見合わせる。

実は同じ質問を古久根にもしていたが、古久根もまた〈コレクター〉については不知《ふち》を貫《つらぬ》いていたのだ。

では〈コレクター〉とは、いったい何者なのだろうか。

二　熱中《のぼ》せる

1

法医学教室のドアを開けると、途端に全身の皮膚が縮むような冷気が身体を包んだ。

「寒っ」

真琴は思わず自分の肩を抱く。冷房の効き過ぎだ。推奨温度どころではなく、体感温度では零下くらいの寒さになっている。

「グッモーニン、真琴」

部屋の奥ではキャシーがファイルを団扇《うちわ》代わりに扇《あお》いでいる。

「キャシー先生！　な、何ですか、この強烈な冷房は」

キャシーは平然と自分の背後を指差す。見れば解剖室のドアが全開になっている。

解剖室の中は遺体を保存しておくために、常時室温を五度に固定してある。その冷気が流れ込んでくれば肌寒いのも当然だった。

「何てことするんですか。こんなことしたら遺体の保存が」

「現時点で預かっている遺体はゼロです。従ってこのクールな風は生者のためだけに使用されています」

「そういう時は冷房装置を切ってください。それでなくても、法医学教室は予算超過で大学側から睨《にら》まれているんですから」

真琴が解剖室のドアを閉めると、キャシーは不満げな様子を露《あら》わにする。

「真琴はいつから体制側へ寝返ったのですか」

「節電に体制も反体制もないでしょう」

「しかし真琴。朝からこんなに暑くては、誰も充分なパフォーマンスを発揮できませんよ。それとも真琴は心頭滅却《しんとうめっきゃく》しているから、暑さを感じないとでも言うのですか」

いったい、この外国人准《じゅん》教授はどこでそんな日本語を覚えたのだろうか――ともあれ今日が生半《なまなか》な暑さでないのは、真琴も同意見だった。

「それは……確かに暑いことは暑いです」

実際、四月半ばというのに三十度を超える日が数日続いている。中国北部では三月四月と降水量が少なく、低気圧の通過もなかったために大陸の気温が上昇した。その熱い大気が日本列島に流れ込んでいるのだ。各地で真夏日を記録し、真琴も昨日夏服を引っ張り出したばかりだった。

「ワタシや真琴はともかく、光崎教授のような高齢者はこの暑さに体調を崩《くず》してしまわないかと心配です」

「光崎先生なら、外出するより解剖室の中にいる方が多いから安心ですよ」

「そうでしょうか。確かにあの人は精神的にはスーパーマンですが、肉体的にはオールドマンです。その年代でなくても、このところ連日熱中症による患者が報告されているではありませんか」

キャシーの指摘通り、季節違いの猛暑が始まるや否《いな》や、埼玉県内に限らず各地で熱中症患者が病院に搬送された。あまりに時季はずれの暑さだったため、強い日差しに対して無防備だったせいもある。この浦和医大にも何人かが担《かつ》ぎ込まれ、内科の連中は朝から忙殺されているという。してみれば暑さに弱いのは生者も死者も同じということか。

そこに闖入《ちんにゅう》者が現れた。

「ちわっス……って、寒いな。いったい室温を何度に設定してるんですか」

顔を覗《のぞ》かせたのは古手川だった。

「いくら真夏日だからって、外気との差がこんなにあったら体調を悪くしますよ」

見れば古手川の額《ひたい》には汗が光っている。うだるような外部からここに直行すれば、確かに変調を来《きた》しそうだ。

「ノープロブレムです、古手川刑事。ワタシたちは警察とは違い、度々外出することはありませんから」

「いや、それが外出してもらわないといけないかも知れません」

これを真琴が聞きとがめた。

「検案要請ですか」

「違う。またあったんだよ、〈コレクター〉の書き込みが」

その名を聞いてキャシーも表情を硬くした。

「昨夜、県警ホームページの掲示板に書き込みがあった。それに謀殺《ぼうさつ》を匂《にお》わせる文言があったもんでね。該当《がいとう》するケースを調べる前に、まず浦和医大法医学教室の意見を訊きに来た」

言いながら古手川は自分の携帯端末を差し出した。見れば県警の掲示板に件《くだん》の書き込みが表示されている。

『季節外れの猛暑で老人や子供たちはすっかりのぼせている。病院に運び込まれた者も多い。だが、全ての犯人が太陽なのだろうか？　どれか一つは太陽に被せられた冤罪《えんざい》ではないのか？　物言わぬ犠牲者に救いの手を。コレクターは修正を望む』

同じものを見せると、キャシーは不機嫌そうな顔になった。

「ワタシはあまり日本語に堪能《たんのう》ではないのですが、何と表現するか、思わせぶりな書き方をしていますね。殺人の動機を太陽のせいにしたのはアルベール・カミュくらいのものでしょう」

　古手川には意味不明だったらしく、こそこそと真琴の腕を小突《こづ》いてくる。

「なあ、キャシー先生、何言ってるのさ」

「フランスにそういう小説があるんです」

「こっちは現実なんだけどな」

「この書き込みを読む限り、熱中症で死亡した人の中で疑わしいケースがあるって意味ですよね」

「ああ。事実、気温が三十度超えになってから熱中症絡《がら》みで五人死んでいるからな。コレクターの指摘しているのは、この五件のうちの一件だろう」

「その五件の内訳は？」

「二件が関西圏、一件が中部地区。残り二件は東京都内とさいたま市」

　まさか埼玉県警のホームページにアクセスする〈コレクター〉が関西や中部地区まで足を運ぶとも考え辛《づら》い。

「じゃあ、その二件が怪しいですね」

「東京都内の案件は公園をジョギングしていた七十五歳男性が、いきなり身体の不調を訴えて病院に救急搬送、二日後に死亡した」

同じ太陽光線を浴び、同じ熱気に包まれても、熱中症に罹《かか》り易《やす》い者と罹り難《にく》い者がいる。罹り易い者は五歳以下の乳幼児と六十五歳以上の高齢者、肥満者、下痢など脱水傾向にある者だ。

「もう一件はさいたま市緑《みどり》区の三歳女児。こちらは自宅近くで遊んでいる最中に意識を失い、やはり病院に搬送されたけど、搬送途中で死亡が確認されている」

「その二人には何か謀殺されるような理由があるのですか」

キャシーが二人の間に割り込んでくる。

「理由も何も、俺も死亡者の一覧を読んだだけですからね。動機も背後関係も何一つ分かっていません。ただ七十五歳の爺さんは警視庁の管轄ですが、三歳の女の子の方は県警の管轄なんで調べ易いということはあります。それともう一つ」

古手川は携帯端末をひらひらと振ってみせる。

「〈コレクター〉の文章の中に『物言わぬ犠牲者』って一文があるでしょ。爺さんの方は、救急搬送してからもしばらくは意識がありました。ところが三歳の女の子は、母親が異状を発見した時から搬送途中で死亡が確認されるまで一度も意識を回復していない。物言わぬというのなら、こっちじゃないかと思いますね」

キャシーは納得顔で頷く。

「その女の子の症状はニュースで詳《くわ》しく取り上げられたのですか」

「報じられたのは年齢と氏名、それから搬送途中に死亡した事実だけで、意識が回復したかどうかは一切触れられていません」

つまり〈コレクター〉は、その女児の死について関係者でなければ知り得ぬ事実を知っていることになる。真琴とキャシーは顔を見合わせた。

「それでは古手川刑事は〈コレクター〉がその女の子を殺害したと考えている訳ですか」

「まだそんなところまでいってませんよ。そこでお二人にお訊きしたいのはですね、熱中症のような状態を人為的に引き起こせるのかどうかって問題なんです」

真琴とキャシーは再び顔を見合わせる。熱中症について概略説明が必要なら、ここは日本語の怪しいキャシーよりも自分の方が適任かも知れない。

「まずですね、古手川さん。熱中症には三段階あるんです。軽症のⅠ度は眩暈《めまい》と手足の痺《しび》れ。中等症のⅡ度は頭痛と嘔吐。そして重症のⅢ度になると高体温と歩行困難、意識喪失。このうちⅠ度とⅡ度というのは大量発汗に塩分やミネラルの補給が追いつかず、脱水状態になる訳ですが、Ⅲ度になれば視床下部《ししょうかぶ》の中枢《ちゅうすう》神経が麻痺して体温の調節機能が失われてしまいます。つまり程度の差こそあれ、どれも体温調節の不具合によって熱中症が引き起こされるということです。ただし、高温だけが中枢神経を侵《おか》す訳ではありません。たとえば湿度が異常に高ければ発汗による体温調節ができなくなります」

「つまり人為的に熱中症を起こすのは難しいってことか」

古手川は苦笑いしながら言う。

「これは私見なのですが」

そう前置きしてキャシーが口を開いた。

「三歳の子供というのは大部分の身体機能が未熟なのです。バイオレンスに対する抵抗力も弱いです。ですから、やろうと思えば病気に見せかけて殺害するのは比較的容易です。それが身近にいる者の仕業であれば、尚更そうでしょう」

キャシーが示唆《しさ》しているのは両親による児童虐待だった。もし、この三歳児の死が謀殺なら、犯人が両親である可能性は高い。それは児童虐待の統計が物語っている。

児童虐待と聞いて古手川も顔を顰《しか》めた。

「とにかく、この案件について調べてみます。法医学教室の皆さんには、また面倒かけちまいそうだな」

真琴は嫌な予感がした。

古手川がこう言う時は大抵現実になってしまうからだ。

＊

「だからね、刑事さん。俺が見つけた時、美礼《みれい》はもう虫の息だったんだってば」

取調室で、瓜生悟志《うりゅうさとし》は同じ供述を繰り返す。

「アパートのベランダがあいつの遊び場所でさ。声がしなくなったんで様子を見に行ったら、ぐったりしてたんだ。それで久瑠実《くるみ》と大急ぎで救急車を呼んだんだよ」

古手川は聴取の最中も、じっと相手の目の動きを注視していた。二十七歳というから古手川と同い年だ。根元まで染め切れていない金髪にジャージ姿。典型的なヤンキー風のためか、顎《あご》に蓄《たくわ》えた髭《ひげ》も貧相な顔にはひどく不釣《ふつ》り合《あ》いだった。

瓜生がシングルマザーの比嘉《ひが》久瑠実と同居し始めたのは去年の十月頃からだった。共通の友人を介して知り合った二人はたちまち意気投合、その日のうちに瓜生が比嘉母子《おやこ》のアパートに転がり込んだという具合だ。

瓜生は土木作業員の職に就《つ》いているが、現場が絶えず移動するために毎日久瑠実たちのアパートに寝泊まりしている訳ではない。一週間のうち半分ほどは家を空けているのだと言う。

「まあ、俺と美礼は血が繋《つな》がってないから、色眼鏡《いろめがね》で見るヤツもいるんだろうけどさ。俺としちゃあ美礼の父親みたいなものなんだから、それ相応に可愛がったよ。もちろん何て言うの、注意義務、だったっけ？　そーゆーのも怠《おこた》ってないつもりなんだよ。こう見えて俺って意外に子供好きなんだよな。だけどあの日は前日が突貫作業だったからさ。つい疲れて寝ちまったんだよ。それで見つけるのが遅れて……」

瓜生は忙《せわ》しなく喋《しゃべ》り続ける。視線は絶えず泳いでいて一定しない。全く若いというのはそれだけで愚《おろ》かなのかと、古手川は思う。こんな風に喋り続ける人間には、落語家か虚偽を隠そうとしている者かのふた通りしかいない。経験値が低いから誤魔化《ごまか》し方も下手だ。

「つまり美礼ちゃんが救急搬送された四月十二日の午後三時十二分、その寸前まであなたと母親の久瑠実さんはアパートにいた、と」

「だから、ずうっとそう証言してるじゃないか。あんな小さな子を放っておくような真似《まね》するかよ」

瓜生は次第に言葉を荒くする。古手川が同年配と見て主導権を握りたくなったのか、それとも怒ったふりをして己の証言に信憑性《しんぴょうせい》を持たせようとしているのか。

「大体よ、美礼が連れ子だから俺が苛《いじ》めてるだろう、なんてのは完全に偏見だよな。パターンに毒されてるんだよ。そーゆー酷《ひど》い親は確かにいるけど俺は違うの。美礼を本当の娘みたいに思ってたんだよ」

「本当の娘、ですか」

「何だよ何だよ、そのけったクソ悪い言い方は。こんななりしてるからってあんまり人をナメるんじゃねーよ」

売り言葉に買い言葉ではないが、このひと言が古手川の向こう気に火を点《つ》けた。

お前もいい加減、警察をナメているよな。

「先ほど仰《おつしや》ったことは確かなんですね」

「ああ、何度も同じこと言わせんなよ」

「だったらどちらかが嘘《うそ》を吐《つ》いていることになる」

「ああ？」

「あなたの住んでいるアパートからクルマで十分ほどの場所に〈ドラゴン〉というパチンコ屋がある。店内の監視カメラにはね、当日の午後二時四十分まで同じ台で打ち続けるあなたと久瑠実さんの姿が映っているんです。つまりあなたか店のカメラのどちらかが嘘を吐いているという訳です」

俄《にわか》に瓜生は狼狽《うろた》え始めた。

「店員の証言によるとあなたは常連客らしい。監視カメラの画像を見るなり、すぐにあなたを思い出した。ああ、そうそう。釘《くぎ》に玉が引っ掛かったとかでその日も店員を呼びつけたらしいですね。そのことも憶《おぼ》えていましたよ」

さっきまでの威勢はどこへやら、瓜生の目線は机に落ち、ついでに肩も落ちている。

「あのパチンコ屋は割と防犯設備の整った店でしてね。駐車場にも監視カメラが設置してありました。えっと久瑠実さんのクルマは薄黄色の軽でしたよね。ちゃんとあなたたち二人がそのクルマに乗り込む瞬間を捉《とら》えていました。ところが変なんです。お二人が乗り込んだもののクルマはしばらく動かない。中で何があったのかは分からないけど、その後十分ほどしてからクルマは急発進して駐車場から出て行きます。これが午後二時五十分。最寄りの病院に久瑠実さんからの緊急電話が入ったのは、それから十分後のことです。時間を考えると、久瑠実さんは自宅アパートに到着するなり救急車を呼んだ計算になる」

目の前で瓜生の肩が震え始めた。愚《おろ》かな上に小心者ときたか。たった一つの嘘を暴かれたくらいで自制心を失いかけている。警察を騙《だま》し通すつもりなら二重三重の虚偽を用意するべきだろうに。

「それにしても最近の画像解析技術は凄《すご》いらしいですよ。これまでは遠すぎたりピントが合わなかったりで判別不可能だった画像がデジタル処理で細部まで鮮明になる。今言った久瑠実さんのクルマについても、画像解析すれば車内の様子まで分かっちゃうらしい」

これは嘘だった。カメラの向けられた方向では久瑠実のクルマが映っているのは精々《せいぜい》運転席までで、後部座席は最初から死角になっているのだ。

だがカメラが設置されていることさえ知らなかった瓜生には、そんな単純な嘘も脅威《きょうい》に聞こえる。元より偽《にせ》のアリバイ一つで言い逃《のが》れできると考えていたようだから、そのアリバイが崩れた途端、無防備同然となる。

「あのクルマの後部座席、調べてみましょうか」

「……えっ」

「四月十二日の午後一時から三時までの間、さいたま市内の気温は三十一度。密閉された車内では条件にもよりますけど五十度以上に達します。そんなサウナみたいな中に二時間近くも放置されたら、三歳児でなくても脱水症状を引き起こす。あんたたち二人がしたのは、つまりそういうことだ」

「ち、違う」

「熱中症というのは大量発汗に塩分やミネラルの補給が追いつかなくなって体温調節ができなくなる症状だ。きっと美礼ちゃんも大量の汗を掻《か》いたはずだ。シートを交換したって、鑑識がその気で這《は》い回ればすぐに検出できる。違うと主張するなら、試してみればいい。それとも」

古手川は言葉を区切ってぐいと顔を突き出す。逃げ場を失った被疑者には、これだけでも結構なプレッシャーになるはずだった。

「今、病院の霊安室に眠っている美礼ちゃんの遺体ともう一度ご対面させてやろうか。ただし今度は、小一時間ほど俺が横につきっきりになってやるけど」

すると瓜生の口からおうと獣の唸《うな》り声が吐き出された。きっと安堵《あんど》と絶望、両方の声だったのだろう。瓜生は憑《つ》き物が落ちたような表情になって全てを語り始めた。

その内容は古手川が予想していたものと寸分も違わなかった。

内縁相手の連れ子に情愛は感じなかったという。むしろ疲れきった時や久瑠実の身体を求める時には、美礼の泣き声が邪魔で仕方なかったらしい。とにかく聞き分けが悪く、いったん泣き出すと悲鳴のような声を上げた。だから虐待とまではいかなくとも、遊び相手になったりお守りをしたりということは一切なく、また美礼の方も瓜生には懐《なつ》かなかったと言う。

パチンコは瓜生と久瑠実共通の数少ない趣味だった。あの日も軍資金を握り締めて〈ドラゴン〉の駐車場に到着した。だが、この日に限って美礼がぐずり出した。このままでは店内で大泣きをして、三人とも摘《つま》み出されてしまう。

クルマの中に置いておこう、というのはどちらからともなく言いだしたことだった。窓に指が入るくらいの隙間《すきま》があれば窒息《ちっそく》することもないし、どうせ一時間以内で勝負をつけるつもりだったのだ。

ところが打ち始めると確変が起きそうで起きない場面が繰り返され、つい時間を忘れて没頭した。結局二人合計で四万円以上を消費してから駐車場に戻り、クルマのドアを開けた途端とんでもない熱気がこぼれ出た。異状に気づいて、倒れ伏していた美礼を抱き起こしたが意識不明で何の反応も示さない。

どんな馬鹿でも自分たちの置かれた立場は理解できた。このままでは保護者として責任を問われるのは必至だ。

そこで二人は自宅アパートに取って返すと、ぐったりとした美礼を部屋の中に置き、すぐに救急車を呼んだ。美礼がベランダに出ているうちに熱中症に罹ったというシナリオだった。少なくとも熱中症には違いないので、上手《うま》く病院や警察を騙し果《おお》せると考えたらしい。

供述調書を作成している最中も、古手川は腹が立って仕方なかった。親の無責任に対する義憤《ぎふん》でもなければ美礼への同情でもない。もっと直截《ちょくせつ》な憤怒《ふんぬ》が額の辺りから弾《はじ》け出そうな感覚だった。

その感覚は瓜生の供述を取った後もしばらく消えなかった。

2

翌日、法医学教室を訪れた古手川はひどく人相が悪かった。

今までにも顔を顰めることはあったが、この部屋の中でそんな表情を見せるのは初めてだったので気になった。

「どうしたんですか、古手川さん」

「どうしたって、何が」

不思議そうに訊き返してきたので、どうやら無意識に顔を歪《ゆが》めているらしい。

「えっと、まるで歯医者の帰りに犬のフンを踏んだ子供みたいな顔してます」

笑ってくれるものと思っていたが、古手川は自分の顔を確かめるように撫《な》でてからぽつりと言った。

「いい喩《たと》えだ、真琴先生」

「えっ」

「治療痕が痛む上に、犬のクソ並みにおぞましいものを踏んだ。昨日からずっとそんな気分でいる」

憤慨《ふんがい》と落胆が綯《な》い交《ま》ぜになった口調も初めて聞くものだった。

「キャシー先生は不在なのか」

「法医学の講義中です」

「じゃあ真琴先生が一人で留守番って訳か」

古手川は少し安堵したようだった。

「不幸中の幸いだったな。キャシー先生に見られていたら、どんな精神分析をされていたことやら」

「……昨日、何があったんですか」

「ただの取調べだよ。ほら、例の三歳児が熱中症で死亡した案件。あの件で母親の恋人から供述を取っていた」

古手川が告げる母親の恋人の供述内容は、確かに唾棄《だき》すべきものだった。わずか三歳の娘を車内に置き去りにしたことも許せないが、パチンコに興《きょう》じるあまりその存在を忘れたと聞くに至って義憤に駆《か》られた。

「ひどい親……」

「仕事柄、鬼畜な連中は大勢見ているんだけどな」

その言葉にまた引っ掛かる。凶悪犯を何人も相手にしてきた古手川が、何故保護者の責任を放棄した父親に、これほど憤《いきどお》るのか。

「子供を車内に放置して、その結果子供が死んだらどんな罪になるんですか」

「この場合は二つ考えられる。一つは保護責任者遺棄致死罪で三年以上二十年以下の懲役。もう一つが重過失致死罪で五年以下の懲役、五年以下の禁錮、百万円以下の罰金」

「二つはどう違うの」

「その場の状況や子供の年齢かな」

「重過失致死罪の五年以下の懲役って、何だか刑罰にしてはとても軽い感じがする」

「実際の判決はもっと軽い。過去にも同じようなケースがあったけど、禁錮一年六カ月、執行猶予三年なんて判決が出ている。事実上の無罪みたいなもんだ」

「じゃあ、今度の事件も……」

「うん。人一人殺したっていうのに、おそらくは罰とも言えないような罰になる可能性が高い」

真琴は話している最中から古手川の顔を、穴が開くほど見つめている。

「な、何だよ」

「それだけですか」

「それだけも何も……俺は子殺しが一番嫌いなんだよ」

 慌ててそっぽを向いたところをみると、それが全てでないことくらいは容易に察しがつく。どうもこの男は自分で思っているほど嘘や隠し事が上手くない。

「あの、ですね、古手川さん。わたしだってキャシー准教授ほどじゃないけど、精神分析の真似事《まねごと》くらいはできるんですよ」

それを聞いた古手川はわずかにたじろいだようだったが、それで勘弁してやろうとは思わなかった。

「そういうのは俺、要《い》らないから」

「いつだったかわたしに、捜査に私情は禁物って言いましたよね。もし古手川さんの中で特定の犯罪に対する拘《こだわ》りがあったら、それだって私情のうちに入るんじゃないですか」

「まあ、そういう見方もなくはないけど……」

「トラウマになっているとか?」

「真琴先生がどうして俺のトラウマを心配するんだよ」

「……これでも医者の端くれですから。もし古手川さんがそのトラウマが原因でミスをしたら、わたしも寝覚めが悪いじゃないですか」

何とも強引な理屈だったが、古手川は小さく唸ってから諦《あきら》めたように項垂《うなだ》れる。

「別にトラウマってほどじゃないけど、まだ刑事になりたての頃、ひどい猟奇殺人の事件を担当したことがあってね」

やがて古手川が話し始めた過去の事件は、確かにおぞましいものだった。犯人はおよそ考え得る限りの人体破壊を繰り返し、街一つを恐怖のどん底に叩き込んだ事件だったというのも頷《うなず》ける。

そして捜査の途中、古手川はある親子と知り合うことになる。学生の頃、既に両親との縁が切れていた古手川にとって、その親子は忘れていた感傷を思い出させるものだったらしい。

「ところが、その子供の方が殺された」

真琴は返す言葉を失う。

「間抜けな話さ。こっちは子供の仇《かたき》を討《う》つつもりで、しゃにむに走り回ったっていうのに、最後の最後まで真相に気づきもしなかった。班長からは散々、お前の目は節穴《ふしあな》かと言われたよ」

「それから、その類《たぐい》の事件が嫌いになったんですね」

「ああ。でもそれで夜中にうなされたり、フラッシュバックに悩まされたりすることはないからトラウマなんて大層なものじゃない。ただ無性に胸糞《むなくそ》悪くなるだけだ」

そうだろうか、と真琴は訝《いぶか》しむ。夜中にうなされないからといってトラウマでないとは言い切れない。話を聞く限り、子殺しへの憎悪は古手川の深い部分に巣食っている可能性を捨て切れない。

「俺が今度の事件で一番嫌なのは、動機がないことなんだ」

「動機？」

「子供が憎いから殺す。カネ目当てで殺す。それなら胸糞は悪いけど、理由がある分まだマシだ。でもな、比嘉美礼という女の子は大した理由もなく、ただパチンコよりも親の興味を引かなかったから殺された。それも積極的な殺し方じゃない。車内に置き去りにされただけだ。まるでモノみたいな扱いを受けたんだ」

古手川の口調が俄に粘《ねば》り気を帯《お》びる。

「あの子は車の中で二時間もの間、放置されていた。あの日、車内の温度は軽く五十度を超えていた。水もなく、風の行き来もほとんどない中で二時間、ひたすら親が助けに来てくれるのを待ち続けた。暑いし、身体中から汗が流れ出てだるくなる。そのうち碌《ろく》に動くこともできなくなって呼吸も困難になる。それでも待ち続ける。でもとうとう来てくれなかった……。その絶望を想像するとやり切れなくなる。最高五年の懲役なんていう法律が腹立たしく思えてくる」

きっと何度もその光景を思い浮かべたのだろう。古手川の言葉にはひどく臨場感があった。

真琴は不安に駆られる。被害者の無念を思い描くことは警察官にとって必要な資質なのかも知れない。だがあまりに深く、あまりに強い憎悪は本人自身を侵食してしまうことがある。職業意識との兼ね合いもあるだろうが、負の情熱に突き動かされた行動が碌《ろく》な結果を生まないのは、真琴自身が何度も経験している。

「でも法律が決めた以上の刑罰は与えられないんでしょ」

「だから余計に腹が立つ」

そこに聞き慣れたしわがれ声が割って入った。

「腹が立つとか立たんとか、お前はそんな安っぽい感情で仕事をしておるのか」

声のした方向に、光崎とキャシーがいた。

「わしの教室で誰が思慮《しりょ》の浅いアナウンサーの如《ごと》き口上《こうじょう》をまくし立てているのかと思ったら、やはりお前か」

「し、思慮の浅いアナウンサーって」

「たかが原稿読みが披瀝《ひれき》する持論なんぞ浅学菲才《せんがくひさい》の極《きわ》みだが、お前のはそれと同列だ。仕事に稚拙《ちせつ》な感情を持ち込むな」

光崎の一喝《いっかつ》で古手川は水を浴びせられた犬のように縮こまる。憤慨で沸騰《ふっとう》しかけた頭にはちょうどいい冷却効果があったようだ。

毒を以《もっ》て毒を制すという言葉を思い出す。もっともそれを口に出してしまうのは、もっぱらキャシーなのだが。

「刑事が犯罪を憎んじゃいけませんか」

「お前の物言いは犯罪を憎んでおらん。犯人を憎んでおるだけだ」

はっとした。

これは真琴が研修医として内科に配属された際、担当教授から受けた忠告に似ている。

『あまり一人の患者に肩入れしてはいけない。感情は判断を狂わせる元凶だからね』

世の中には己の感情を殺して向かわなければならない仕事がいくつもある。その一つが医療従事者だと教えられた。ひょっとしたら古手川の仕事もそうなのかも知れない。

「古手川刑事がエモーショナルになっていたのは、三歳児が熱中症で死亡した案件ですね。早速、両親を取り調べたのですね」

毎度のことながら、キャシーは好奇心丸出しで古手川に迫る。元々、事件を持ち込んできたのは古手川の方だから説明しない訳にはいかない。古手川は不承不承《ふしょうぶしょう》の体で、真琴にしたのと同じ説明を繰り返す。

「やはりネグレクトに近い状況だったのですね」

説明を聞き終えたキャシーは納得顔で頷く。この准教授の場合、案件一つ一つに感情移入するというよりも、知的好奇心を露骨に発揮しているだけだから光崎の逆鱗《げきりん》に触れることもないのだろう。

「日本法医学会でも児童虐待についてサンプリングしていますが、加害者は圧倒的に両親が多いですね。それが年々増加傾向にあるのが気になります。アメリカでは法医学の立場から児童虐待を防止しようという運動が活発なのですが、日本ではまだまだのようで残念です」

外傷から児童虐待かそうでないかを見分ける知識を、児童相談所や福祉事務所に普及させる試みは各地で散見される。しかしまだ全国的に展開されているとは言い難《がた》く、欧米に比べれば立ち遅れているのが実状だ。

「それで古手川刑事。正式な解剖要請はまだなのですか」

キャシーの問い掛けに、古手川は悩ましい顔をする。

「既に内縁の夫が自供しているため、司法解剖の必要はないんじゃないかってウチの一課長が……。検視官も直腸温と死後変化の早さから熱中症と判断していて」

「馬鹿も休み休み言え」

光崎は切り捨てるように言う。

「熱中症にしろ凍死にしろ、異常環境下での死は特異的所見に乏《とぼ》しい。直腸温だけで死因を特定してどうする。今すぐ、その遺体を持って来い」

「義理の父親の供述を疑ってるんですか」

「生きている人間は嘘を吐く。だが死体は嘘を吐かん。さあ、早くお前の上司に掛け合ってこんか」

古手川は追い立てられるようにして部屋を飛び出して行った。

一刻も早く娘を荼毘《だび》に付したい――比嘉久瑠実はそう切望し、瓜生の自白があっても尚、光崎は司法解剖を要求した。県警としては予算の都合上、不必要な司法解剖は避けたい思惑があったが、解剖実績が群を抜いている光崎の意向となれば無視する訳にもいかない。結局は捜査一課長の栗栖《くりす》が折れる形で、美礼は司法解剖されることになった。

「だけど、これで課長の俺への心証はかなり悪くなりましたよ」

美礼の遺体を搬送した際に古手川がそう呟《つぶや》くと、光崎はじろりと睨《にら》んできた。

「何だ、貴様はいちいち上司の目を気にしながら仕事をしておるのか」

「いや、そんな殊勝な気持ちはずいぶん前になくなりましたけどね」

「公務員は上司にではなく、民の方に顔を向けろ」

「民というか、先生の方ばかり向けさせられてるような気がするんですけどね」

ストレッチャーに載《の》せられた遺体はシーツの上からでも小さなことが分かる。真琴は改めてその遺体を不憫《ふびん》だと思った。

そして真琴とキャシーが遺体を解剖室に運んでいると、古手川がその後ろをついてきた。

「古手川さん、解剖に立ち会うつもり？」

「そうだけど」

危《あや》ういと思った。子殺しにあれだけ過敏な反応を示す古手川が、もし美礼に与えられた虐待の痕跡を目《ま》の当たりにすれば、平静を保てなくなるかも知れない。

「無理しなくても……」

「子供の好き嫌いじゃあるまいし」

強がるように言って古手川は解剖室に入って行く。犯人への憎悪を高めるためなのか、子供の死体に慣れようとしているのかは判然としなかったが、敢《あ》えて忌《い》み嫌うものに対峙《たいじ》しようとする姿勢は見習いたいと思った。

三人が解剖着に着替え、遺体を解剖台に載せると、いよいよ光崎の出番だ。

光崎がシーツを剝《は》がすと美礼の遺体が光に晒《さら》された。

本当に小さな身体だった。元から細身だったのか、四肢は枝のようだ。見ていると堪《たま》らない気持ちになったが、光崎は眉一つ動かさずに死体の表面を観察している。

意外だったのは、体表面に打撲や擦過などの外傷が見られなかったことだ。両親から虐待を受けた乳幼児のほとんどは身体のどこかしらに暴力の痕《あと》を残しているものだが、美礼にはそれがない。死後二日を経過していてもシミも痣《あざ》もない綺麗な身体だった。

「遺体を伏臥《ふくが》姿勢に」

真琴とキャシーが遺体を俯《うつぶ》せにする。小さくて軽いから一人でもできないことはないが、不用意に遺体を傷めたくない。

引っ繰り返した身体もまた綺麗なものだった。後頭部、首筋、背中、臀《でん》部とやはり目立った外傷はない。光崎はそれを確認すると浅く頷いた。

遺体の向きを仰向けに戻した後、光崎が執刀を宣言する。

「では始める。遺体は三歳女児。体表面に外傷なし。死後経過時間に比較して腐敗進行はやや早い。検視報告では熱射病による多臓器不全。よって急死の所見と重複する可能性が大である」

熱中症はその症状により大きく三つに分類される。体温上昇を伴《ともな》わない熱痙攣《けいれん》と熱疲労、そして体温上昇を伴う熱射病だ。このうち熱疲労までは休息によって回復するが、熱射病に至れば体温調節機能の限界を超えるため、多臓器不全を引き起こしてしまう。

「最初に開頭を行う。ドリルを」

光崎が指摘したように異常環境下での死亡は特異的所見に乏しい。だが死因が熱射病の場合はしばしば脳浮腫《ふしゅ》や血液濃縮が顕著《けんちょ》となる。開頭するのはそれを確認するためだ。

「ストライカー」

光崎の手が頭蓋を骨切していく。元々頭蓋が軟質なせいもあるが、光崎の術式は骨切のような作業でも静謐《せいひつ》さを保っている。電動ノコギリによる骨切は手作業なので、切開部分や力の強弱によって音が異なってくる。しかし光崎の手にかかれば電動ノコギリの音は常に一定で、しかも澱《よど》みがない。陳腐な喩《たと》えかも知れないが、真琴はその手際にどうしても芸術家を連想してしまう。事実、今までも部外者が光崎の術式に立ち会うことがあったが、彼らは例外なくその指の動きに目と耳を奪われて咳一つしなかったのだ。

やがて頭蓋が取り外され、硬膜に覆われた脳髄《のうずい》が姿を現した。硬膜は脳髄の保護膜なので相応に頑丈《がんじょう》なはずなのだが、光崎はこれも容易《たやす》く剥離《はくり》させていく。

そして露出した脳髄を覗いた時、真琴は奇異な感に打たれた。

脳髄のどこにも浮腫の形跡は見当たらない。

熱射病の症状にも拘《かか》わらず脳浮腫までには至らなかったということなのか。

疑問を口にしようとしたが、光崎自身はそれを見越していたかのように粛々《しゅくしゅく》と硬膜を戻す。

「次は開腹。メス」

キャシーから手渡されたメスを持つと、その指先はいよいよ芸術家の動きを発揮する。キャンバスに線を引くように切っ先を滑らせて、Y字を描く。切断面から血の玉がなかなか浮かんでこないのは、無駄な力を使わずに切開しているからだ。

真琴がついと顔を上げると、正面に古手川が立っていた。解剖を見守る古手川の目は静かだが、瞳の奥に熾火《おきび》のような鈍い光が見える。

「よそ見をするな」

光崎の叱責《しっせき》で、慌てて視線を戻す。

皮膚切開と続く肋骨切除。途端に饐《す》えた異臭が拡がるが、不思議に成人のそれよりも淡く甘い気がするのは錯覚だろうか。

光崎のメスは最初からそこと定めていたかのように胃を目指す。三歳という年齢を考慮しても容量の小さそうな胃だった。

胃を取り出すと、さっと胃壁を切り裂き、両側に開く。

真琴の目はその内部に釘づけとなる。

胃の内部には、見事なまでに何も残っていなかった。消化され尽くした後なのか内容物と呼べるようなものは見当たらない。

だがピンセットに持ち替えた光崎の指は、そこから異様な物体を摘《つま》み上げた。

黄土色をした薄い欠片《かけら》だった。よくよく覗き込むと同じ形状の欠片が数枚、胃壁に付着している。

光崎はその欠片を蛍光灯に翳《かざ》してしげしげ観察した後、ステンレス皿に置いた。

次に光崎は腸壁も切開してみた。だが腸の中にも先刻の欠片が点在するだけで、他の固形物は見当たらない。

「閉腹する。念のため組織の一部と血液を採取」

これで終わりなのか――質問したいことが山ほど浮かんだ時、今まで沈黙を守っていた古手川が口を開いた。

「先生。その欠片、いったい何なんですか」

真琴も同じ疑問を抱《いだ》いていた。未消化の部分から推《お》しても、とても一般的な内容物とは思えなかった。

光崎は面倒臭そうに古手川を一瞥《いちべつ》して言った。

「紙だ」

3

「悟志についてかい？　ああ、そう言えば内縁の奥さんの連れ子が亡くなったんだってね。新聞見たよ。まだ三歳だったんだろ。可哀想なことしたねえ。悟志ってのはさ、そりゃあ金髪に染めてるし、なりは完璧なヤンキーなんだけど、仕事は真面目でさ、結構現場での信頼はある方だよ。ただね、真面目なんだけど、あまり欲がないんだよね。人の上に立ってやろうとかさ、他人より一円でも多く稼ぎたいとかさ、そういうの一切なし。ただひと月暮らしていけるだけの生活費とパチンコ代があればそれでよしってね。だから俺も同じ現場で働いているけど悟志に対してストレスはないよ。まあ、ちょいと物足りないと思う時はあるけどさ。ガテン系でなおかつ草食系なんてのも珍しいんだけど、あいつがそうだよ。え、四月十一日？　十一日っていったらあいつは前から俺たちと茨城の現場にいて解散したのは十二日の午前中だったね。悟志もさ、解散した日中に帰って久しぶりに奥さんとしっぽりしたいとか言ってたものな」

「ふうん。お兄さん、刑事さんなんだ。古手川さん、だっけ。話するのはいいんだけどさあ、こっちも商売なんだから何か頼んでくれなきゃ……。え。コーラ？　仕事中だから？　結構、堅物《かたぶつ》よねー。じゃあ、せめて水割り一杯奢《おご》ってよ。マスター！　こっち水割りー。えっとね、久瑠実ちゃんのシフトは夕方七時からラストまでなんだけど、子供がいるからなかなか一定しなかったのよ。それに悪いけど、久瑠実ちゃん目的で通う常連さんなんていなかったし。アラサーで子持ちとなると、やっぱり生活感みたいなもんが滲《にじ》み出ちゃうでしょ。そうなるとさー、わざわざ呑《の》み屋に来てまでそんなこと味わいたくないじゃない。そりゃあお客さん、つかないわよ。そういうことでさー、この店での扱いがどんなだったかは察してよね。あ、でもね。久瑠実ちゃん本人は蓮《はす》っ葉《ぱ》とかそういうんじゃないのよ。どっちかというと一途《いちず》な方だよね。この人と決めたらもう一直線、脇目も振らず、っていうか周りが見えなくなるタイプ。良く言えば純情。えっ、悪く言えば？　そんなの決まってんじゃん。ただの不器用っていうか、周りが見えなくなるって言うか、人間核兵器。刑事さんも身に覚えない？　そりゃあ容姿端麗で、どこかのお嬢さんが一途なのは嬉しいだろうけど、十人並みの顔で子持ちの三十女に一途になられても、鬱陶《うっとう》しいか怖いかのどっちかじゃない。ウチにもあの悟志って人来たことあるけどさ、あれくらいの男なら、もっと可愛くてほいほいついて来る女が沢山いるよ。実際、ウチの他の娘が色目使ってて、本人も満更《まんざら》じゃなかったみたいだし」

「県警の捜査一課から？　これはこれはご苦労様です。ええと、比嘉美礼ちゃんの件ですね。あの子も可哀想なことをしました。車内放置だったんですってね。一度は相談所でも担当した子ですからね、当方としても寝覚めが悪くて。ええ、昨年の十二月に一度相談を受けています。ちょっと待ってください。今、記録を……そう、そうですね。十二月四日、ご近所の通報で職員が自宅に出向いて、いったんこちらで保護しています。いや、美礼ちゃんがベランダで泣き叫んでおったのですよ。それも夜中の一時半に。季節が季節ですからね、下手をしたら風邪どころか凍死しかねませんよ。それで職員がお母さんに事情聴取すると、言うことを聞かないので内縁の夫が躾《しつけ》のためにベランダに放置したのだと。ええ、もちろん内縁の夫である瓜生さんにも事情を訊きました。すると、そろそろ許して家の中に入れようとした時に運悪く通報されたと、悪びれる様子もなくそう言う訳です。わたしたちも親の言い分を百パーセント信用することはせず、美礼ちゃんの着衣の裾《すそ》を捲《まく》ってみましたが虐待されたような痕跡は見当たりません。児童相談所としても明確な虐待の事実がなければ、子供を強制的に引き取ることはできません。きっとまた相談所の対応が遅きに失したと非難されるのでしょうが、相談所に勤める者の立場としては事が大きくなる前にわたしたちが強制力を発動できるよう、一刻も早く法整備を急いで欲しいと思いますね。確かに民事不介入に抵触《ていしょく》する危惧《きぐ》もなくはありませんが、それよりも子供たちの生命と安全を護《まも》るのが優先するとは思いませんか。えっ、瓜生さんの印象ですか。そうですね、あのカップル自体、典型的なワーキング・プアの夫婦のようですが、瓜生さんの第一印象は不思議に悪くなかったのですよ。何というか、思慮には欠けるが、悪党とも言い切れないという感じでしょうか」

「ああ、お隣の比嘉さんね。ううん、美礼ちゃんのことを通報したのはあたしじゃないわよ。でもねー隣でなくたって、美礼ちゃんが虐待されてたのは、ご近所ならみんな知ってるわよ。あの子って火が点いたような大声で泣くしね。でも春になってから泣き声が聞こえるのも少なくなったから、虐待も治まったのかと思ってたのよ。それがほら、パチンコ屋で車内放置でしょー。ホント、悲惨よね。最近じゃあまり姿も見かけなかったけど、美礼ちゃんて元気だったのよ。顔も腕もぷるんぷるんでさ。ひどくなったのは、やっぱり比嘉さんが夜の仕事しだしてからよ。だからさ、わたしも含めて、もう少し早く何とかできていたらって後悔するんだけど、こればっかりは他人の子だしさ。ウチのことに構うなって言われたらそれきりだもんね」

関係者からの訊き込みを終えた後、古手川は県警本部の鑑識を伴って比嘉久瑠実のアパートに臨場した。

玄関に入った瞬間、微《かす》かに饐えた腐敗臭が鼻腔《びくう》に侵入してきた。しかし部屋の中に死体が放置されていた訳でもない。古手川は鼻をひくつかせて異臭の元を探し始めた。

玄関からでも内部の散らかり具合が分かる。脱ぎ捨てられたままの衣服、コンビニ弁当の容器、発泡酒の空き缶、ジャンクフードの欠片、箱から溢《あふ》れたゴミ、何かの液体が凝固した跡、そして床に溜《た》まった埃《ほこり》と毛髪。

しばらく観察していて分かった。異臭の元はこうしたゴミが渾然一体《こんぜんいったい》となった臭いであるとともに、自堕落《じだらく》な生活の臭いでもあった。秩序も計画性もなく、ただ一日一日を無駄に消費するような貧しさが饐えた臭いになっているのだ。

「なあ、古手川よ」

三年先輩の伏屋《ふしや》は、鑑識のセットを広げながら割り切れない表情をしていた。

「渡瀬《わたせ》班長の要請だったから俺たちが出張《でば》るのは吝《やぶさ》かじゃないが、今回の件は車内放置で話が済んでいるんじゃなかったのか。第一、こりゃあ生活安全部の案件だろう」

「生活安全部の案件で済むんだったら、ウチの班長が介入なんてしないでしょう」

「そりゃまあそうだが……しかし因果な話だな。他所《よそ》の事件に首突っ込んで空振りだったら非難轟々《ごうごう》、真相を突き止めたら突き止めたで非難轟々。どっちにしても貧乏くじだぞ」

伏屋の言葉が耳に痛い。実際、この部屋の家宅捜索にしても令状を取るのにずいぶん嫌味を聞かされた。それでも渋々ながら発付されたのは渡瀬の意向のお蔭《かげ》だが、これで外れたら目も当てられない。

「刑事になった時点で貧乏くじ引いてますよ」

「違いない」

鑑識に残留物の採取を任せ、古手川は玄関先で待機する。通路帯も敷いていないので、鑑識の仕事が終わるまでは待ちが続く。

たかが2DKだというのに、ゴミや埃が多いせいで採取作業は予想よりも長時間に及んだ。

「おーし。もういいぞ、古手川」

伏屋の合図で、ようやく古手川はリビングに入る。鑑識課が洗いざらい浚《さら》った後だが、荒廃《こうはい》した印象はいささかも揺るがない。そして同時に違和感も覚えた。

幼児のいる家庭は例外なく乳臭い。そしてどこかしらに甘い残滓《ざんし》があり、加えて子供の好きそうなファンシー・グッズが辺りに溢れているものだ。

しかしここのリビングにはそういうものが欠片もない。あるのはただ荒んだ生活の臭いだけだった。発泡酒の空き缶と安タバコの吸い殻《がら》は瓜生か久瑠実どちらかのものだろう。

そうした汚物が子供の気配を完全に掻き消してしまっている。

久瑠実の証言では、奥の部屋が寝室になっているらしい。古手川はそちらにも足を踏み入れる。襖《ふすま》で仕切られた六畳間。その襖もところどころが引き裂かれてぼろぼろになっている。畳も何箇所か毟《むし》られたように毛羽《けば》立《だ》っている。とても心落ち着くような内装ではなく、荒廃の波はここにも押し寄せている。

古手川は鈍い痛みとともに自分の実家を思い出す。古手川家が離散したのは高校の頃で、まさか古手川が乳臭い訳はなかったが崩壊寸前の家の中はちょうどこんな臭気が漂《ただよ》っていた。きっと家族というものは一種の生き物で、死滅する際には腐敗臭を発散するのだろう。

いや、世界に対する抵抗力を身につけた後に家庭の幻想から解放された分、古手川は幸福だったと言える。孤独や憎悪を味わう一方で、団欒《だんらん》や愛情も知った。だが殺された美礼はまだたったの三歳だった。この世界には醜いものと同じだけの美しいもの、絶望と同じ数の希望があることも知らずに逝《い》ってしまった。

法医学教室で目の当たりにした痩《や》せぎすの小さな身体。思い浮かべると、腹の底から昏《くら》い感情が湧き上がってくる。光崎から窘《たしな》められたばかりだが、理性で抑え込むにも限界がある。

古手川は雑念を払拭《ふっしょく》するように頭を振ると、破れた襖に目を凝《こ》らした。

4

美礼の遺体は司法解剖後、久瑠実の要望通り荼毘に付されることになった。ただし、その前に遺体引き渡しのセレモニーが待っている。ちょうど県警本部の留置場に久瑠実が拘束されていたので都合もよく、遺体引き渡しは県警の霊安室で行われた。

警官に付き添われて霊安室に入って来た久瑠実は居合わせた関係者の数に驚いたようだった。

「あの……この人たちは？」

「あんたの娘さんの司法解剖を買って出てくれた法医学教室の人たちだよ」

古手川に紹介され、真琴とキャシーは軽く頭を下げる。

今まで従順だった久瑠実は途端に態度を豹変《ひょうへん》させた。

「あんたたちが美礼を切り刻んだのね！」

二人に詰め寄ろうとするが、警官の握る腰紐《こしひも》が張って二歩以上は進めない。だが久瑠実が猫のように飛び掛かってきた時、真琴は射竦《いすく》められたようにぴくりとも動けなかった。

「よくも、あんな小さな子を解剖するなんて残酷な真似ができたわね。あんたたち、それでも女？」

そして真琴とキャシーを観察して、罵《のの》りの言葉を続ける。

「ふん、見たところ子供はいなさそうだね。だったら腹を痛めた経験もなしか。女としちゃあ半人前だ」

「エクスキューズ・ミー」

受けて立ったのはキャシーだった。

「今のあなたの発言は二重に非論理的です。ワン、妊娠線を確認した訳でもないのに、外見だけで妊娠経験の有無を断じる根拠がありません。ツー、未産婦は成熟した女性ではないという科学的根拠は存在しません」

「何ですってえ！」

断りを入れて尚、キャシーの言葉は久瑠実の怒りに油を注《そそ》いだようだった。

「何をしれっと喋ってんのよ、このガイジン女！」

横で聞いている真琴はひやりとしたが、キャシーは落ち着いたものでいささかも動じた風ではない。

「静かにしないか」

さすがに古手川が二人の間に割って入る。

「本来、異状死については洩《も》れなく解剖することになっているんだ」

「異状死って何よ」

「少なくとも室温五十度を超える車内に放置されて熱中症になるなんてのは、普通の死に方と言わないだろう」

古手川に諭《さと》されると、久瑠実は憤懣《ふんまん》やる方ないように唇を尖《とが》らせる。

「それはあたしたちが悪かったたって認めてるじゃない。愚《おろ》かなことをしたって反省してるわよ。あたしが言いたいのはね、原因もその原因を作った人間も分かっているのに、どうして今更解剖する必要があるかってことよ。こ、こっちは一刻も早く美礼を成仏《じょうぶつ》させてあげたいのに、更に解剖するなんて……あんたたちはあたしたちを鬼の夫婦みたいに思ってるかも知れないけど、あんたたちだって似たようなもんじゃないの」

これ以上話しても無駄と思ったのか、古手川は霊安室の隅からストレッチャーに載せられた美礼の遺体を運んで来た。解剖施術をしたとはいえ、閉腹その他の後処理は光崎が担当しているので体表面の痕は目立たない。

「美礼っ」

久瑠実は矢も盾も堪《たま》らぬ様子で遺体に縋《すが》りつく。

「ごめんなさい、ごめんなさい。ママが悪かったのよ。あんなところに閉じ込めてしまって。暑かっただろうね、苦しかっただろうね。本当に本当にごめんなさい……」

外界から隔絶された霊安室に久瑠実の嗚咽《おえつ》が荒く長く響く。聞くに堪《た》えない声だったが、古手川はずっと久瑠実の背中を見続けている。

やがて嗚咽が治まりかけると、古手川は思い出したように手の平大の箱を久瑠実に差し出した。

「これも引き取りの対象だ」

「えっ」

「娘さんの体内にあったものだ。浦和医大法医学教室の面々が丁寧《ていねい》に摘出してくれた」

久瑠実が蓋を開けると、中から現れたのは光崎が消化器官から取り出した黄土色の欠片だった。

「……何ですか、これ」

「娘さんの消化器官に残っていた未消化物だよ。色と形がずいぶん変化したから分かり難いだろうけど、それはお宅の部屋にあった襖紙だ」

「ふ、襖？」

「そうだ、食べたんだよ。お腹を空かせているのに何も与えられず、ひもじくてひもじくてどうしようもなかった美礼ちゃんは畳を千切って食べようとした。でも三歳児の指じゃあ毟ることしかできなかった。だから襖を破り、その欠片で飢えをしのごうとしたんだ。襖の成分と消化器官の内容物のそれは完全に一致した。ついでに部屋の襖の破れ目からは、わずかに美礼ちゃんの血液も採取された。きっと指から血が出るまで懸命に襖を破り続けたんだろうな」

古手川の口調が俄に激しくなる。

「美礼ちゃんが車内放置されて熱中症を引き起こした……だが真相はそうじゃない。それはあんたたちが仕組んだ二つ目のトラップだった。母親のあんたが一週間何も与えず、我が子を餓死《がし》させようとしたんだ。以前はふっくらしていた美礼ちゃんががりがりに痩せていたのはそのためだ」

「あ、あ、あたしたちはそんな」

「あたしたちじゃない、あたしだろう」

古手川は表情のない顔をぐいと久瑠実に近づける。だが古手川を見慣れた真琴は知っていた。この無表情は我が身さえ灼《や》き尽くすような憤怒を堪えようと、必死に繕《つくろ》っている仮面だ。

「通報があったのは十二日だが、美礼ちゃんはそれ以前から絶食状態だった。だが瓜生は茨城の現場にいたから、彼女を寝室に閉じ込めたのはあんたが単独でやったことだ。そして十二日、部屋を訪れた瓜生は美礼ちゃんが餓死しているのを発見した。このままじゃあんたが殺人罪に問われる。それで美礼ちゃんの死体をクルマに運び込み、パチンコ屋まで行ってわざと車中に放置したんだ。あんたは勝手に不安がっていたが、瓜生は瓜生なりにあんたのことを気にかけていたのかな。それであんたを助けようとした。保護責任者遺棄致死罪や重過失致死罪には問われるだろうが、それでも殺人罪よりはずっと軽い刑罰で済む。五十度を超える室温で死体の腐敗速度は狂い、相当な熱を帯びる。そのまま車中に放置したと証言してもよかったが、あんたたちは美礼ちゃんがベランダで遊んでいたという一つ目の嘘をこしらえることで警察をより完璧に騙そうとしていたって訳だ。さあ、教えてくれ。最初に計画を提案したのは瓜生の方か、それともあんただったのか」

追い詰められた形の久瑠実は唇を震わせ始めた。

「どうして……あたしが、そんなことを」

「語るに落ちたね。やっぱりあんたの筋書きに瓜生が踊らされた形か。美礼ちゃんを殺そうとした動機は瓜生への独占欲だ。あんたは美礼ちゃんさえいなければ、瓜生が自分と所帯を持ってくれる。そう考えたんじゃないのか?」

「ち、違います」

「違うって言うのなら、俺じゃなくて美礼ちゃんに言うんだね」

古手川は久瑠実の首を捕まえると、強引に美礼の遺体に寄せた。

「さっきママがどうのこうのと言っていたな。あんたなんて母親じゃない。子供を産んだことのあるただのメスっていうだけだ」

やがて久瑠実は号泣し始めた。

「二人とも全部自供したよ」

　翌日、法医学教室を訪れた古手川は事件が解決したというのにひどく不機嫌そうだった。

「見立て通りだったよ。同居していても、瓜生はなかなか籍を入れようとしてくれない。それどころか若い女に目移りし始めている。これは自分が子持ちのせいだ。三十過ぎで容色の衰えている自分がこの男を逃したら、もう次はない。こうなったら結婚の障害となっている娘を殺すしかない……」

「やっぱり短絡的ですね」

　相変わらずキャシーの寸評は容赦《ようしゃ》ない。

「論理性の欠片もありません」

「一方、瓜生の方は久瑠実を憎からず思っていたので、美礼ちゃんの死体を発見すると、何とか久瑠実が軽い処罰で済むようにと久瑠実の提案に乗った。結局、あの女に振り回されてただけなんだけどな」

　不貞腐《ふてくさ》れたように古手川は言う。いい大人がまるで子供みたいだ、と真琴は思う。いや、それどころか憤慨した子供そのものだ。そう考えると、古手川が久瑠実に向けたメス云々の失礼極まりない台詞《せりふ》も許せるような気がした。

「とにかく今回も先生たちのお蔭で解決しました。ただ……」

「ただ、何でしょう？　古手川刑事」

「いったい〈コレクター〉は、この真相に気づいていたんでしょうかね」

三　焼ける

1

ゴールデン・ウィークを過ぎると季節外れの猛暑はいったん落ち着いたものの、関東地方に張り出した低気圧の急速な発達により、首都圏はメイストームと呼ばれる強風に晒《さら》されることとなった。十八日、蕨《わらび》市塚越《つかごし》で発生した住宅火災も、この強風に煽《あお》られたのが一因だった。

燃えたのは〈福音の世紀〉中央教会。ここ数年でじわじわと信者を増やしてきたキリスト教系の新興宗教で、この教会を本部としていた。

夜半に出た火は約九時間を費《つい》やして、建物を全焼した。ただし教会といってもさほど大きなものではない。一般住宅に手を加えて礼拝堂を拵《こしら》え、屋根に十字架を括《くく》りつけただけの代物《しろもの》だ。基本は木造建築なので、火が回ればあっという間に広がる。しかも現場となった住宅地には四メートル幅の狭い道路しかなく、不心得な路上駐車のために消防車の到着もひどく遅れた。焦燥に駆られた消防隊員の発した「駐車場も持てない貧乏人がクルマなんか買うな！」というひと言は本音に近いものだったろう。

翌朝、ようやく鎮火した焼跡から発見されたのは一人分の遺体だった。場所は礼拝堂に隣接した寝室で、遺体の主《ぬし》は〈福音の世紀〉創立者且《か》つ教祖でもある黒野《くろの》イエス、本名黒野光秀《みつひで》と思われた。

思われた、というのは当時この教会で寝泊まりしていたのが黒野光秀だけだったからだ。遺体は体表面がほとんど炭化しており、老若男女の判別さえ困難な状態だった。

＊

窓を叩《たた》く風の音で、真琴は落ち着くことができなかった。すると案の定、苛立《いらだ》ちをキャシーに読まれた。

「真琴、鎮静剤が必要ですか？」

「コーヒーで充分です」

真琴は学内の自販機で仕入れた缶コーヒーのプルトップを引く。

「カフェインでは逆効果のような気がしますが」

「ここ一番って時、日本人は気合いを入れるものなんですっ」

「ああ、そう言えばアングロ・サクソンの民族はダウナー系の麻薬を好むのに対して、日本人というのはもっぱらアッパー系の麻薬を好むのでしたね」

「いや、そういうのは関係なくって。こんなに忙しい時に優雅に鎮静剤なんか打ってられません」

軽口を叩くキャシーもそれなりに忙しいはずなのだが、どこか動きに余裕が見えるのは、やはり解剖が三度の飯より好きなせいだろう。もっとも案件の処理能力が速くなろうが、食事よりも解剖を好きになりたいとは思えない。

浦和医大法医学教室はここ数週間ほど多忙を極《きわ》めていた。理由は言うまでもなく〈コレクター〉のせいだ。

埼玉県警ホームページに〈コレクター〉からの意味深な書き込みが現れてから一カ月半経っても状況は続き、確かに司法解剖を必要とした事案もあったが、示唆《しさ》された中には自然死や事故など検視だけで事足りるものも含まれており、法医学教室の解剖数は徒《いたずら》に増えていたのだ。

解剖要請が二倍になっても法医学教室の陣営は三人きりだ。当然、稼働率だけが上がり真琴たちは司法解剖と報告書作成に忙殺されることになる。

「いつまでこんなことが続くんですか。ひょっとして〈コレクター〉の目的はわたしたちを過労死させることじゃないんですか」

真琴はつい愚痴《ぐち》ってしまうが、キャシーは毎日死体と向き合えるのが嬉しいのか、それほど悲愴な様子ではない。

「しかし真琴。全ての異状死にメスが入るというのは、司法解剖の理想でもあります。ワタシはこれが本来の姿だと思っていますよ」

「こんな状況が続けば、わたしも死体になりかねません」

「だったら、最優先で真琴を解剖室に移送してあげます」

キャシーの場合、これが冗談だと言い切れないところが恐ろしい。

いや、そもそも真琴を含め、解剖医が過労死するというのもあながち冗談ではない。法医学は全国的に希望者が少なく、授業も非常勤講師で対応している大学が少なくない。最近では鳥取大や弘前《ひろさき》大のように担当教授の退任や転任に伴《ともな》って、県内での司法解剖が事実上不可能になった事例も出てきている。弘前大では担当教授の過労が原因で解剖を中止したこともあるという。

「要はポストの問題なのですよ」

キャシーは事もなげに言う。

「日本全国の大学が法医学の重要性を認め、担当教授のポストを増やしてくれさえすれば、加えてサラリーなどの待遇をよくすれば人員不足はすぐに解消します。才能はマネーのある分野に集まるものですからね」

理路整然とした話だが、この教室を見回すと机上の空論に思えてくる。LED全盛の今どき、天井から吊《つ》り下がっているのは旧型の蛍光灯だ。執刀に必要な道具こそ新品だが、その他の什器《じゅうき》備品類の中には耐用年数を超えているものも散見される。斯界《しかい》の権威と称される光崎藤次郎が教鞭《きょうべん》を執《と》る法医学教室でこの有様《ありさま》だ。他の大学は推《お》して知るべしだろう。とてもではないが、カネの埋《う》まっている場所とは思えない。

「でも、いったいどれだけの大学が法医学の重要性を理解してくれるんですか」

「それこそ現場のワタシたちの活躍にかかっているのです。ワタシたちが死者の言葉を聞き、死因究明のライトを照らす。それを続けていれば法医学の重要性はアップしていきます」

しかしそうなる前に司法解剖の従事者に疲労が蓄積する——何のことはない。堂々巡りの議論ではないか。

言葉を返そうとした時、教室のドアが開いた。入って来たのは意外な人物だった。

「失礼します」

「鷲見検視官……」

「光崎教授はいらっしゃいますか」

これにはキャシーが答える。

「教授は弘前に出張していて明後日まで戻りませんが……検視官は今日はどうしてここに？」

単刀直入の物言いに鷲見は少し面食らったようだった。

「実は解剖案件を一件抱えているが、それを浦和医大に要請していいものかどうか確かめようと思ってきた。最近、あまりにも件数が多いものだから気になったんだが……案の定だったな」

解剖案件、と聞いてキャシーの目の色が変わる。

「やはり他の医大に要請するべきかな」

「エクスキューズ・ミー、検視官。それはどういう検案なのですか」

「昨夜、蕨市で起きた住宅火災だが、焼跡から焼死体が発見された。所轄は放火殺人と見ている。検視に当たったのはわたしだが、わたしも事件性があると考えている」

「殺人と判断した根拠は何だったのでしょうか。遺体に他殺と判断できる痕跡があったのですか」

「いや、死体自体は体表面の炭化が進行していて手がつけられない。切創《せっそう》も銃創もあるかどうか分からない。ただ現場の状況から放火であることはほぼ間違いないんだ」

二人の間に立っていた真琴は否応なく焼死体をぼんやりと思い浮かべる。具体的な映像にならないのは、まだ現物にお目にかかったことがないからだ。法医学教室に籍を置いてから幾体もの死体を見てきたが、未だ焼死体の検案要請は一件もなかった。

「被害者は新興宗教の教祖だ。だからという訳でもないが、被害者を憎んでいる者も存在する。現場からは灯油を撒《ま》いた痕跡が出た」

「カルトな集団だったのですか」

「そこまではわたしも教えてもらっていない。何せまだ初動捜査の段階なのでね。わたしが知っているのは黒焦《くろこ》げになった死体の状態だけだ」

鷲見は、長居は無用とばかり二人に背を向ける。

「ともかく教授が不在では仕方がない。今回は他を当たってみるとしよう」

光崎がいなければ話が進まないのはその通りなので、真琴もキャシーも鷲見の後ろ姿を見送るしかなかった。

だがこの件が立ち消えになった訳ではなかった。それから数時間後、今度は別の人間が法医学教室を訪れたからだ。

「ちわっス」

古手川は相変わらずの気安さで入って来る。いったい、この男には緊張するという瞬間があるのだろうか。

「真琴先生、光崎先生は？」

「出張で明後日まで戻られません」

そう告げると、古手川は露骨に落胆してみせた。

「そりゃあ、ちょっとマズいな。まあ、署の方で二日くらいは保存できるんだけど」

「何を保存するんですか」

「焼死体」

真琴は思わずキャシーと顔を見合わせる。

「それ、ひょっとして新興宗教の……」

「何だ、もう二人とも知ってたのか」

「さっき鷲見検視官がここに来たんです。解剖要請の前に稼働率を確認したかったみたいで」

「へえ、考えることは誰しも似たようなもんだな。あんな黒焦げなホトケを扱えるのは光崎先生くらいだし」

そこにキャシーが割り込んできた。興味津々《しんしん》といった態度を隠そうともしない。

「その事件は古手川刑事が担当なのですか」

「ええ。まあ焼死体だからって訳じゃないんですけど、これが相当にキナ臭い事件でしてね」

「詳細を訊きたいですね」

キャシーは古手川に椅子《いす》を勧《すす》める。自分が先に座っているので、半《なか》ば強制に近い。

「どうせ、ワタシたちに解剖要請しようと計画していたのでしょ？」

「でも肝心の光崎先生が不在じゃあ……」

「光崎教授がメスを握りたい遺体かどうか、ワタシなら判断できますよ」

「……どうせニュースで流れることしか分かってないから話しても構いませんけどね。キヤシー先生、死体の話をする時に瞳をキラキラさせる癖《くせ》、やめませんか」

古手川の話によれば、焼死体は〈福音の世紀〉教祖の黒野光秀らしいが、もちろん本人であることを確認するべくＤＮＡ鑑定に回されているという。

「いったい、どの程度焼けてしまっているのですか」

「ウェルダンですね、アレは」

つまり中までしっかり焼けているという意味だろう。これは鷲見の話とも合致する。

「そんな状態のホトケをちゃんと解剖してもらうには、光崎先生に要請するしかないと思ったんスよ」

光崎に寄せる信頼は頷《うなず》けるが、そうかと言って消し炭のような死体を解剖した経験のない真琴には、やはり無理筋のような印象もある。

「で、その〈福音の世紀〉という教団、っていうか教祖の黒野イエスというのがキナ臭さの原因なんです」

元々、黒野光秀という男は自己啓発セミナーの講師を務めていた。それが五年前のある朝、神の声を聞き、信仰に目覚めたのだという。

「これは教団の配っているパンフレットに書いてあったことの引き写しなんだけど、その時神様は『わたし、キリスト以外の神は邪神であるから、常にこれと闘わなければならない。お前は神の代行者なので任務を完遂《かんすい》させる義務があり、その遂行中は大いなる祝福を与えられるだろう』と宣《のたま》われたらしい」

皮肉な口調から、古手川がこの教義に懐疑的であることが窺《うかが》われる。

「古手川刑事はどんな神を信仰しているのですか?」

「いやあ、俺は全くの無宗教で……ただ、この黒野という男にはそれなりのカリスマ性があったらしく、五年間で五百人以上の信者を獲得しています。何人か信者から事情聴取したんですけど、人を惹《ひ》き込む話術に長《た》けていたようです。この辺は啓発セミナーで会得した技術かも知れませんね」

ここまでは新興宗教勃興《ぼっこう》のよくある話だが、古手川の予告通り黒野教祖の言動は次第に戦闘的になっていく。

「まあ戦闘的と言っても有名な神社仏閣に赴《おもむ》いて、建立物《こんりゅうぶつ》に成分の怪しいオイルをぶっかけるくらいなんスけどね。本人は『聖油にて邪神を浄《きよ》める』とか主張しているんだけど、キリスト教に詳しい上司に訊いても、そんな教義は存在しないって言うから、これは黒野のオリジナルなんでしょうね」

話を聞く限りでは、限りなくカルト教団のように思える。

つい真琴は口を差し挟《はさ》みたくなった。

「それはキナ臭いというより胡散臭《うさんくさ》いの間違いじゃないんですか」

「キナ臭いのはここから。こういう新興宗教には切っても切れないお布施《ふせ》の問題だよ」

キリスト教系でお布施というのも妙な話だが、黒野自身は浄財と称していたらしい。

「信者から現金や貴金属、挙句《あげく》の果てには証券やら不動産やらを掠《かす》め取って教団の運営費に充《あ》てる。これもありがちな話なんだけど、その奪った財産を巡って信者の親族と争いごとが絶えなかった。中には認知症の母親から虎の子の現金を騙《だま》し取ったとして、黒野を殺してやるとまで息巻いていた家族もいる。それだけじゃない。教祖はともかく、教団ナンバー2の座を巡って信者たちの間で大小問わずトラブルがあったって話だ」

「え。でも古手川さん、ナンバー2を巡る争いがあるからって、どうして教祖が殺される羽目になるんですか」

「それは俺だって分からないよ」

古手川は拗《す》ねたように言う。最近気づいたのだが、どうもこの男は自分に対して気兼《きが》ねをしていないようだ。更に自分はそれを疎《うと》ましく思っていない。

「ただカルト教団ってのは良くも悪くも視野狭窄《きょうさく》に陥《おちい》っているのが多いからなあ。内部分裂した果てにいっそ教祖を亡き者に、なんて考える馬鹿がいたとしても全然不思議じゃない」

「焼跡から発見されたのは黒野教祖だけだったんですよね。ということは、被害者は一人暮らしだったんですか」

「うん。〈福音の世紀〉の教義の多くは眉唾《まゆつば》なんだけど、黒野本人はカソリックを原典にしていると公言していて自分も独身を貫いている。だから教会にも一人で住んでいた」

「現場には灯油を撒いた跡があったらしいですね。ということは教祖が寝ている間に放火したんでしょうか」

「それもどうかな」

古手川は不機嫌そうに顔を顰《しか》める。

「灯油が撒かれていた場所には玄関も含まれている。まさか被害者が玄関に火を点けた後で家の中に引っ込んだというのも不自然だ。一応、自殺という線も上がったけど、自殺するだけならわざわざ家を焼くような手間はかけないだろう。その上、死体は騒いだ形跡はなく仰臥《ぎょうが》姿勢だった。被害者がそれこそ死んだように眠っていたのならともかく、そうでないのなら室内に煙が充満した時点で目が覚めた可能性が高い。だったら出口を求めて逃げ出すはずだが、実際は寝室から出ないままだった。しかも布団は被っていない。導き出されるのは、自室で殺害されてから放火されたという推論」

放火殺人――その禍々《まがまが》しさに、真琴も気分を悪くする。もっとも法医学教室に持ち込まれる死に、爽快なものなど一件もないのだが。

「捜査本部はもう容疑者をリストアップしたんですか」

「さっきも言った通り、動機を持つ人間は何人かいるけど、アリバイ調べはまだ着手したばかりだよ。ただ犯行時間が夜半となると、アリバイの成立する人間は少ないだろうな。大抵の人間は家で寝ている時間だ。独り者は言うに及ばず、家族持ちでも同居親族の証言は採用され難《にく》い」

その言い方に引っ掛かりを覚えた。

半年以上も顔を合わせているので、古手川がこういう言い方をするのは捜査がある程度進捗《しんちょく》している証拠だと分かっている。つまりアリバイ調べが済んでいなくても、古手川もしくは捜査本部が疑惑を向けている人間は数人に絞《しぼ》られているのだ。

真意を探るようにじっと古手川の目を睨《にら》んでいると、やがて相手の方が白旗を揚げてきた。

「そんな風に睨むなよ、真琴先生。分かったよ。現在、捜査本部が疑っている容疑者は三人いる。まず母親の虎の子の現金を奪われた息子。少し前から〈福音の世紀〉被害者の会を結成して、連日のように抗議活動をしていた。信者の奪還も試みていたけど、上手くいかなくて焦《あせ》っていたらしい。二人目は教祖黒野の信奉者で、かつ男女の関係を疑われている女。彼女は教団の現ナンバー2でもある。それからその女の元恋人でありながら未だ教団に所属している男。こいつが可愛さ余って憎さ百倍なのか、彼女をナンバー2の座から引きずり降ろそうとしている」

「おや、今のは睨み合いだったのですか」

二人の会話を聞いていたキャシーがいきなり茶々を入れてくる。

「ワタシには非常にホットなアイコンタクトに見えたのですが」

真琴が慌てて振り返ると、キャシーはスマートフォンを取り出していた。

「……何してたんですか」

「真琴たちが話に夢中になっている間、光崎教授にメールを送りました。ウェルダンになった焼死体があるけど、浦和医大で司法解剖を受けるべきかどうか」

あの老教授が携帯端末を片手にしている姿など想像もつかなかったが、真琴は恐る恐る訊ねてみた。

「それで返事待ちですか」

「とんでもない。返事は光の速さでした。『解剖させろ』と」

2

光崎が司法解剖を承諾したので、早速真琴は死体を法医学教室に移送してもらうべく蕨署に連絡を入れた。元より鷲見検視官が解剖を打診してきたのだから、光崎の承諾さえあればすぐにでも移送手続きがなされるはずだった。

ところが電話の向こう側では担当者がひどく困惑していた。

『申し訳ありませんが、今すぐ移送するのは難しいですね』

奥歯に物の挟まったような言い方だった。

「何か不都合があったんですね」

『親族ではないのですが、被害者の信者を名乗る団体が教祖の遺体を引き渡せと……』

信者。教祖。

その単語で現場の状況がおぼろげに把握できた。

「専門家の意見は有効でしょうか」

『ご面倒でなければ、是非《ぜひ》』

電話を切ると、真琴は外出の支度《したく》を始める。傍《かたわ》らでやり取りを眺めていたキャシーも事情が呑み込めたらしく、当然のように同行するつもりらしい。

「スペシャリストの意見を必要としているということは、非論理的な何者かが邪魔をしている訳ですね」

ふと思い至った。

今回に限って言えば、徹頭徹尾論理的なキャシーの方が説得に向いているのではないだろうか。

「キャシー先生だったら信者さんをどうやって説得しますか」

「説得しようとは考えていません」

キャシーは言下に答える。

「アメリカにも狂信的なカルト教団が存在していますが、彼らにロジックは通用しません。彼らが信奉しているのはマジックですから」

「キャシー先生も無宗教なんですか？」

「れっきとしたクリスチャンですよ。でも一般の信者と狂信者は全く別の存在です。レベルの違いではなく本質的な違いです。だから分かり合える部分も少ないし、共通言語も多くありません。従って説得も困難です」

真琴には、その本質的な相違というものが今一つ分からない。これは、ひどくおおらかな宗教観を持つ日本人の国民性ゆえのものなのか。

「真琴は何か特定の宗教を信じていますか」

「実家は神道《しんとう》です」

「Oh、ヤオヨロズですね。でも、だからといってキリストやブッダを否定しないし、その信者たちを排斥することはないのでしょう」

「ええ。普通にクリスマスを祝うし、お坊さんには敬意を払ってます」

「ワタシも同じです。クリスチャンだけど初詣《はつもうで》にも行くし、仏壇を破壊することもしません。しかしカルト教団や狂信者は違います。彼らは他の宗教を邪教と断じ、その信者たちは残らず悪魔の手先として排斥しようとします。本来、宗教というのは人間を救うものです。人を貶《おとし》め、殲滅《せんめつ》しろと命じる教えなど健全な宗教ではありません。単なる独裁者のスローガンです」

蕨署に到着すると、早くも一階受付で揉《も》み合いを目撃した。警官三人と被害者の関係者らしき男女が二人。何と警官たちの中には古手川の姿も交じっている。

「ですからね、まだ司法解剖も済んでいないので、遺体をお返しすることはできません」

「師父のご聖体を傷つけることはわたしが許しません。今すぐ返しなさい」

「いや、だってあなた、家族でもないのに」

「師父とわたしには魂による結びつきがあります。それは血の繋《つな》がりよりも濃く、戸籍よりも深遠なものなのです」

「血は繋がっていない、戸籍にも載っていない、そういうのは第三者というんです」

「わたしたちは師父の忠実なる使徒です。侮辱《ぶじょく》は許しません」

警官に食ってかかっているのは三十代半ばの女だった。長い髪を振り乱して権利を主張するさまを見ていると、決してお近づきにはなりたくないタイプだと思えてくる。

男の方は女ほどではないが、やはり剣呑《けんのん》な空気を振り撒きながら警官と睨み合っている。

古手川の表情が見ものだった。二人の抗議を鹿爪《しかつめ》らしく聞いているが、古手川の人となりを知っている真琴は彼がほとほとうんざりしているのが手に取るように分かった。キャシーと近づくと、最初に気づいたのも古手川だった。

「ああ、真琴先生にキャシー先生」

何となくほっとしているように見えるのは、交渉役を二人に押しつけようという肚《はら》か。

「こちら浦和医大法医学教室の先生方です」

女は本条菜穂子《ほんじようなおこ》、男の方は相馬定《そうまさだむ》と名乗った。自己紹介によれば菜穂子は教団の事務局長、相馬は広報部長という触れ込みだった。

「法医学教室というと、師父の身体を切り刻もうとしている人たちですね。ちょうどよかった。今もこの分からず屋の刑事さんたちに抗議していたところです」

菜穂子は古手川を振り返って悪《あ》し様《ざま》に言う。

「物が分かる人のようだから、あなたに言います。今すぐ師父のご聖体を我々に返しなさい」

「異状死体は検視官の要請によって司法解剖に回されるのが決まりです。それが済まないうちに遺体をお返しすることはできません」

「だから！　師父の祝福を受けてもいない者がそのご聖体にメスを入れるという行為が、悪魔の所業なんです。そんな真似をすれば、メスを持った者は直ちに言葉を失い、生気はみるみるうちに衰退していくことでしょう」

「言葉を失い、生気が衰退していく？」

それを聞き咎《とが》めた古手川が意地悪そうに笑う。

「そういうことなら尚更《なおさら》解剖に回して欲しいもんだな。あの先生が毒舌を吐けなくなるのなら、それに越したこたぁない」

光崎の生気が衰退するというのもなかなか魅力的な提案だと思ったが、真琴は敢《あ》えて口にしない。

「説明が重複しますけど、ただ信者さんというだけでは無条件で遺体をお返しすることはできません」

「血縁や書類上の繋がりだけでしか関わりを主張できないとは、なんて卑俗《ひぞく》なことなんでしょう。所詮《しょせん》、師父の御心《みこころ》と無縁の人間は、そんな風にうす汚れた常識でしか物事を考えられないのね」

独善的な考え方は、結局自分とその仲間以外の人間を侮蔑《ぶべつ》するように展開していく。それこそが論理を逸脱している証左だった。

「司法解剖を行わずして死因の究明は有り得ません。あなた方は教祖を殺害した犯人が逮捕できなくてもいいと言うんですか」

「犯人の特定については、既に我々が見当をつけています」

　割り込んできたのは相馬だった。

「広報部独自の調査によれば、師父を殺害し本部に火を放った犯人は甲山高志《こうやまたかし》以外に考えられません。捜査本部は直ちに彼を逮捕し、司直の手に委《ゆだ》ねなさい。さもなければ職務怠《たい》慢《まん》であなたたちを訴えます」

　菜穂子も相当に鬱陶《うっとう》しいが、相馬の方も負けず劣らず面倒臭そうだった。真琴たちが到着するまでこの二人の相手をしていたのなら、古手川のうんざりした顔も合点《がてん》がいく。

「あんたねえ。何度も言うようだけど、俺たちは民主警察なんです。証拠がない限り逮捕も勾留も裁判もできないの。あんたたちの崇《あが》める神様が何をご託宣しようが、髪の毛一本の方がずっと重要なの」

　古手川の言説はもっともだが、宗教に凝《こ》り固まっている人間には侮辱にしか聞こえない。たちまち菜穂子と相馬は、古手川の言葉に食らいついた。

「師父への冒瀆《ぼうとく》です！　今すぐ撤回しなさい」

「証拠はともかく、師父に悪心を抱《いだ》いていた者の数は限られている。中でも甲山は日頃から師父への殺意をあからさまにし、誹謗中傷《ひぼうちゅうしょう》の限りを尽くしていた。アリバイとか指紋とかを調べる必要はない。彼こそが犯人なんだ」

思わず古手川と目が合った。断じて似た者同士だとは思わないが、一年以上死体を巡る仕事を一緒にしていると、菜穂子と相馬の言説を同様に厭《いと》う程度には意見が一致する。

そろそろ古手川の癇癪玉《かんしやくだま》が爆《は》ぜる頃合いだな――そう思った時、矢庭《やにわ》にキャシーが菜穂子たちの前に立ちはだかった。

「二人の話は非常にナンセンスです」

いきなりそう切り出した紅毛碧眼《こうもうへきがん》の人物に、菜穂子たちはぎょっとしたようだった。

「犯罪捜査も司法解剖も科学の所産です。そこにオカルトの介入する余地はありません。証拠なしで犯人を逮捕する。解剖なしで死因を特定する。いずれもが非論理的で、およそ二十一世紀に生きている人間の感覚とは思えません。セータイというのはおそらく教祖の遺体のことなのでしょうが、人体を構成するものは水素・酸素・炭素・窒素・リン・硫《い》黄《おう》・ナトリウム・カルシウム・カリウム・塩素・マグネシウム・鉄・銅・亜鉛《あえん》・フッ素・ヨウ素・セレンその他全部で二十九元素。そしてそのほとんどは二千度の完全燃焼によって消滅し、灰しか残りません。人体とはそういう有機物と無機物の集合体に過ぎません。従ってその集合体を切断あるいは損壊した者が生理的な影響を受けるというのは、とんでもなく非科学的です。ワタシ自身はカソリックですが、それでもキリストの復活についてはファンタジーと割り切っています。同様にあなたたちの話もピュアなファンタジーであり、解剖に抗議する行為は、夜に爪を切ると親の死に目に会えないといったフォークロアと何ら変わりません」

「な、何ですってえ」

真琴は軽く溜息《ためいき》を吐《つ》く。見れば古手川も憮然《ぶぜん》とした表情で天を仰《あお》いでいる。

論理的なキャシーの方が信者の説得に向いているというのは大間違いだった。これではまるで説得にならない。むしろ挑発だ。

「こうなれば〈福音の世紀〉の信者全員で師父のご聖体が切り刻まれるのを阻止します。全信者に召集をかけ、警察署を包囲します」

「そんなことをしたら、全員公務執行妨害で逮捕しますよ」

古手川の警告に対して、菜穂子が更に声を大きくする。

「やれるものならやってみなさい。蕨署にいる警官の数と信者の数、どちらが多いか身をもって知るがいいわ。それに、ここの警官がわたしに手を出せるかどうかも見ものよね」

ますます収拾がつかなくなり、結局古手川たちは加勢を頼んで菜穂子たちを建物の外へ追い出してしまった。

「火消しに来てくれたと思ったら、油ぶっかけに来るんだからな」

菜穂子と相馬を退去させてから、古手川は大いに愚痴る。その矛先《ほこさき》は当然キャシーに向けられているが、ちらちらと真琴を見る目にもどこかしら非難が含まれている。

「学者が狂信者の理屈に合わせる必要はありません。それとも古手川刑事は、彼女たちのファンタジーにわずかながらでもシンパシーを抱いているのですか」

「冗談じゃないっスよ。ただ、あまり蕨署が強圧的に出られない理由もあるんで」

いつもと違う歯切れの悪さに引っ掛かった。古手川がこういう躊躇を見せるのは、自分以外の何者かに事情がある時だ。

「古手川さん、何か今度の件で蕨署に不都合でもあるんですか」

するとと古手川は意外そうに真琴を見返した。

「どうして分かった」

「……何となく」

「さっき喚《わめ》いていた事務局長は、蕨署幹部の娘なんだよ」

ああ、そうかと真琴は合点する。県警の古手川はともかく、蕨署の警官たちが及び腰になるのも無理はない。

「父親からは何度も脱会を勧められたけど本人はてんで言うことを聞かず、周囲が躍起になればなるほど黒野イエスに傾倒していったらしい。現状、父親とは絶縁状態だけど署員にしてみたら確かにやり辛いよな」

「司法関係者の親族にカルト信者が紛《まぎ》れ込んでいるのはどこも同じですね」

キャシーはやや憤然としていた。

「ワタシは職業差別をしないタイプなのですが、それでも司法関係者の家庭教育には疑問を抱かざるを得ません。彼らは仕事の忙しさを理由に、まともに子供と触れ合っていないのでしょうか。普通にスキンシップをしていれば、あんなクレイジーな人間には育たないはずなのですが」

それは充分に職業差別ではないかと、真琴は思う。

「ややこしい事情がもう一つある。これは前にも言ったけど、あの本条菜穂子と相馬定は死んだ黒野と三角関係にあった」

古手川が別の信者から新たに聴取したという事情は次の通りだ。

当初、入会したての菜穂子は従順な使徒として振る舞い、先に入っていた相馬と恋愛関係にあった。ところが菜穂子は教団内の地位を上げるに従って黒野への傾倒を強めていく。いや、傾倒するに従って地位を高めていったと言うべきか。そして事務局長まで昇格すると、教祖の妻を名乗るようになった。

面白くないのは相馬だが、恋敵《こいがたき》が教祖とあってはおいそれと反旗を翻《ひるがえ》すこともできない。教団ナンバー2の地位を菜穂子と争う一方で、黒野に嫉妬《しっと》の炎を燃やしていたという次第だ。

「つまり教祖が亡くなったので、相馬さんは菜穂子さんとよりを戻したいってこと？」

「みたいだな。しかし菜穂子の方は死して尚、黒野に殉《じゅん》じる態度だから、やっぱり相馬は苛立《いらだ》っている。ところが、こと黒野の遺体の取り扱いについては二人とも意見が一致しているから余計にややこしい。〈福音の世紀〉の教義によると黒野はキリストばりに復活する予定なので、聖体には人の手による傷をつけてはいけないらしい」

「えっ。でも火災でほとんど炭化しているんじゃないですか」

「自殺を含め、人の手によらない外傷なら関係ないんだそうだ。自殺が禁忌《きんき》になっているのは原典がキリスト教だから。事故や災害で生物的な死を迎えても遺体が残っていれば、教団の儀式を経た後、いつの日か復活する……そういう教えらしい」

教義の内容がよほど気に食わないのか、古手川は苦々しそうに言う。

「黒野を慕《した》っている菜穂子にも動機がある。教祖の妻を自任するものの、肝心要《かんじんかなめ》の黒野は女としての菜穂子に見向きもしない。まあここだけは数多《あまた》存在するインチキ教祖と違って感心できるところだけど、収まらないのは菜穂子の方だ。自分がこんなに慕っているのに相手は振り向いてもくれない。それで逆上したんじゃないかって言う信者もいる」

「もう一人、信者の息子さんも容疑者の一人に数えてましたよね。それがさっき相馬さんが話していた甲山って人ですか」

「うん。母親が貯めていた虎の子の現金二千万円を教団に騙《だま》し取られたって、連日抗議に来ていた。因《ちな》みにこういう男だよ」

古手川は自分のスマートフォンを取り出してパネルを操作すると、その画面を真琴に突き出した。

『〈福音の世紀〉から家族と財産を取り戻そう会　代表甲山高志』

素人臭いデザインのホームページは〈福音の世紀〉被害者の会といった体裁《ていさい》だった。内容は教団によって有形無形の被害をこうむった者からの書き込み、そして代表である甲山のコメントとブログが主軸になっている。

『インチキ黒野に制裁を！　現在判明しているだけで黒野が信者から搾取《さくしゅ》した財産は数億円にも達しようとしている。しかるに警察へ訴えたところで、彼らは民事不介入の原則とかを盾に、真面目に捜査してくれようとしない。この上は有志が団結し、黒野に直接鉄槌《てっつい》を下すしかない』

甲山の文章を読みながら、真琴は戸惑《とまど》いを覚える。被害者の声と思えば甲山の主張も頷けない話ではないが、その論調は最前聞かされた菜穂子や相馬のそれに酷似《こくじ》しているのだ。極端な教義を唱える者と、己の被害を声高に叫ぶ者の声が似通《にかよ》っているのは皮肉としか言いようがなかった。

「甲山は騙し取られたカネを奪還しようとして警察や弁護士にも相談したが、詐欺《さぎ》としての立件が難しいと言われて相当に焦っている。というのは甲山自身に多額の借金があって、その返済に親のカネを充てようと目論《もくろ》んでいたからだ」

結局は甲山も私利私欲のために旗を振っているのか――真琴は軽く幻滅する。これでは訴える方も訴えられる方も似たようなものだ。

「そしてこの三人には揃《そろ》って出火時点でのアリバイがない。どうだい、三人とも怪しさ大爆発だろう」

「あの信者二人が司法解剖を拒《こば》んでいるのは、教義以上に犯行の痕跡を隠したいからではないでしょうか」

あの二人の言動を目にした後では、キャシーの疑義もなるほどと思えてくる。

「古手川刑事。順番が入れ違いましたが、その遺体を見せてください」

はやキャシーの興味は死体に移ったようだ。やはり光崎と同様、生者より死者の方に惹かれるらしい。

興味津々のキャシーに対し、正直真琴の方は少し腰が引けている。法医学教室へ来てから何体もの死体にお目にかかったが、焼死体はこれが初めてだったのだ。

霊安室に赴《おもむ》き、キャビネットを取り出す。袋の上からでも死体の大部分が焼失しているのが分かる。

袋を開いた瞬間、死臭に慣れたはずの鼻が悲鳴を上げそうになった。

いつもの腐敗臭だけではない。動物性蛋白《たんぱく》質の焼けた臭いが渾然一体《こんぜんいったい》となり、猛烈な刺激臭に変わっている。ひと息吸っただけで胃の中身を全部戻しそうになる。

外見も酸鼻《さんび》を極めた。表面はほとんど炭化しているが、ところどころ皮膚が熱損して生焼けの組織と焦げた骨が覗いている。変色と収縮で男女の区別すらつかない。全身の関節が屈曲しているのは、筋量の多い骨格筋が熱凝固で収縮するためだ。そして当然のことながら、炭化した皮膚では外傷は確認のしようがない。

ところがさすがキャシーと言うべきか、焼死体に触れんばかりに近づいて隅々《すみずみ》にまで視線を走らせている。本人から嗅覚は鋭い方だと聞いているが、それなら臭いの嗜好《しこう》が常人とかけ離れているとしか思えない。

「床に接した部分は炭化を免《まぬか》れていますが、それでも死因が有毒ガスの吸引によるものなのか、それとも熱傷によるショックなのかは判断がつきません。深奥《しんおう》部にはまだ血液が残存しているようなので、血中のヘモグロビン値を出せそうですね」

どことなく弾《はず》んだ口調なのは、一刻も早く解剖したいからに相違ない。思わず顔を見合わせると、古手川は愛想が尽きたという風に首を振った。

袋を閉じ搬出の準備をしていると、そこに狼狽《ろうばい》した様子の警官が飛び込んできた。

「古手川さん、死体の搬送はしばらくお待ちください」

「どうかしましたか」

「〈福音の世紀〉の信者を名乗る者たちが庁舎の周りを取り囲んでいます。その数、少なくとも三百人は下らないと思われます」

3

真琴と古手川が一階フロアから眺めると、庁舎前は人が鈴なりになっていた。警官たちがバリケードを張っているので庁舎内に突入される気配はまだないが、それでも群がっている信者たちの顔はひどく剣呑《けんのん》だった。

真琴は宗教に偏見を持ってはいないが、それでも彼らの顔を眺めているとどうしても〈狂信〉という言葉を連想する。彼らは黒野の遺体を搬送しようとする真琴たちを、実力行使で妨害しようとしている。教祖のためならば暴力も辞さないというのは、やはりキャシーの指摘通り真っ当な宗教とは思えない。

「強行突破は怪我人が出そうだな」

「怪我人？」

「多勢に無勢だし、警察官が市民に危害を加える訳にもいかないし。実際、集団心理に陥《おちい》った群衆ってだけで厄介《やっかい》なのに、それが信者ときた日には下手したら磔《はりつけ》にされそうだ」

古手川は物騒《ぶっそう》なことを平気で口にする。

「裏口から逃げるとか」

「聞いただろ。三百人が庁舎の周りを取り囲んでるって」

「じゃあ、どうやって浦和医大まで行くつもりなんですか」

「それについてはちょっとしたアイデアがある。さっき好都合なのを見つけたんだ」

「どんなアイデア？」

「もうすぐここに戻って来る頃なんだけど……」

しばらく待っていると、やがて宅配便の配達員が大型のカートを押してフロアに現れた。

「まあ、ベタなアイデアなんだけどさ」

そう言って、古手川は配達員に近づいて行った。

「すいません、捜査にご協力ください」

いきなり声を掛けられてきょとんとする配達員を捕まえて、古手川はフロアの奥へ連れて行く。数十分後、再び現れた古手川は配達員の格好をしていた。カートの中に収められているのは、おそらく黒野の遺体だろう。

「……本当にベタなアイデアよね」

半ば呆《あき》れていると、古手川は少しむっとしたようだった。

「ベタってのは王道だってことだ。言い換えれば正攻法だ」

とってつけたような乱暴な理屈は、間違いなく例の上司の受け売りだ。

「真琴先生とキャシー先生は二人で浦和医大に戻っててくれ。必ず遺体と一緒に合流するから」

そう言って古手川はカートを押しながらドアを開けて、信者の群れに分け入っていく。

「はいはい、道を空けてくださあい。まだ配達が残ってるんでー」

大声を張り上げながら進んでいくと、信者たちは気圧《けお》されるように道を譲《ゆず》る。

その様子を後ろから見ていたキャシーは、愉快そうに真琴の肩を叩く。

「彼、グッジョブですよ」

「あれが、ですか」

「誰も、自分たちの教祖がカートの中に納まって目の前を通り過ぎて行くなんて思いませんからね。盲点ですよ」

古手川の押すカートは信者の間を縫《ぬ》うようにして業者の配達車に到達する。おそらく敷地を出てから警察車両に移し替えるつもりなのだろう。

「真琴、ワタシたちも急ぎましょう。遺体が先に到着して、ワタシたちがいなかったら、光崎教授は一人で執刀してしまいます」

まさかそんなことはないだろうと反論しかけたが、すぐに充分有り得ることだと判断してキャシーの後に続く。

クルマを出すと早速信者たちに取り囲まれた。相馬の顔を見掛けたが、何故か菜穂子は見当たらない。元より遺体を積み込めるような仕様ではなく、トランクの中も空であるのが分かると拍子抜けするほどあっさり解放してくれた。彼らにとっては教祖の聖体のみが関心事ということなのだろう。

「偶像崇拝もいいところですね」

無事に信者たちの封鎖から脱出すると、キャシーは困惑を隠そうともしなかった。

「ワタシたちが解剖しなくても、遺体はやがて腐乱し、分解されていきます。そんなものを崇拝の対象にして、何が嬉しいのかとても理解に苦しみます」

「でも日本人特有の死生観で、簡単に遺体をモノとして捉えられないところもあるんじゃないですか」

「だって、もう半分以上炭化してしまっているのですよ」

キャシーは、やはり納得いかない様子で唸《うな》り続ける。

やがて二人は浦和医大に到着した。サイレンを鳴らしてきたのか、死体搬送のためのワンボックス・カーが先に横付けされている。

真琴はキャシーとともに法医学教室へ急ぐ。光崎が早々と解剖着に着替え、二人が来るのを待たずにメスを握っていたら、この先何を言われるか分かったものではない。

だが渋面の光崎の代わりに待っていたのは古手川で、何と菜穂子を相手に口論の真っ最中だった。解剖室の前には、シーツを被せた遺体がストレッチャーに載っている。

「どうして、あの人がここに……」

真琴が驚いていると、キャシーが残念そうに呟《つぶや》いた。

「きっと古手川刑事を追って来たのでしょう。そうでなければワタシたちより先に着いているはずがありません。彼の折角の変装も狂信者の目を誤魔化《ごまか》すことはできなかったようです」

古手川は真琴たちに気づいたようだが、菜穂子の舌鋒《ぜっぽう》に阻《はば》まれてなかなかこちらに対応できない。

「だから！　犯人の自白さえあれば事件は解決なんでしょう。さっさと逮捕すればいいじゃないの。それでもあなた刑事？」

「刑事だからちゃんとした手続きを踏まなきゃいけないんだよ。第一、今頃になって何でそんなことを」

古手川が押され気味に見えた。思わず真琴は二人の間に割って入る。

「大学の構内でいったい何の騒ぎですか」

「真琴先生。この事務局長さんが被害者を殺したのは自分だって言い出したんだ」

「えっ」

「その通りです。わたしが師父を殺《あや》めてしまったのです」

そう言うと、菜穂子は許しを乞《こ》うように合掌《がっしょう》した。

「信者として大それたことをしました。その罪深さに慄《おのの》いて今まで言い出せなかったのです。でも真相究明とかの理由で師父の聖体が切り刻まれるのなら、潔《いさぎよ》く懺悔《ざんげ》しようと思ったのです」

「動機は噂《うわさ》通り、痴情の縺《もつ》れってヤツかな」

古手川がまぜっ返すと、菜穂子は軽蔑《けいべつ》するように睨む。

「所詮、神を信じない不心得者にわたしの気持ちなど理解できないでしょう。これは男女の関係などという卑近なものではなく、神の愛を独占したいという愚《おろ》かでも崇高な動機なのです」

これは自己陶酔だ、と真琴は思った。目の焦点が合っておらず、罪の懺悔をしているというのに多幸感に包まれたような表情をしている。

「聞いてもらえれば、わたしの告白が真実であると信じられるはずです」

真琴の返事も確かめないうちに、菜穂子は一方的に言葉を続ける。

「わたしは師父からの寵愛《ちょうあい》を独占したかったのです。でも師父はいつでも誰にでも平等を貫いていました。具体的に言えば、わたしは師父と夫婦の契《ちぎ》りを交わしたくて、何度もお願いしました。でもその度に師父は、自分は神と契ったのだからと拒絶されたんです。それでとうとうあの日、わたしは師父を手に掛けてしまったのです」

「それからどうしました？　放火に至った過程も説明してくれませんか」

「師父が死んだのを見てわたしは悲しみ、そして慌てました。そして愚かにも自分の仕業であることを隠そうと目論み、師父の居室から玄関まで灯油を撒き火を点けました。居室にはわたしが出入りした証拠が残っていると思ったからです」

一応は筋が通る――真琴がそう思いかけた時、古手川が割って入った。

「事務局長さん。あんたは一番肝心なことを言っていない。いったいどうやって教祖を殺した？　刃物で脇腹を刺したのか、それとも鈍器で殴《なぐ》ったのか」

「首を絞めました」と、菜穂子は言下に答える。

「師父の首を力任せに」

「へえ。女の力で男の首を力任せにねえ」

「師父はぐっすりとご就寝でしたから、女のわたしでも犯行は可能でした」

今まで立て板に水のように流れ出ていた言葉が、不意に澱《よど》んだ。古手川のように人を疑う職業の人間でなくても、その響きの違いは容易に聞き取れた。

「そんなことは警察に行ってから、いくらでも証言します」

痺《しび》れを切らしたのか、菜穂子は真琴に食ってかかる。

「さあ、これで充分でしょう。もう師父を切り刻む必要はないはずです。今すぐその聖体を教団に返しなさい」

目が据《す》わっていた。真琴の肩に菜穂子の爪が食い込む。痛みよりも恐怖が勝《まさ》っていた。身の危険を感じて反射的に古手川を見る。

ほぼ同時に古手川の手が菜穂子の腕に伸びる。

その時だった。

「お前たちはここを誰の教室だと心得ておる」

ひと言でその場の空気を重くするような不機嫌な声——法医学教室の主《ぬし》、光崎は既に解剖着姿でドアの前に立っていた。

「ぎゃあぎゃあ喚《わめ》きおってうるさいことこの上ない。だから死んだ人間の方がマシだと言うんだ」

「あ、あなたですか、ここの責任者は。今すぐ師父の聖体を」

菜穂子が駆け寄るが、光崎はそれを片手で押し退《の》けて直進する。

「邪魔だ。おい若造、この不審者が解剖室に入って来んように見張っておけ。他の二人もぐずぐずせんと、早く解剖準備を済ませろ」

了解、とキャシーが即答してストレッチャーに向かう。真琴も慌ててその後を追う。

「あなたたち！　本当に師父を切り刻むつもりなの。そんなことをすれば神罰が当たるわよ」

「ふん、神罰だと」

光崎は振り返って菜穂子を睨み据える。

「そっちの神が何者かは知らんが、こちらにもアスクレピオスという神がおる。何なら神様同士で喧嘩《けんか》でもさせてみるか」

アスクレピオスはギリシャ神話に登場する医術の神だ。それで真琴は思い出した。アスクレピオスの医術は死者さえ甦《よみがえ》らせたという。自ら復活するという黒野イエスとは、なるほど格好の組み合わせだろう。

「お前たちにも聖域というものがあろう。ここから先は医者の聖域だ。そこでおとなしく結果を待っていろ」


解剖室に入ると、いつもの静謐《せいひつ》が下りていた。死者とその声を聞く者の聖域なのだから、静謐でないはずがない。

ストレッチャーの上のシーツを剝《は》がすと、またあの刺激臭がむわっと拡がった。鼻から下をマスクで覆っていても眼球が異臭を感知する。しかし顔を背《そむ》けでもしたら、光崎からどやされるのが分かっているので必死に堪《こら》える。

「では始める。遺体は四十代男性。第三度の熱傷であり、炭化は真皮《しんぴ》および皮下に到達、既に欠損した部位も認められる」

骨格筋の熱凝固で全身の関節が屈曲しているので、まるでファイティング・ポーズをとっているように見える。

菜穂子の話では、黒野は首を絞められたのだと言う。通常、首を絞められると眼瞼《がんけん》結膜に溢血点《いっけつ》が現れる。だがこの死体は顔面の骨が露出し眼球が破裂、眼瞼も完全に炭化してしまっているため確認ができない。

「メス」

焼死体であっても解剖手順は変わらない。しかし光崎の指先は、心なしかいつもより慎重そうに見える。Y字切開でメスが走る時、微かに炭を砕《くだ》くような音が混じる。

皮膚を両側に開くと盛大な音がし、同時に更に強烈な刺激臭が辺りに発散される。これにはさすがのキャシーもたじろいだ様子で、半歩ほど後ずさる。

炭化は皮下どころか内臓の一部にまで及んでいた。ピンク色の組織も黄色い脂肪も褐色になっているか炭になっている。真琴はその有様を見て、少なくとも一週間は焼肉料理を口にできないと覚悟した。

肋骨はたやすく折れた。これも熱によって脆《もろ》くなっているためだ。

肋骨を取り除くと、やっと臓器が露《あら》わになった。幸い、心臓はまだ原形を留《とど》めている。

「心臓内血液を採取。ヘモグロビン値の検出」

指示に従ってキャシーが血液を採取する。

光崎の手は一瞬も止まらない。血液採取した後も、メスが気管を切開していく。

「気管内および気管支に煤《すす》は見当たらず」

気管や気管支内部に煤がなければ、火災が発生した時点で本人は呼吸していなかったことになる。つまり放火以前の死だ。

光崎のメスは頸部に進む。

「舌骨大角《ぜっこつだいかく》と甲状軟骨上角《こうじょうなんこつじょうかく》は骨折」

これもまた菜穂子の自白を裏づける所見だ。皮膚の炭化により索条痕《さくじょうこん》は判別できないが、舌骨大角と甲状軟骨の骨折は縊死《いし》の特徴でもある。するとだから、つい口に出た。

「やっぱり事務局長の自白した通り、絞め殺されたんですね」

すると案の定、睨まれた。

「これしきの所見でまだ判断するな」

「えっ」

「開頭に移る」

いったいどんな理由で光崎は頭蓋内部を見ようとしているのか――訳も分からないまま、真琴は電動ノコギリを用意する。

既に頭蓋骨が露出しているので、炭化した部分を削るだけだ。光崎は電動ノコギリの刃を当てるが、その音がいつもより軽快に聞こえるのはこれも骨が脆弱《ぜいじゃく》になっている証拠だ。

やがて骨弁が外れ、硬膜が現れる。頭蓋を通して熱が伝わったためか、脳髄《のうずい》はどす黒く変色していた。光崎は硬膜を手早く裂いていく。いったい脳髄の何を見ようとしているのか──そんなことを考えていると、いきなり声が掛かった。

「脳髄を引き出す」

「えっ」

「手伝え」

訳も分からないまま、命じられた通り脳髄の片側に手を差し入れる。手袋越しに伝わる脳髄の感触は妙な喩《たと》えだが、焼き豆腐によく似ている。これで焼肉に続いて豆腐料理も当分メニューから外れそうだ。

「引っ張るぞ」

光崎の合図で脳髄を引き出す。露出するに従ってやがて動脈が見えてきた。

「脳髄切開」

続いて光崎は動脈に沿って脳髄を切開していく。脳髄を置いたプレートには血溜まりが拡がるが、真琴が予想するよりも早く止まった。

血が極端に少ない、と光崎が呟く。

「椎骨動脈が締まって、脳髄に充分な血液が送られていないからだ」

「じゃあ、この検体は……」

「絞殺や扼殺は頸動脈を絞められても、その奥にある椎骨動脈を絞めることはできない。成人男性の椎骨動脈を絞めるにはおよそ三十キロ以上の力を必要とする。椎骨動脈を絞められなければ、相応の血液が頭部に送り込まれる。しかしこの遺体の脳にはわずかしか流れていない。椎骨動脈が塞《ふさ》がれたからだ。その理由は言うまでもなかろう」

三十キロ以上の力——ただし本人の体重が懸《か》かるなら話は簡単だ。そして二つの動脈が同時に締まれば頭部に血が流れない。

「縊死……じゃあ、これは自殺だったんですか」

それには答えず、光崎は何を思ったか軀体《くたい》に戻る。そのメスが次々と消化器官を切開していく。

「ふん、やはりか」

大腸を開いた時点で光崎が洩《も》らす。その内部を見た真琴は、あっと声にならない叫びを上げる。

大腸内部の至るところにガンが認められたのだ。

「末期だな。腸内だけでなく肝臓や骨盤などあちこちに転移している。これでは手術も無意味だ。キャシー先生、既往症はどうなっている」

「治療歴はありません。二カ月前に検査入院の記録があるだけですね」

「検査入院の際に判明したのだろう。いずれにしても骨盤のような神経の集中した部位がガンに冒《おか》されていれば、立っていられないような痛みに始終苦しめられもしたはずだ」

そう告げると、光崎は閉腹に取りかかった。

「神に仕えてきたはずの自分が、いつの間にかガンで手遅れの身体になっている。宗教家が絶望するには充分な理由だな」

「全部、本条菜穂子の偽装だったんだよ。彼女の着衣から現場で採取された物と同じ灯油も検出された」

翌日、菜穂子への聴取を終えた古手川は真琴とキャシーにそう報告した。

「あの日、黒野に不審な呼び出し電話を受けた菜穂子が中央教会に急ぐと、寝室の梁《はり》からぶら下がる黒野の遺体があった。死体は事務局長の彼女に発見して欲しかったんだろうな。遺書もあったそうで、内容は光崎教授の予想した通りだった。菜穂子はひどく動揺したそうだ。教祖自らが禁忌《きんき》とされる自殺をしたのでは、黒野が神格化できなくなる。もちろん教団存続にも支障があったんだが、それよりも菜穂子自身が、黒野が普通に絶望するひ弱な存在であったことを認めたくなかった。それで黒野の死体を苦労して下ろし、仰臥姿勢にして灯油を撒いた。死体ごと現場を全焼させてしまえば、自殺を隠蔽《いんぺい》できると考えたらしい」

「それで教祖の死体が解剖されるのを、あんなに嫌がっていた訳ね。それにしても進退窮《きわ》まったからといって、まさか自分が犯人だと名乗り出るなんて……」

「それこそがカルト教団たるところなのですよ、真琴」

キャシーは分別臭く言った。どうもこの准教授はカルト教団の非論理性がことのほか嫌いらしい。

「教祖の妄言《もうげん》や教義がいくら荒唐無稽《こうとうむけい》だと気づいても、今までそれを信奉《しんぽう》していた自分の愚かさを認めたくないのですね。だからロジックよりもマジックを優先してしまう」

キャシーの言説を否定する材料はない。ただ真琴の意見は少し違う。それが男女の関係であっても教祖と信者の関係であっても、結局菜穂子は黒野に殉じたのだ。そうとでも考えてやらなければ、あまりに菜穂子が不憫《ふびん》に思えた。

「えっと、光崎教授にもこのことを報告したいんだけど」

古手川が言うと、真琴は少し考えてから答えた。

「興味ないって、切り捨てられて終わりだと思う」

それにしても、と思う。

今回の事件は〈コレクター〉には関係がなかったのだろうか？

四　停まる

1

「あっ」

雨でもないのに、頭の上に滴《しずく》が落ちてきた。

滴を拭《ぬぐ》うと、手にはべっとりとフンがついている。

「うわっ、きったねー」

翔太《しょうた》はフンを振り払いながら頭上の高圧線を見上げる。視線の先ではハトが悠然と電線に止まっている。

次に翔太は足元を見た。アスファルトの上で、その半径一メートルの場所だけがハトのフンで真っ白になっている。

迂闊《うかつ》だった。ハトは決まった場所でフンをする習性を持つ。だからフンのある場所の下には立つな――小学校で担任の先生にそう教えてもらったではないか。

翔太はハトを睨《にら》みながら思う。大体、家の周りに電線が張り巡《めぐ》らされているのが悪い。電線さえなければハトの憩《いこ》う場所もなくなるだろうに。

ただし、それがやむを得ないことも理解している。ここ桜区《さくらく》道場《どうじょう》には鴨《かも》川近くに巨大な鉄塔がある。高圧線はその塔から四方に拡《ひろ》がっており、翔太の家は塔よりも後に建てられたのだから、文句を言える筋合いではない。ハトのフンが嫌だから引っ越したいと両親に訴えたところで、きっと相手にもされないだろう。

しかもハトは電線に止まっていても感電しないらしい。悠然と止まっているのは、本能的にそれを知っているからのようにも見える。

人間よりハトの方が偉そうなんだよな――そんな風に思っていると、視界の中にふらりと人影が現れた。

ああ、またあのお爺《じい》さんか。

老人はこちらに向かってゆっくりと歩いて来る。くたびれたスウェットの上下にサンダルという出で立ちなのでランニング中ではない。手ぶらなので買い物途中でないことも分かる。

翔太が老人の姿を見掛け始めたのは、二週間ほど前からだった。おそらく新しい散歩コースなのだろう。毎日夕方五時を過ぎると、決まって姿を現す。いつも同じ時間、同じ服装なので自然に憶《おぼ》えてしまった。

それにしてもお年寄りは大変だな、と思う。何しろ健康を維持するために、好きでもない散歩をしなくてはいけないのだから。

実際に翔太があの老人と話したことはない。それでも彼が散歩を愉《たの》しんでいないのは見ているだけで分かる。翔太の家の前をふらふらと行ったり来たりし、まるで迷子になったかのように歩く。大抵は顰《しか》め面《つら》をしていて、道路に悪態《あくたい》を吐《つ》くのじゃないかと思わせる。

きっとお医者さんか家族から半《なか》ば強制的に散歩させられているのだろう。それでなければあんな顔をしているはずがない。翔太も、苦手な徒競走《ときょうそう》をさせられる時は似たような顔をしている。それは父親が撮ってくれた運動会のビデオで嫌と言うほど確認した。

翔太は家の中に入り、風呂場で頭に付着したフンを洗い流してから二階の自室に戻った。

翔太の部屋の窓からは、電線に止まったハトが至近距離に捉《とら》えられる。腹立ちまぎれに、そのハト目がけて輪ゴムでも飛ばしてやろうと考えたのだ。

早速、窓を開けると、案の定五メートルほど斜め上にハトの姿があった。忌々《いまいま》しいことに、翔太が窓を開けてもハトは一向に怯《ひる》んだ様子を見せない。

机の上にあった輪ゴムを指に絡《から》め、ハトに照準を定める。

びゅっ。

しかし輪ゴム弾はハトの止まった場所にも届かず、放物線を描いて落下していく。

ちぇっ、失敗した。

この上は、せめて脅《おど》かすくらいしないと気が済まない。

「わああっ」

大声を放ってみたが、ハトは何事もなかったかのように首を左右に忙《せわ》しなく振っている。

その時だった。

ふううっと呻《うめ》き声が耳に届いた。

真下だ。

見下ろすと、アスファルトの上にあの老人が倒れている。

あまり元気そうではなかった。ここまで歩くのがやっとにも見えた。もしや翔太の声に驚いてどうにかなったのだろうか。

翔太は慌《あわ》てて窓を閉めた。

僕のせいじゃない。

僕のせいじゃない。

心臓が早鐘《はやがね》のように打ち始める。腋《わき》の下からは嫌な汗が流れ出てきた。

しばらくしてから、もう一度窓を開けてみる。ただし今度は指が入る程度の隙間《すきま》を作って真下を覗《のぞ》き見る。

すると買い物帰りと見える母子が、腰を屈《かが》めて老人の肩を揺さぶっていた。

「もしもし？　お爺さん、大丈夫ですか。大丈夫ですか」

どれだけ揺さぶられても老人の身体はぐにゃぐにゃして、とても生きているようには見えない。

やっぱり僕のせいだ――。

翔太は再び窓を閉めると、外側に背を向けたまま、ずるずると腰を落とした。

そしてしばらく瘧《おこり》にかかったように震えていた。

＊

本日三体目の解剖が終わると、真琴は自分のデスクに倒れ込んだ。

「もう、駄目」

突っ伏した途端、髪がはらりと落ちる。その臭いを嗅《か》いで、慌てて顔を起こす。帽子を被っていたはずなのに、フェノールと腐敗臭がしっかり付着している。

「真琴、解剖着はその都度着替えたのに、帽子だけはそのままでしたからね。施術の途中でヘアが露出したのに気付かなかったみたいですね」

同じく着替えから戻ったキャシーが目敏《めざと》く指摘した。

「知ってたのなら、何で教えてくれなかったんですか」

「ソーリー。解剖中に言うことではないと思ったので」

言われてみれば確かにその通りだ。解剖中にそんな会話をすれば光崎からどんなカミナリが落ちることか。

「大体、忙しすぎるんですよー。最近は出勤して帰路につくまでほぼ解剖と報告書作成じゃないですか。こんなの嫁入り前の娘がする仕事じゃありませんっ」

「また非論理的なことを言うのですね。既婚未婚と仕事の内容にどんな相関関係があるのか、ワタシには理解不能ですが、それなら真琴が結婚してしまえば問題は解決ではありませんか」

「キャシー先生はご存じないかも知れませんけど、結婚には相手というものが必要なんです」

「あるデータによれば、拘束時間の長い勤務に就《つ》いている者は半径十メートル以内に未来の配偶者が存在しているそうです」

「それはどーも」

「真琴のケースには古手川刑事がベストで当て嵌《は》まるのでしょうか」

思わぬ方向からの攻撃に自制心が崩壊した。

「なななな何を言ってるんですか！　キャシー先生。よよ、選《よ》りにも選ってあんながさつで、直情径行《ちょくじょうけいこう》で、無神経で、それは確かに嘘《うそ》の吐《つ》けない善人ではあるけど、地雷原を下駄履きで突っ走っていくような人と何でわたしが……」

「真琴は何をそんなに狼狽《うろた》えているのですか」

「判断力の鈍っている時にそんな突拍子もないことを突っ込まれたら、誰でも狼狽えますっ」

「Ｏｈ、重ねてソーリー。つまり真琴は疲労が蓄積したので判断力が鈍っているのですね。それならそうと早く言ってください」

キャシーはようやく納得したように頷いてみせる。

「もっとも現状が本来のキャパシティーを超えているのは否定できません。ワタシも起床が辛くなってきました」

「さすがのキャシー先生もですか」

「さすがというのが何を指しているのかは知りませんが、法医学教室の稼働率は前年比の三倍になっています。そろそろ休暇が欲しいところです」

県警本部が〈コレクター〉の書き込みに翻弄《ほんろう》されてから約八週間、持《も》ち込まれる遺体の中には異状死体もあったが、多くは最初の見立て通り病死や事故死が占めた。捜査本部が偽情報に踊らされ、そのとばっちりを法医学教室が被っているという構図だった。

当然のことながら光崎たちの手に余る案件は他の医大に回されるが、今ではそれすらも飽和状態に陥《おちい》っている。そこで俄《にわか》に取り沙汰《ざた》されたのが、解剖医の絶対数の少なさだ。埼玉県のみならず解剖医が不足しているのは全国的な傾向だ。臨床医に比較して収入が少ないこと、研鑽《けんさん》を積んでも学内から評価されにくいこと、予算不足から設備が老朽化《ろうきゅう》して新しい学生を呼び込めないことが主な要因だが、これは現状を放置していた大学や病院側にも責任があるとして改善の声が上がり始めたのだ。

ただし、その声はまだまだ小さく中央に届いていない。そして何によらず改善の肝は新しいカネが捻出《ねんしゅつ》できるかどうかによる。ただでさえ陽の当たらない法医学に予算を投入させるには、人員不足以外の理由が必要だった。

「案外〈コレクター〉の目的は法医学教室のシステムのグレードアップなのかも知れませんね」

「まさか。以前に解剖医の愚痴なんて言ったのは冗談ですよ。それは多分に穿《うが》った見方のような気がします」

「何故ですか。システムの変化というのは、大抵ドラスティックな出来事でもない限り発動しないのですよ。ネットへの書き込みが原因で我々法医学者の待遇が改善されるのなら、〈コレクター〉様々ではないですか」

はっとした。

「キャシー先生……〈コレクター〉が法医学の関係者じゃないかって本気で考えていますか」

「その可能性はありますね。法医学の現状を憂《うれ》えている関係者が、問題提起のために遺体を増やすという企《くわだ》てをしてもおかしくありません」

「それはちょっと誇大妄想じみているんじゃないんですか」

「でも真琴。〈コレクター〉が実際に行ったのはネットへの書き込みだけであって、彼自身が殺人なり死体損壊なりに手を染めた事例は一つもないのです。それに今まで示唆《しさ》された内容には、どれも関係者でなければ知り得ない情報が含まれていました」

言われてみればその通りなので、真琴は黙り込む。そして急に不安になる。

真琴が法医学教室に送り込まれてから半年以上が経過した。その間に様々な解剖医や研修医、そして警察関係者を知り得たが、その中で最も法医学の現状に危機感を抱いているのは何といっても光崎とキャシーだったではないか。

ネットに匿名《とくめい》の書き込みをするだけで現状が改善されるのであれば、この二人は罪悪感など露ほども感じずに〈コレクター〉を名乗るのではあるまいか——まさかという疑念が、真琴の胸をあっという間に黒くする。

来訪者が現れたのは、ちょうどその時だった。

「ちわーっス。あれ、どうしたの真琴先生。不景気な顔して」

古手川は無遠慮に真琴の顔を覗《のぞ》き込む。

「真琴は結婚相手に悩んでいるのですよ」

どこをどうこねくり回せば、そんな話になる。

しかもあろうことか、古手川も本気にしたのかぎょっとしている。

「……実家から何か言われたのか」

「いつもみたくキャシー先生の拡大解釈と針小棒大《しんしょうぼうだい》と皮肉と悪ふざけなんで、決して本気にしないでくださいい忘れてくださいこの話はこれで終わりです。ところで古手川さん、何のご用ですか」

「まあ、俺が合コンの話を持ってくるはずもないんだけどさ」

「古手川さん！」

「悪い。実はまた県警本部の掲示板に〈コレクター〉からの書き込みがあった」

結婚相手云々《うんぬん》も相当に迷惑な話だが、これもまた気詰《きづ》まりな話題ではある。疲労がいや増すのを感じたが、キャシーは真琴の気分にはお構いなしに身を乗り出してくる。

「今度はどんな案件なのですか」

「さいたま市の桜区道場にある住宅街の真ん中で行き倒れがあったんです。枚方重巳《ひらかたしげみ》っていう今年七十になる爺さんで、道路の真ん中にぶっ倒れていました」

「何か外傷があったのですか」

「いいえ。通報を受けた検視官の見立てでは、典型的な心不全だったらしく、現状、事件性は疑われていません」

「それでも古手川刑事がここに来たということは、何か疑わしい点があったからではないのですか」

「その通りですよ、キャシー先生」

古手川は物憂《ものう》げに答える。

「それさえなけりゃ、また〈コレクター〉の悪戯《いたずら》だろうって済ませることもできたんスけどね」

古手川の顔に滲《にじ》む疲労感は真琴にも理解できた。法医学教室以前に県警本部も〈コレクター〉の書き込みに翻弄《ほんろう》されている。数人いる検視官も休日返上を余儀なくされており、当然のことながら古手川たち捜査員の手間も増えているはずだった。

「〈コレクター〉の捜査も進んでいるのでしょう？　古手川刑事」

「それがですね、奴《やつこ》さんの書き込みは全て外国のサーバーを経由しているんで、なかなかIPアドレスに辿《たど》り着けないんですよ。本部の鑑識連中が躍起《やつき》になって追っ掛けてるんですけど、未だに尻尾《しつぽ》も摑《つか》めやしない」

「しかし外国のサーバーを経由させるなんて、一般ユーザーにはハイレベルな技術ではありませんか」

「ところが、一概にはそうも言えないんですよ。そのテの誤魔化《ごまか》し方も今はローテクになっちまって、たとえば050から始まるネット電話なんて簡単になりすましができちまうし、最近じゃあ交換機のパスワードも破られてますから。実際になりすましの犯人を逮捕してみても、それほど専門的な知識を持っていなかったりするし」

古手川の説明に、真琴は戸惑《とまど》いを隠しきれない。真琴自身は携帯端末を弄《いじ》り、ネット検索も普通にこなす平均的なユーザーだと認識している。だが古手川によれば、真琴と同レベルのユーザーたちがいとも容易《たやす》くIPアドレスの攪乱《かくらん》やなりすましに手を染めていると言う。いったい、いつからそんな犯罪に素人《しろうと》が参加できるようになったのか。

「それで古手川刑事。その事案の疑わしい点というのは何なのですか」

「多額の保険金ですよ」

古手川は顔をわずかに顰《しか》めてみせる。

「枚方重巳の同居家族は妻のたつ子一人だけで、重巳名義の保険金の受取人もたつ子になってます。まあ、普段から仲のいい夫婦というんならともかく、ここ数年はたつ子の亭主イビリが半端じゃなかったそうです」

「それはつまり、妻から夫へのドメスティック・バイオレンスという意味ですか」

「ええ、DVは女性側が被害者っていうイメージが圧倒的ですけど、意外にその一割は亭主が被害者になっているんですよ。で、この枚方夫婦がその一割に該当した、と」

多額の死亡保険金のみならず、日頃の接し方が疑念を生んでいるという訳か。

以下は古手川が所轄の浦和西署から仕入れてきた情報である。

枚方重巳とたつ子には二人の息子がいたが、この二人はそれぞれ家を出て別に所帯を構えている。それぞれ住宅ローン以外には大きな負債もなく、経済的に困窮している様子もないと言う。

それまで平々凡々に見えた枚方夫婦に異変が生じたのは四年ほど前、たつ子が認知症を患《わずら》い出してからだった。

最初は単に物覚えが悪くなり、近隣住人の名前を時折失念する程度だった。それが日常の生活にも支障を来《きた》すようになり、そのまま悪化の一途を辿《たど》るようになる。

自らの病状に不安を抱いたせいだろうか、この頃からたつ子の重巳への虐待が顕在化する。隣近所にも聞こえるような大声で夫を詰《なじ》り、自分は病気の身の上なので炊事洗濯はもちろん食事の用意も介護も責任を持てと命令する。時には物を投げる音や調度品が壊れる音も洩れてきたと言う。

とにかく目立ったのはたつ子の「カネを寄越せ」という罵声《ばせい》だった。互いに年金暮らし。今まで倹《つま》しい生活をしてきたのに、認知症の発症とともにたつ子は浪費家になった感がある。重巳には小遣《こづか》いも渡さず、たまに外出すれば必要もない高級化粧品を買い求めるようになった。現金がない時は万引きし、後で重巳が頭を下げながら代金を支払うことが続いた。

　当初こそ甲斐甲斐《かいがい》しく尽くしていた重巳も一年を経過すると、目立って疲弊《ひへい》してきた。近所の住人によると家庭内暴力に遭《あ》っているらしく、道ですれ違う度に新しい生傷を拵《こしら》えていたという。家の中にいても怒鳴《どな》られっ放し小突かれっ放しでは、到底気が休まらない。先月からは難を逃れるように重巳は度々《たびたび》外出するようになった。

　外出と言っても喫茶店やパチンコ屋で時間を潰《つぶ》す訳ではない。ひたすら自宅周辺をうろつくだけなのだが、やがて自宅から離れた鴨川付近にまで足を延ばすようになった。

「枚方夫婦の住んでいる場所は住宅街の真ん中で、まあどこも似たり寄ったりの景色だからね。精神的に追い詰められた重巳が川べりの風景を見たいと思ったのも、頷けない話じゃないんだ」

　重巳が散歩する姿は何人もの人間が目撃している。しかも健康維持のためというよりは、病人が行き場を求めて徘徊《はいかい》しているようだったと言う。

　そして六月三日、重巳は鴨川近くの住宅地で行き倒れた。近隣住人の通報で救急隊員が駆けつけたが、その場で死亡が確認されたのだ。

「歳も歳だし、家庭環境も家庭環境だ。とにかく家の中にいたくなくて、無理に散歩を続けた。精神的疲労と体力的な無理が祟《たた》って心不全というのも、そういう話を聞けば納得できる。たださ、重巳が死んでから発覚したんだけど、以前から掛けていた保険金、先月から契約内容が変更になっているんだよ。月々の掛け金は一気に三倍、重巳が死亡した際に支給される金額は三千万円にも上る。直接変更を申し出たのは重巳だけど、それもたつ子に暴力で脅されたのかも知れない」

真琴の口の中はすっかり乾いていた。

「つまり……古手川さんは保険金殺人を疑ってるんですか」

そして古手川が口を開きかけた時、その真後ろでいきなりドアが開かれた。

「またぞろこんな場所で油を売っておるのか、若造」

光崎はじろりと古手川を睨《にら》み据えた。

2

「相変わらずのうつけ者だな。お蔭《かげ》で教室の外まで丸聞こえだ。そのニワトリ頭で理解できないのなら何度でも言ってやるが、ここは病院施設でおまけに大学の構内だ。大きな声を出すな」

「う、うつけ者って」

古手川が二の句を継《つ》げずにいると、光崎はその前を素通りして真琴に書類を手渡す。見れば前日に真琴が提出していた報告書だった。数枚繰《く》ってぎくりとした。至るところに二重線と訂正が入っている。

「うつけ者はもう一人いるな。書類偏重主義などもっての外だが、それと正確さは別の問題だ」

ものの見事に一刀両断され、真琴も二の句が継げなくなる。

「それで若造、その死体はどうなっている」

「えっ」

「鴨川近くで行き倒れたとかいう死体だ。まさか早々に事件性なしと片づけた訳じゃあるまいな」

「担当した検視官は事件性なしと判断しました。ただ〈コレクター〉の書き込みの件があるので、遺体はまだ浦和西署に安置しています」

「お前はどう思っておるのだ、若造」

「へっ」

「その老人の死を事故と見るか事件と見るかではない。解剖する必要があるのか、それともないのか」

「異状死なら、全ての遺体は解剖する必要があり……」

「何だ、それが分かっておるのに、お前はまだぐずぐずしておるのか。さっさと所轄へ行って解剖の是非《ぜひ》を見極めてこんか。遅い仕事なら亀でもするぞ」

もう反論する気もないのか、古手川は唯々諾々《いいだくだく》と光崎の言葉に従う。

「へえへえ」

「待て、若造」

「まだ何かあるんですか」

「お前一人で行ってどうする。真琴先生も連れていけ。二人とも半人前だ。二人揃《そろ》ってちょうど一人前だろう」

「えっ、どうしてあたし一人が。あの、キャシー先生は」

ところが光崎は返事もせずに教室の奥へ行ってしまう。キャシーは悪戯っぽい笑みを浮かべ、手を振りながら光崎の後を追っていく。

これはつまり、そろそろ一人で見立てをやってみろということなのか——熟考する間もなく、既に教室を出た古手川を追い掛ける。キャシーの不在は心細かったが、それよりも見立てを任された興奮の方が勝っていた。

真琴が助手席に滑《すべ》り込むと、古手川は口をへの字に曲げていた。

「うわー。機嫌悪そう」

「……実際に、悪い」

光崎にうつけ者呼ばわりされたのが、そんなに気に食わなかったのかと思ったが、古手川は意外な言葉を口にした。

「認知症を患ってカネ遣いの荒くなった女房と、その女房から暴力を振るわれる亭主。保険金の受取金額が上げられた矢先にその亭主が死んだんだぞ。死因が何であれ、気持ちのいい話じゃない」

「気持ちのいい殺人事件なんてあるの」

「ないな」

「男の立場からは夫殺しが生理的に受け付けないんじゃない？」

「別に。カネが絡めば長年連れ添った夫婦でも亀裂が入るようになる。そういう実例を今まで何回も見てきた。特に目新しいことじゃない」

それで以前聞いた話を思い出した。古手川はまだ学生の頃、父親の借金と母親の浮気が原因で一家離散していたのだ。

「みんながみんな、そんな夫婦って訳じゃないでしょう」

「どうだか。俺たちが事件で見聞きする夫婦や家庭にはそういうのが多くてね。一度掛けた色眼鏡は外し難《にく》いや」

その横顔を眺めているうちに、ようやくこの人は女性不信ではなく母親不信なのだと気がついた。

「まあ、後味がよかろうが悪かろうが、全てを暴き出すのが警察の仕事なんだけどさ」

古手川が言い訳がましく話を締めくくると、やがてクルマは浦和西署に到着した。

庁舎の玄関前を通り過ぎようとした時、不意に古手川が呟いた。何が古手川の興味を惹《ひ》いたのか分からなかったが、クルマを下りるなり向かった先を見て合点《がてん》がいった。玄関から少し離れた場所で、十歳くらいの男の子がうろうろと行きつ戻りつしている。古手川は何の躊躇《ためら》いもなく男の子に近づいていく。

「何だ、あれ」

「よお、どうした。警察に何か用事か」

突然の問い掛けに少年はびくりと肩を震わせたが、古手川は包むように捕まえて逃がさない。それほど強引に見えないのは力の抜き方が絶妙だからだろう。

「あ、あのっ、ボク……な、何でもなくて」

「何でもないヤツが警察署の前をうろうろするもんかよ。あのな、いいこと教えてやる。お前くらいの歳だったら、何をやっても罪にはならない」

古手川は少年の目の高さまで腰を落とし、鼻の頭が触れそうなくらいに顔を近づける。

「悪さをしても正直に言えば大抵は許してもらえる。だけどな、黙っていたら後で分かった時にどえらく怒られる」

決して脅《おど》している風ではなく、少年の反応を確かめながら諭《さと》す。このがさつな刑事の、どこにそんな手管《てくだ》があったのかと真琴は意外な感に打たれる。

「こういうのは相手の気持ちになってみるとよく分かる。お前だって友だちに酷《ひど》いことをされた時、すぐ謝られた方が許しやすいだろ。ところがずいぶん経って、しかも大人たちが調べる段になって嫌々謝られても簡単には腹の虫が治まらない。それと一緒だ。それは分かるか」

少年は恐る恐るといった体で頷《うなず》く。

「よっし。それなら、まず兄ちゃんに言ってみろ。小さな声でいいから」

改まった場所で訊けば、子供は否応《いやおう》なく緊張する。それを見越してのことならずいぶん子供あしらいが上手《うま》い。

あれくらい女の扱いが上手ければいいのに。

しかし二人を見ているうちに合点した。子供あしらいが上手いのではない。古手川自身が子供のようなので、相手の気持ちが理解できるのだ。

「俺は古手川だ。坊主の名前は？」

「翔太……」

消え入りそうな声で名乗ると、翔太は言われた通りの小声で告白し始める。すると黙って聞いていた古手川の顔がみるみるうちに、深刻なものへと変わっていった。

「家の中から大声を出して窓の外を見たら、お爺さんが倒れていた？」

「うん」

「どんな風だった」

「ふうって声がしたんだよ。倒れたところは見ていなかった」

「真琴先生、心不全で死亡する時には呻《うめ》き声を上げるものなのかい」

「息苦しいのは確かなんですけど、必ずしも呻き声を上げるとは限りません」

「そのお爺ちゃんは坊主の家の近くで倒れたんだろ。助けを呼ぶとかはしなかったのか」

「倒れたままで動かなかったよ」

古手川は胸から携帯端末を取り出した。覗くと、ネットに接続して桜区辺りの航空写真を見ている。

「坊主の家はどれだ」

これ、と翔太の指が画面を差す。真琴が覗き込むと住宅の立ち並んでいる一角だった。

「問題の案件の発生場所じゃないか」

古手川は低く呟いた。

「左右にびっしり家がある。助けを呼べない状況じゃない……真琴先生。心不全ていうのは、症状が出たら助けを呼べないくらいなのか」

「それも一概には。個人差もあるし」

「まさか、近所で大きな音がしたとかで心不全になるものかな」

静謐《せいひつ》な室内にいて急な大音声《だいおんじよう》に襲われたら、心臓に疾患を抱えた患者などは大きな衝撃を受けるだろう。しかし心不全を起こすかどうかは、それこそ病状次第だろう。それに枚方が倒れていたのは室外だ。普通に生活していてもクルマの走行音などの騒音が存在する。

「どう考えても子供の発した声くらいじゃ、心臓は止まらないと思います」

「そういうことだ、坊主。お爺ちゃんが死んだのは、少なくともお前のせいじゃない」

古手川は翔太の髪をわしわしと撫《な》でる。

「本当?」

「何だ、俺の言うことが信用できないのか。でも安心しろ。このお姉さんが、お前が無実だってことを証明してくれる」

翔太がこちらに視線を投げてきた。期待と尊敬の眼差《まなざ》しで、見られている方が照れるくらいだ。

「新進気鋭の、死体専門のお医者さんだぞ。俺が信じられなくても、この先生を信じろ」

古手川は連絡先を聞いてから、翔太の尻をぽんと叩く。

「後は任せろ」

翔太は一度だけ二人に向かって手を振ると、道路の向こうに駆けて行った。

「さあてと、真琴先生。これで解剖しなくちゃならない理由が一つ増えたな」

不遜《ふそん》な物言いだったが、何故か不快な印象はなかった。

二人は担当者の案内で霊安室に赴《おもむ》き、枚方の遺体と対面する。

老人特有の、四肢の細った肉体だった。既に死後一日を経過しており、下腹部を青黒い死斑が侵食している。表面には目立った外傷がなかったが、胸にわずかな手術痕が残っている。心不全の典型的な所見は浮腫《ふしゅ》と静脈怒張《どちょう》。しかし遺体にその徴候は認められない。

「既往歴はあるんですか」

真琴の質問に担当者が答える。

「検視官の要請で取り寄せたら、一度心臓疾患で手術しているようでした。検視官もその事実をもって心不全と判断したみたいですね」

「担当した検視官は誰です」

「鷲見検視官です」

また鷲見が担当の案件だったか――これで解剖して新事実が発見されれば、また鷲見の遺漏《いろう》を告発する形となる。そうなると一度ならず鷲見の面目を潰すことになりかねない。

いや違う、と真琴は即座に否定する。面目や体裁よりも大事なものがあることを、自分はこの一年で叩き込まれたはずではないか。

光崎に解剖するかどうかを確認しようと、スマートフォンに手が伸びる――が、途中で止まった。教室を出る際、光崎は解剖の是非を確認してこいと言った。言った先は古手川だったが、同行しろと命じられた自分に向けられた指示でもある。

自分で決めろ、真琴。

しばらく逡巡《しゅんじゅん》してから真琴は古手川に顔を向けた。

「古手川さん、司法解剖の必要があります」

「そうくると思った」

古手川は勝ち誇るような笑みを浮かべると、担当者に向き直る。

「この遺体を浦和医大に搬送してください」

「しかし検視官の許可がなければ……」

「許可は後で必ず取りますから。今は徒《いたずら》に時間を費《つい》やしたくない」

古手川は事もなげに言うが、真琴は内心ひやひやものだ。今までにも正規の手続きを経ずして遺体を解剖室に運び込んだことが多々あるが、最終的には光崎の威光に救われる結果となった。だが、今回の見立ては真琴の判断と古手川の独断専行によるものだ。もしも鷲見検視官の判断通り死因が心不全だったら、誰がどういう責任を取るのか。事は費用と体面の問題だ。真琴と古手川だけの処分で済む話とも思えない。

しかし、それでも尚《なお》胸の裡《うち》から命じる声があった。その声を無視することは、自分が今まで法医学教室で学んだ教訓を無視するのと同義になる。

ままよ。

真琴は古手川とともに遺体搬送の準備に取り掛かる。ほんの一年前まで、自分がこんなにも強引で横紙破りな人間になるとは想像もしていなかった。せめて光崎のような自信に裏打ちされた行動ならまだしもと、もう一人の真琴が散々愚痴をこぼす。

そして遺体を包みストレッチャーに載せた時、霊安室のドアが開いた。

そこに立っていたのはさっきまで相手をしてくれていた担当者ではない。歳は五十代、まるで武闘派のヤクザを更に不機嫌にしたような面相の男だ。間違っても警察関係者とは思えない。

ところが古手川の反応は意外だった。

「渡瀬班長……いったい、どうしてこんなところへ」

「それはこっちの台詞だ。〈コレクター〉が絡んでいるからと浦和西署に来てみれば、本部の誰かさんが枚方の遺体を浦和医大に搬送してくれと指示を出したらしい。まさかと思って駆けつけたらこの有様だ。また勝手なことしてんじゃないだろうな」

真琴はしげしげと凶暴な顔つきの男を眺める。これが古手川の話に度々《たびたび》登場する渡瀬という上司か。

融通《ゆうずう》の利《き》かなそうな男だと思った。権柄《けんぺい》ずくの物言いといい、人を睨み殺すような視線といい、確かに古手川が苦手そうに語るだけのことはある。

「浦和医大法医学教室では知らねえ顔だな。あんたが新人の栂野先生かい」

ぎろりと睨まれ、真琴は小声で答えるしかなかった。

「遺体搬送は検視官の要請あってのことか」

これには古手川が答えた。

「いいえ」

「お前の独断か」

真琴が答えようとすると、古手川の手がそれを制した。

「ええ、俺の独断です。状況から考えてもただの自然死だとは思えません」

「思えないだと。死体の所見なり何なりで不審な点がある訳じゃないのか」

古手川が黙り込む。こうなれば真琴が代わって話すより他にない。

「しょ、消極的な意見ですが、この遺体には心不全特有の症状が希薄なように思えます。死因究明の観点からも司法解剖するべきだと思います」

すると渡瀬が真琴に向き直った。眠りかけのような半眼なのに、ひどく禍々《まがまが》しい。

「梅野先生の意見は承知した。しかしその意見を汲《く》んで医大に解剖要請した検視官はいないだろう」

「それは、そうですけど」

「要はあんたの経験値の浅い勘に、この唐変木《とうへんぼく》が乗っかって二人で暴走しているだけの話だろ」

身も蓋《ふた》もない言い方だが、事実なので反論のしようがない。

「どうせこの馬鹿のことだ。所轄には、後で許可を取るとか何とか適当な理由を拵《こしら》えたんだろうさ。お前、その司法解剖の予算をどこで計上させるつもりだった？　浦和西署か、それとも県警本部か。言っとくが両方とも解剖に回せる予算は、あのクソ忌々《いまいま》しい〈コレクター〉のせいで枯渇《こかつ》寸前だ。腹かっ捌《さば》いたはよし、もし何も出てこなかったらいったいどうするつもりだ」

「司法解剖の費用分、俺の給料から天引きしてもらえれば」

「そういう話じゃない。カネで片がつく話とつかない話があるんだ。そのくらいのことがまだ分からねえのかっ」

凄味《すごみ》のある一喝に真琴は思わず身を固くした。古手川を見ると、普段から怒鳴られ慣れているのか態度に変化は見られない。

「もし事件性のある案件だと後で分かったら、取り返しがつきませんよ。火葬した後じゃ死因究明もクソもない。仮に女房の仕組んだ保険金殺人だったら、物的証拠が消滅しちまう。解剖するなら今しかないんです」

古手川の反駁《はんばく》に、渡瀬はふんと鼻を鳴らす。

「それで真っ当な理屈のつもりか。検視官や課長を納得させるつもりなら、もっとそれらしい理由を拵えろ、この低能」

二人の会話を聞いていて既視感を覚えた。この感触の出処を探るうちに思いついた。渡瀬の悪罵《あくば》に皮肉を加えると、光崎の言葉そっくりになるのだ。

つまり古手川は、県警本部では渡瀬に、法医学教室では光崎に面罵《めんば》され続けているという訳で、そう考えると古手川の打たれ強さにも合点がいった。二人に詰《なじ》られ続ければ面《つら》の皮も厚くなろうというものだ。

「ところで班長。〈コレクター〉絡みで出張ってきたと言いましたよね。わざわざ出向いてきたのは何故ですか。概要だけなら電話やメールで済む話でしょう」

「浦和西署が任意で引っ張ってきたというから一緒に話を聞いていた」

「任意で引っ張った？　誰をですか」

「枚方の女房のたつ子だ」

えっ、と古手川と真琴は同時に声を上げる。

「たつ子は認知症じゃなかったんですか」

「認知症でも外出はできるし、要領を得ないまでも話はできる。所轄だって最初っから事件の可能性を捨てている訳じゃない。自分たちだけが真実を追っているなんて妄想をするな」

「それでどうだったんですか、班長。たつ子の言動に怪しい点はなかったんですか」

「怪しいも何も、あれは本物の認知症だぞ。れっきとした医者の診断書もある。カネ遣いが荒くなったり、家族に暴力を振るうのは前例があるが、認知症患者が亭主の保険金殺人を企てるなんてのは前代未聞だ。あんたはそういう例を聞いたことがあるのか、梅野先生」

いきなり話を振られてまごついた。

「に、認知症というのは知能のレベルが正常以下になる症状ですから、認知症患者が緻密《ちみつ》な殺人計画を練るというのは、ちょっと考え難《にく》いです」

「じゃあ班長。認知症を偽っている可能性はありませんか」

「それも栂野先生に訊いてみろ」

助けを求めるように振り向いた古手川に、真琴は噛《か》んで含めるように説明する。

「認知症の診断は質問形式でされることが多いけど、より確実なのはMRIとSPECT検査です。アルツハイマー型認知症の場合、海馬《かいば》が萎縮《いしゅく》したり血流が低下したりするんだけど、画像診断でこの二点が確認できます」

「さっき言った診断書だがな。たつ子はそのMRIもSPECT検査もしている。両方の画像診断を経た上で認知症と診断されたんだ。意図的に海馬の大きさや血流量を調整するような芸当ができない限り、認知症を装うなんて真似《まね》はできないんだよ」

古手川は黙り込んでしまった。

3

「でも待ってください」

二人の会話に割って入った真琴は、声を出したのが自分であることに驚き慌てた。

渡瀬がこちらをじろりと睨む。正視すればするほど凶暴なご面相で、しかも他人の言うことには絶対耳を貸しそうにない人間相手に、どうして自分は刃向かおうとしているのか。

「奥さんが認知症なのかどうかはともかく、遺体は浦和医大に搬送します。経験値が浅くても何でも、わたしだって死体のプロです。解剖の必要があると判断したからには、そうさせていただきたいと思います」

「じゃあ解剖して何も出てこなかったとして、あんたに責任が取れるのか、栂野先生」

普通でも充分に怖いのに、睨みを利かせると武闘派のヤクザそこのけだ。それでも真琴の言葉は止まらない。

「どうして、ここで責任の話が出てくるんですか」

「何だって」

「今はとにかく解剖して死因を特定するのが最優先です。責任追及なんて、その後からゆっくりやればいいじゃないですか」

「いかにも世間知らずの物言いだな」

「わたしには、世間よりも知らなきゃいけないことが沢山《たくさん》あるんです」

「警察にも大学にも取り決めやマニュアルってものがある。しち面倒臭い仕組みだが、段取りを踏むことで責任を分散できるからだ。逆に言えば取り決めを無視して我を通すなら、それなりのしっぺ返しを覚悟しなきゃならん。それが責任ってヤツだ」

「こんな未熟者の首でよかったら、いつでも差し出しますよ」

真琴がそう言い放つと、渡瀬は名刺が挟めそうなほど深い皺《しわ》を眉間《みけん》に刻《きざ》む。

「本気で言っているのかね」

「冗談で首なんて懸《か》けられません」

そうか、と言って渡瀬は視線を古手川に移す。

「じゃあ、お前は栂野先生と一緒に行って解剖の結果を見届けてこい」

「……いいんですか」

「いいも悪いも、そこの若い先生が我を通すと言い張ってるんだ。日頃浦和医大に世話になってる一課としちゃあ、付き合うよりしょうがねえだろ」

そう言い残すと、渡瀬は振り返りもせずに霊安室を出ていった。

「何だか台風みたいな人」

ストレッチャーでの搬送を再開しながら真琴が呟くと、後ろで押していた古手川が不満たらたらの口調で返してきた。

「その台風の被害に毎日遭っている俺の身にもなって欲しいな」

同情してやりたい気持ちもあるが、それよりも抗議したい気持ちが強い。

「どうして所轄の霊安室にまでやって来るのよ。それって古手川さんの信用がないからじゃないんですか？」

「いや、あのね」

「さっきなんか本当に怖かったんだから！　よく鬼のような形相って言うけど、現物見たのは初めて。その場で絞め殺されるかと思った」

「……あれ、そういう目じゃなかったから」

「えっ」

「真琴先生には分かりにくかったと思うけど、あの態度は真琴先生をリスペクトしてるから」

「あれで？」

「すんなり真琴先生の主張を呑《の》んだじゃないか」

「だとしたら、すっごく歪《ゆが》んだ感情表現。でも、どうしてわたしがリスペクトされるの」

「組織にそぐわないヤツ大好き人間だから」

組織にそぐわないのはあなたも同じでしょう——と言おうとしてやめた。言えば同じ言葉で返されるような気がしたからだ。どうしてあの偏屈教授の周りには、同じようなはみ出し者ばかりが集まってしまうのか。

真琴と古手川が浦和医大に到着すると、既にキャシーが解剖の準備をあらかた済ませていた。

「Oh。すっかり待ちかねていましたよ」

「キャシー先生。それは俺たちを待っててくれたんですか。それとも遺体を待ってたんですか」

「聞きたいですか？」

古手川は諦めたように首を振りながら、遺体を解剖室へと運んでいく。

三人が解剖着に着替え終わる頃、まるでタイミングを推し量《はか》ったかのように光崎が現れた。

偏屈であろうがはみ出し者であろうが、やはり光崎は解剖室の帝王だ。彼が足を踏み入れた瞬間、部屋の中の空気が瞬時に張り詰めるのが分かる。

「では始める。遺体は七十代男性。検視官の見立ては心不全。体表面の手術痕は既往症で手術をしたものであり、他に外傷は見当たらない。メス」

真琴から手渡されたメスで、光崎は遺体に語りかける。お馴染《なじ》みのY字切開とそれに続く胸骨の取り外し。遺体の脂肪分が少ないせいか、切断する際の音がいくぶん乾いて聞こえる。

本来なら聞こえるはずのない切断音が聞こえるのは、光崎を除く三人が息をするのも躊躇《ためら》うほど術式に見惚《みと》れているからだ。メスにしても肋骨剪刀《ろっこつせんとう》にしてもただの道具に過ぎないのに、光崎の指に握られた瞬間から意思を持った生物に変身する。ここしかないというポイントに刃先を当て、筋繊維の走る向きに肉を裂いていく。この動きは何度見ても見飽きることがない。

いつかは自分も執刀医になる――最近、真琴は強くそう思うようになったが、光崎のメス捌《さば》きを目の当たりにする度に決意が鈍ってしまう。経験値の違いだけでは説明できない力量の差を思い知らされる。

そしてまた、光崎の術式には遺体への敬意が溢《あふ》れている。光崎は相手が水死体であろうと焼死体であろうと、決してぞんざいに扱うことがない。まるで美術品を扱うような慎重さで肉体を開いていく。せめて、この十分の一でもいいから生きた人間も丁寧に扱ってやれば巷《ちまた》の人物評も上がるのにと思うが、光崎自身は欠片《かけら》もそんなことは望んでいないだろう。

「肋骨剪刀」

肋骨を切断する音も若い遺体より軽やかに聞こえる。組織と同様、老朽化した骨が脆《もろ》くなるのは道理だが、その事実を音で知らされるのはひどく切ない。

肉体は正直だ。気を張っていても若者ぶっていても、中を覗けば歳相応の老け方をしている。筋肉は落ち、脂肪は削られ、血液は凝固する。今までの不摂生が臓器の色と形を変えていく。

心臓を患っていたという枚方の肉体は、それもむべなるかなと思わせる内容だった。老いと運動不足、そして精神的なストレスがそうさせたのか、どの器官も脆弱《ぜいじゃく》に見える。

「冠動脈にプラークなし」

プラーク(粥《じゅく》状《じょう》硬化性病変)がひと度破綻《はたん》・崩壊すると冠動脈内膜に血栓が形成される。それが見当たらないのであれば、まず心筋梗塞の可能性は低い。

次に心臓が切開される。光崎の目がその内部を精緻《せいち》に検分しているのが傍《はた》からでも分かる。

「動脈・静脈ともに閉塞部は見当たらず。間質《かんしつ》の浮腫、ならびに心筋も凝固壊死《えし》の徴候は見られない」

光崎の言葉は淡々としているが、告げている内容は心不全という見立てへの異議だった。

「心肥大ならびに左心腔《さしんくう》の拡張も見られず。よって心筋症の可能性も希薄。心筋の混濁はないため、心筋炎も除外」

聞いているうちに、緊張の度合いが上がってくる。解剖所見がことごとく器質的病変の特徴を排除していく。残る可能性は、それこそ病変のない致死性不整脈くらいだ。もし枚方の死因が病変のない致死性不整脈なら、心不全の症状が現れていないのも当然だ。剖検では証明することができず、法医実務上も突然死と診断するより他ない。つまり鷲見の見立てが正しく、逆に真琴の判断は誤りだったことになる。

さあっと血の気が引く音を聞いたような気がした。

初めて任された見立て。乏《とぼ》しい経験とありったけの医学知識を総動員し、司法解剖を強行した結果がこれか。

未熟者の大失態──血の気が失せた後は、こちらの心臓が不整脈になりそうだった。渡瀬の前で切った大見得《おおみえ》が早速跳《は》ね返ってくる。真琴の責任は免《まぬか》れない。

いや真琴だけではない。事情はともかく、これは浦和医大法医学教室の失態でもある。責任者である光崎が不問に付されるはずもない。

どうしよう。

結局は自分の不見識が大勢に迷惑をかけてしまった。

迫りくる自責の念に真琴が押し潰されそうな中、それとは無関係に光崎のメスが鎖骨《さこつ》下静脈にまで辿り着く。

「皮下ポケット切開」

真琴の目はその部分に釘づけとなった。

鎖骨下から現れたのは楕円《だえん》形のペースメーカーだった。本体から出た二本のリード線が鎖骨下静脈から右心室と右心房に伸びている。

心臓は一日に約十万回、収縮と拡張を繰り返している。その拍動を制御しているのは洞《どう》結節《けっせつ》から発生する電気信号だが、この電気信号が何らかの原因で伝導しにくくなると不整脈を起こすようになる。

そこで伝導路の代わりに電気信号を心筋に与えるのがペースメーカーの役目だ。以前は外付けの電子レンジ大だったらしいが小型軽量化と高性能化が進み、今では拳の半分ほどの大きさになり、体温に合わせて心拍数を変動させる機能まで有するようになった。

光崎はいったんメスを手放し、リード線を二本とも切断した上で皮下ポケットからペースメーカーを取り出す。

「キャシー先生。電極を繋いで動作確認」

命じられたキャシーはペースメーカーをプログラマにかける。先端のプログラミングヘッドをペースメーカー本体に載せ、高周波信号によって内部の動作状況を確認するのだ。

しばらくプログラマのモニターを注視していたキャシーが、やがて擦《かす》れた声を上げる。

「ボス。動作異常です」

思わず真琴はキャシーの方を見る。古手川は意外そうな顔だが、多分自分も似たような表情をしているに違いない。

「光崎先生。じゃあ枚方の突然死の原因は、ペースメーカーの不調だったんですか」

「ただ偶然に不調があったと思うか、若造。本人の通院歴を見てみろ。手術後も定期的に通院している。これはペースメーカーのチェックが目的だろう。定期的にチェックしていたペースメーカーが動作不良を起こす理由を考えてみろ」

これに答えたのは真琴の方だった。

「強い電磁波……ペースメーカーは強力な磁界では誤作動を引き起こすことがあります」

電磁波ですぐに思いつくのは携帯電話や家庭用電子レンジだが、密着するほどでなければ影響は出ない。携帯電話の場合は、総務省が十五センチ離れるよう指針を出している。

それではいったい何の影響だ。

「まだ分からんのか、若造。この遺体はどこで発見された」

「ああ……」

古手川は思い出したように呻く。

「現場の真上には高圧線が走っていた」

「二週間ほどその辺りを散歩コースにしていたのだろう。一度ならず、何度も高圧線の真下を行き来すればペースメーカーに異常が発生すると本人が考えても何ら不思議ではない」

「ペースメーカーを埋め込んだ患者には、ちゃんと注意事項が告げられる。生命に関わることだし、身体の中に精密機器を埋め込まれるのだ。そんな重要な注意事項を忘れるはずもない。おそらく本人は危険を承知で、その場所を歩いた。鉄塔の高圧線でなくとも、電磁波の強い場所は至る場所に混在しているから、途中で致命的な影響があった可能性がある」

「それじゃあ」

「自殺、だったということですか」

「そこから先はお前たちの調べることだ。わしは関知せん」

光崎はぷいと背中を向けるなり、閉腹作業に取り掛かる。

途端に古手川は猛烈な勢いで解剖室を飛び出していった。まるで犬だ。

一方、真琴は安堵《あんど》で腰が砕《くだ》けそうになっていた。

それでも光崎に告げなくてはならないことがある。

「光崎教授、ありがとうございました」

こちらを一顧《いっこ》だにせず黙々と手を動かしている光崎に対し、深々と頭を下げる。

「わたし、先生に相談せず、独断で解剖を決めてしまいました。これで何も異状が見つからなかったら、先生と浦和医大に大変な迷惑をかけるところでした」

「大変な迷惑をかけたら、どうするつもりだった」

「えっ」

「辞表の一つも書き、ついでに恥の一つも掻《か》けばそれで済むとでも思ったか」

「あの、それは」

「責任云々《うんぬん》を追及する前に解剖させろ、と啖呵《たんか》を切ったそうだな。県警の根性曲がりが呆《あき》れていたぞ。あれは下っ端の吐く啖呵ではないそうだ」

あのなまはげオヤジ、要《い》らぬことを――。

「まあいい。若いうちの責任云々など逃げ口上にしかならん」

今は他のものを大事にしろ。

きっと、そういうことなのだろう。そして求めるものはこの遺体が教えてくれる。

真琴は再び光崎の指先に神経を集中させた。


「結局、大間違いもいいところだったんだよ」

二日後、法医学教室を訪ねた古手川は、開口一番に自分の非を認めた。「枚方重巳が散歩コースを鴨川付近に変更したのは、精神的に追い詰められて川の景色を見たいと思ったからじゃない。鉄塔から伸びる高圧線を辿っていった結果だ。保険金の掛け金を三倍にしたのもたつ子の差し金じゃない。それも重巳が自殺を目論《もくろ》んでやったことだ」

自殺の証拠でも摑んだのかと真琴が訊くと、古手川はゆるゆると首を振る。

「いいや、その証拠はない。高圧線の下を何度も行き来したのは本人の意思だろうけど、そのこととペースメーカーが誤作動を起こした因果関係は証明されないからな。未必の殺意というのはあるけど、未必の自殺なんて聞いたこともない。ウチの班長は消極的自死とか言っているけど」

いつ死んでもいい。ただし相手は自分、というのは確かに稀有《けう》なケースだろう。

「重巳の死が自殺だったと仮定すると、たつ子との夫婦関係にも別の見方が出てくる。重巳が認知症の始まったたつ子から虐待を受けていたのは事実だったけれど、重巳はたつ子を憎むどころか自分が先に死んでしまったらと案じるようになる。それでなくても老老介護がえらい負担になるのは分かり切っている。さりとて有料老人ホームに入所させるには高額の費用が必要になる」

「それで保険金の掛け金を上げたのね」

「うん。そして、決して自殺には見えない方法で保険金を残そうとした。実際、ペースメーカーが誤作動を起こしたという事実だけじゃあ、他殺とも自殺とも断定できないからな。辛うじて、そうかも知れないっていう可能性を示唆するだけだ。結局は突然死ということで、保険会社は支払いに応じることになりそうだし」

それなら真琴が無理を通して司法解剖を強行させたことは、何にもならなかったことになる。

自責の念に俯《うつむ》くと、いつもより柔らかな声が落ちてきた。

「真琴先生のしたことは有益だった」

「下手な慰めなら……」

「今度の一件が悪意じゃなく、善意から発生した可能性を暴いたじゃないか。表面上はどうあれ、枚方夫婦が愛情で繋がっていることを指し示した。それって結構、意義があることなんじゃないのか」

古手川は少し照れ臭そうに言う。

長年連れ添った夫婦の間に走るのが亀裂だけとは限らない。ちゃんと絆《きずな》も生まれ、そして残る。枚方が我が身を犠牲にしてまで示したのは正にそれだった。傍目からは歪んでいようと、枚方のでき得る最良の方法だった。

枚方が何を思って、毎日あの高圧線の下を辿っていったのか。それを考えると胸が痛む。しかし決して不快な痛みではない。忘れかけていた感情を思い出させてくれるような、甘い痛みだった。

じわりと胸の中が温かくなり始めた時、真琴は嫌な顔を思い出した。

「でも県警としては今回の解決は不満じゃなかったんですか。特にあの渡瀬さんなら、段取りを無視して司法解剖を強行したのに、骨折り損のくたびれ儲《もう》けだとか愚痴ってませんか」

するとと古手川は鼻の頭を掻きながら、弁解がましく言う。

「愚痴っているのはその通りだけど、解剖結果や真琴先生に対してじゃない。そいつに対しては愚痴るどころか、全身全霊をかけて呪っている。解剖結果を報告した時なんか、俺こそ絞め殺されるかと思った」

「誰を呪ってるんですか」

「〈コレクター〉だよ。確かに隠れた事実を暴きはしたけど、誰かを検挙できるもんじゃない。強《し》いて言えば県警の解剖予算が更にきつくなって、浦和医大法医学教室が振り回されただけだ。いったいヤツは何を狙ってるんだって、煮え煮えの状態になっている」

「古手川さん、いつも渡瀬さんの至近距離にいるんでしょ」

うん、と返答された時、やっと同情心が湧いた。

「それでも怖いのはさ。どんだけ烈火《れっか》の如《ごと》く怒っていても、あの人は感情と思考が別々に働いているんだよ。刑事部屋中に聞こえるような声で〈コレクター〉を罵《ののし》っていたけど、どうもあの目は何かを摑んでいるような気がする」

五　吊《つ》るす

1

「ただいま」

自分の部屋に入るなり、若宮茜《わかみやあかね》はフォトスタンドの中で笑う姉に声を掛けた。帰宅してからの儀式は、始めてからそろそろ三カ月になろうとしている。

カバンを下ろし、部屋着に着替えている最中も茜は姉との会話を続ける。

「今日ね、美咲《みさき》が告《こく》られたって報告にきてさ。みんなで盛り上がったんだよ。それがさ、告ったのがあの高樹《たかぎ》くんだったから二度びっくり。だってあの子、ずうっと博美《ひろみ》と付き合ってたから。そういうこと、他の女の子に洩《も》れないって本気で思ってんのかな。『あたし二股かけられるほど落ちぶれてないっ』て、美咲はその場で断ったらしいけど、それも何だかなー。だってさ、美咲も元カレと今カレが被《かぶ》ってた時があったんだものね。どっちもどっちだと思うけど」

不思議なもので、胸の中で曖昧《あいまい》になっていた感情が言葉にした途端、明快なかたちになる。明快になれば是非《ぜひ》の判断もしやすくなる。

思い起こせば、姉の涼音《すずね》がこの家にいた時にもよくこんな話をした。涼音は茜の話にいちいちコメントを差し挟《はさ》むことはしなかったが、姉に話すと胸の閊《つか》えが取れるので、一方的に話していたものだ。きっと涼音は、自分が聞き役になる効能を知っていたのだろう。

「美咲もさ、そんなことわざわざあたしたちに相談しなくてもって思うんだけど、あの子一人っ子だし、お母さん相手に話せることでもないし……」

ああ、そうだ。

自分には涼音という聞き役がいてくれたお蔭《かげ》で、悩むことが少なかったのだ。七つ離れた姉は所作から考え方までが全て大人で、一番近くにいる、一番信用の置ける先輩だった。

いつもは茜の話にコメントを差し挟まなかった涼音が、一度だけ茜の考えを否定したことがある。忘れもしない中学二年に進級した頃の出来事だった。

茜のクラスではイジメが横行しつつあった。お世辞にも可愛いとは言えない本好きの女の子が、一部の女子グループから精神的な虐待を受けていた。イジメられる対象に基準というものはない。イジメに反旗を翻《ひるがえ》した者は次の瞬間、すぐ標的にされる。だから、その女の子とさほど付き合いのない茜は傍観者を決め込もうとしていた。

この態度を、涼音は叱責《しっせき》した。傍観者はイジメの加担者だ。もしその子を護るなりイジメのグループを訴えるなりしなかったら、あなたとは姉妹の縁を切る――。

どうしてそんなにムキになるのかと訊ねると、イジメを軽く考えているのは苛《いじ》める側だけで、下手をすれば自殺のきっかけを作りかねないほどの理不尽《りふじん》だからだと言う。

クラスの付き合いは数年で終わるけど、あんたとお姉ちゃんとの関係は一生続くんだからね。その辺、よく考えた方がいいよ。

涼音に脅《おど》されたこともあって、茜はその女の子の盾になってやった。しばらくは女子グループから目の敵《かたき》にされたが、進級と同時にそれもなくなり、女の子とは大親友になれた。あの段階で傍観者を決め込んでいたら、きっと碌《ろく》な結果にならなかっただろう。涼音にはいくら感謝してもし足りない。就職した後も、涼音は茜の羅針盤《らしんばん》そのものだった。

その涼音が三月に自殺した。

公園の森の中で首を吊っているのを、早朝ランニングをしていた付近の住民が発見したのだ。

茜がその知らせを聞いたのは帰宅してからだった。母親が顔を真っ青にして伝えてくれたのだが、血の気を失うというのはこういう顔なのだと納得した。もっとも母親に言わせれば茜も同じ顔をしていて驚いたというのだから、お互い様だ。

着の身着のままで警察へ行くと、既に涼音の身体は霊安室にあった。検視とかいう手続きも済み、担当の刑事は事件性なしと判断したので早速遺体を引き取ってほしいと言った。

これに異議を唱えたのが両親だった。涼音は自殺するような娘ではないと主張したのだ。茜も同じ意見だった。あの、強くて絶望を知らない姉が自ら命を絶つような真似をするはずがない。

ところが担当の刑事は、茜たちを前にとんでもない話を始めた。そして、それが自殺の原因だったのだろうと、警察の見解を伝えた。

告げられた事実は茜たちを驚愕《きょうがく》させるには充分な内容だった。あまりのことに両親と茜は激昂《げっこう》したが、証拠があるのだからと刑事は済まなそうに弁解していた。

いずれにしても涼音は自殺として処理され、遺体は茶毘《だび》に付された。自殺の原因が原因だったので参列者も少なく、悲しみの上に侘《わび》しさの重なる葬儀だった。線香の煙が漂う中、茜の頭は様々な感情で破裂しそうだった。

死者の扱いがこんな風であっていい訳がない。これではあまりに涼音が不憫《ふびん》過ぎる。だが十六歳の娘が声高《こわだか》に叫んでも、警察や世間は聞く耳を持たない。渦巻《うずま》く感情の中に自分への不甲斐《ふがい》なさが加わった。

写真の中の涼音はずっと笑っている。

眺めていると、視界がじわりとぼやけてきた。

＊

「解剖に入る前に、ご献体に一礼してください」

真琴がそう告げると、怖々《こわごわ》老人の遺体を見下ろしていた医学生たちは慌てて頭を下げた。

解剖学の教室は十人も入ると人いきれがする。これで冷房が効いていなかったら、どんな臭いを醸《かも》し出すのだろうかと想像してしまう。

「それでは始めます」

キャシーが執刀を宣言するが、この准《じゅん》教授の性格を深く知る者以外には分からない程に誇らしげな声だった。通常の司法解剖は光崎がメスを握るが、司法解剖の見学や解剖学実習ではキャシーが陣頭指揮を執ることになっている。今日、キャシーと真琴は解剖学の教授に請われて、解剖学実習の助っ人に来ている。解剖学実習は医学生なら誰でも通る道だ。

「献体は八十七歳、男性。執刀する前に、まず体表面の特徴を目視で確認しましょう。はい、そこのピアスをした人」

「献体に直接触れて上半身を起こし、背中に異状がないかを確認しましょう」

「わ、わたしですか」

「わ、わたしがですか」

「この中でピアスをしているのはあなた一人です。慎重さを要求される作業以外での再確認は、理解度の低さを疑われるので慎《つつし》みましょう」

最初から飛ばすなあ、と真琴は妙なところで感心する。

指名された女子学生は露骨に表情を歪めて遺体に手を伸ばす。遺体に触れた瞬間は泣きそうになっていた。

「腰の仙骨部や踵《かかと》に見られる変色は褥瘡《じょくそう》です。褥瘡は持続的な圧力によって組織が虚血状態になり壊死《えし》を起こしたものなので、このことから献体は死亡寸前まで寝たきりであったことが分かります。ＯＫ。では元に戻してください」

キャシーは遺体の胸にメスの先端を当てると、一瞬躊躇《ちゅうちょ》を見せた後、綺麗な直線を描いてみせた。光崎ほどではないが、これも見事なＹ字だった。

勿体《もったい》ないことに居並ぶ学生たちはメス捌《さば》きの巧拙《こうせつ》など知る由《よし》もなく、切開部に浮いた血の玉に目を奪われている。おお、なかなか熱心ではないか。

だが彼らの熱心さも遺体の身体が開かれるまでだった。切開部から内部が露出すると、放出された腐敗臭で学生の何人かが半歩後ろに飛び退いた。

「ぐえ」

「何、この臭い」

キャシーの声が意地悪く響く。

「Oh、アンビリーバブル。この体内ガスはオードブルみたいなものです。このくらいで腰が引けていたのでは、これから始まるフルコースを堪能できませんよ」

どことなく嬉々としてメスを握るキャシーに、早くも学生たちは狼狽《うろた》えているようだった。

「はい、そこのベイビー・フェイスの君」

「お、俺っスか」

「献体の死因は肺ガンですが、実際に肺を切除し、その病巣の所見を述べてください。ほら、ここに両手を突っ込むのです」

「ひいいい」

折角、故人が提供してくれた献体なのに、そんなに及び腰でどうする——とは思うものの、自分も最初は似たり寄ったりだったのを考えれば無理もないかと同情する。それに決して口にはできないが、高齢者の献体はこのところ供給過剰になっており、正直な話が持て余し気味だ。

高齢者の献体が増加し始めたのはここ十年ほどだ。

大病を患った老人が恩返しにと登録したり、社会貢献に熱心な者が手を挙げたりすることで、その遺体は医学部・歯学部生の解剖学実習に回されることになる。一九五〇～六〇年代、医学関係を目指す学生の増加に伴って実習に必要な遺体が不足し、事態を重く見た篤志家《とくしか》たちが献体への登録を広く世に呼びかけて生まれた制度だが、その甲斐《かい》あって今では相当な数の献体希望者が登録を済ませている。

ところがここ最近の増大ぶりは、篤志や善意とは別の理由もあった。高齢者の増加や死生観の変化が主な要因だったが、中には身寄りのない高齢者、または家族に死後の面倒をかけたくない高齢者が葬儀代・墓代節約のために、献体希望者となっているのだ。実習後、使用された遺体は大学の費用で火葬される。引き取り手がなければ、これも大学の納骨堂に安置されるからだ。

篤志であろうと下心であろうと死体に色がついている訳ではないが、こういった裏事情を知ってしまうとやはり有難味《ありがたみ》が減じる。いや、それだけならまだしも事態はもっと複雑になっている。

浦和医大では今年に入って既に三百人の登録が済んでいた。しかし引き取り手がない遺体も多いため、火葬と納骨の費用を大学側が負担することになる。ただでさえ〈コレクター〉絡《がら》みで解剖費用が枯渇している今、予定外の出費は浦和医大の台所を直撃していた。こんな状態が続けば、いくら県警の要請があったとしても年度内の司法解剖は早晩打ち切りになる。光崎の解剖に全幅の信頼を寄せる古手川などは悔《くや》しがるだろうが、カネの問題だけは直情径行でどうなるものでもない。

　未練を残した死因不明死体と費用節約を念頭に置いた打算的な献体。どちらも同じ死体だが、それでもヒポクラテスは双方を同等に扱えと言うのだろうか。

学生たちの狼狽《ろうばい》と恐慌を眺めながら、真琴はふとそんなことを考えた。


実習が終わると、学生たちはどんよりとした顔で解剖実習室を後にした。

「うえええええ」

「当分、牛丼が食えん」

「あたし内科希望でよかった……」

「俺、解剖学実習の単位取れなくてもいい」

法医学教室に戻ると、まもなく入ってきたのは、古手川だった。

「へえ、解剖実習だったのか」

「古手川さん、どうして分かるんですか」

「ここに来る前に学生達とすれ違ったんだけど、例の独特な臭いがしたから。それに昼飯前だっていうのに、全員食欲なさそうな顔をしていた」

よく見ているな、と思った。

「真琴先生も懐《なつ》かしいとか思ったんじゃないか」

「どうして」

「最初の頃、光崎先生が解剖した後、あいつらとおんなじような顔してたからな。まさか、もう忘れたのか」

今の撤回。

感心して損をした。

「今日は、どんな用件ですか」

その時、片づけを終えて解剖室から出てきたキャシーが目敏《めざと》く古手川を見つけた。

「ハロー、古手川刑事。また解剖要請ですか」

「いえ、今日は……」

「違うのですか。それなら真琴をデートにでも誘いに来たのですか」

キャシー先生、と叫んだのは二人同時だった。

「どうにも解答の出ない難問があって、相談に来たんです」

「レディの心というのは、そう簡単に解答が出るものではありません」

「そうじゃなくって！　ええと、既に火葬してしまった死体を解剖するにはどうしたらいいかと」

今度は真琴とキャシーが同時に声を上げた。

「何を言い出すかと思ったら」

「古手川刑事。あなたはもしかして、法医学を怪しげな中世の魔術と同列に考えているのではありませんか」

「いや、だから話はちゃんと最後まで聞いてくださいよ。実はこれも〈コレクター〉絡みの案件だけど、順序が後になっちゃったんですって」

聞けば事件そのものは今年三月に発生していたらしい。三カ月も前の事件であれば死体が荼毘に付されていたとしても、不思議ではない。

「この案件についても〈コレクター〉が書き込みをしてたんですけど、時既に遅しで、とっくに死体は灰にされた後でした。捜査に着手しようとした矢先、比嘉美礼ちゃんの事件や他の事件が立て続けに起こったものだから、死体の存在しないこの事件は後回しになったんです。〈コレクター〉絡みの案件がひと通り解決されてきたんで、この古い案件にようやく着手できるようになったんですよ」

三月二十八日、埼玉県朝霞《あさか》市にある城山《しろやま》公園の森の中で若い女性の自殺死体が発見された。発見されたのは若宮涼音二十三歳。涼音は高さ二メートルほどの枝に縄をかけ、首を括《くく》っていた。

「死体発見が三月二十八日、〈コレクター〉からの書き込みが三月三十一日。ひと足違いで死体は火葬場行き。結局、捜査本部が本気になったのは佐倉亜由美の事件以降になるんですが、若宮涼音があっさり自殺と処理されたのには別の理由もあるんです」

キャシーが興味を覚えたらしく、古手川の前に歩み寄る。

「プリーズ、古手川刑事。話してください」

「死体の着衣からは本人の札入れとスマホがみつかったんですが、このスマホに本人の遺書が入っていました。遺書の内容は簡潔でした。『お客様のおカネを横領したのはわたしです。ご迷惑をかけて申し訳ありませんでした』」

「お客様のおカネを横領？」

「若宮涼音は銀行勤務で、調べてみると顧客の銀行口座およそ四十口から合計四百万円ほどの預金が引き出されて、ある架空口座にプールされていました。この架空口座の主が若宮涼音でした」

涼音はこの架空口座に毎日少しずつ送金を繰り返していた。被害に遭った口座はどれもカネの出入りが激しい高額所得者のものであり、そのために発覚が遅れたのだと言う。

「それが巧妙な手口でしてね。一つの口座からは一週間に五万円程度、しかも端末から情報を操作して、ＡＴＭから出金したことにしている。口座の持ち主は多くがカネ回りのいい顧客だから、一回当たり五万円の出金をさほど突き詰めて調べようともしなかったんです」

だが、中に少数だが、この使途不明の出金について疑問を持つ客が現れた。同時にいくつか同じ問い合わせを受けた銀行が調査すると、確かに入出金情報に改竄《かいざん》された跡がある。そこで初めて預金の横領が発覚したという経緯だ。

「そこで本社から特別監査が入ることになり、予定されたその日に若宮涼音は銀行を無断欠勤します。知らせを受けた県警の二課が本人の行方を捜索したところ、三日目に死体が発見され……と、こういう流れです」

「特別監査の結果はどうだったのでしょうか」

「真っ黒ですよ。情報改竄は全て彼女の端末で操作されていました」

「四百万円も彼女が持っていたのですか」

「いいえ。架空口座からも彼女の部屋からも現金は見つかりませんでした。ただし端末から操作した痕跡が銀行から、架空口座の通帳が彼女の部屋から発見されたため、横領の犯人は若宮涼音であると捜査本部は断定しました。自殺の理由も遺書にあった通りだったんでしょう。架空口座が発覚し、特別監査が入ると知った時点で、彼女は自殺を決意した……それが捜査本部の推理でした」

「そこに〈コレクター〉の書き込みが発生したという訳ですね」

「ええ。事件としては終了している上に若宮涼音の遺体そのものも存在していませんからね。〈コレクター〉の示唆《しさ》は若宮涼音が本当に首吊り自殺を企てたのかどうか疑え、ということなんでしょうけど」

「検視は誰が担当したのでしょうか」

「記録を見たら鷲見検視官でしたね。横領事件も明るみに出て、死体の状況はどう突《つつ》いても自殺だったので司法解剖はされませんでした。まあ、そんな経緯で光崎先生の意見を伺《うかが》いに来た訳ですけど」

「これは非常に難しい問題ですね」

キャシーは腕組みをして考え込む。

「残されているのは書類だけで、その他本人の組織なり肉体の一部なりが残存しているのではないのですね」

「残念ながら髪の毛一本だって残っちゃいません。残っているのは検視報告書と死体検案書だけです」

「さすがにそれは、ちょっと無理だと思います」

真琴は二人の間に割って入った。

「いくら光崎教授が法医学の権威でも、現存しない死体を解剖しろだなんて、無茶もいいところです」

「俺もそうは思うんだけどさ」

古手川はすっかり弁解口調になっていた。

「今までだって相当な無理や無茶を繰り返してきた先生だろ。今回もその無茶を発揮してくれないかと期待したんだよ。第一言っておくけど、これを最初に提案したの俺じゃなくて班長なんだから」

以前であれば何を勝手なと張り倒したくなっただろうが、今は不思議に同情心が湧く。あの、なまはげのようなご面相で命じられたら、不本意であっても法医学教室に飛んでこずにはいられないだろう。

「取りあえず書類一式は写しを持参したんで、目を通してもらえませんか」

そう言って、古手川は肩に掛けていたカバンの中から紙片を取り出した。

2

検視報告書には鑑別点として次の九つが挙げられている。

（1）索溝＝索痕
（2）顔面鬱血《うっけつ》
（3）結膜溢血《いっけつ》点
（4）死斑《しはん》
（5）皮下出血
（6）糞尿《ふんにょう》失禁

（7）懸下箇所
（8）腐敗
（9）骨折
若宮涼音は首吊り自殺、つまり縊死《いし》なのだが、検視報告書はその九点について以下のように記述している。

まず『（1）索痕は斜め上方へ走り、交叉《こうさ》部はなく、喉頭《いんとう》部の上を通過している』。縊死による索痕は体重が最もかかる部位を最下点としてそこから上部に向かっていく。前頸《ぜんけい》部から後上方に向かう場合が多いので、条件に合致している。

『（2）鬱血はなし』。頭部や顔面への血流は内外頸動脈、椎骨《ついこつ》動脈によって心臓から運ばれる。手で絞める扼殺《やくさつ》や紐状のもので絞める絞殺《こうさつ》の場合は、静脈の血流が阻害される一方で動脈のそれは維持されるために一方的に血が流れて鬱血を起こすことになる。涼音は縊死なので、鬱血がないのは理に適《かな》っている。

『（3）結膜溢血点なし』。これは（2）に関連するが、顔面が鬱血するとあちこちで毛細血管が破綻して点状出血を伴う。結膜溢血はその一つだが、この死体には鬱血がないので当然結膜溢血点もない。

『（4）死斑は下位部に集中』。吊り下がって発見されるまでまる二日。死斑が手足の先端や下腹部に集中するのは、これも当然だ。

『(5)皮下出血なし』。もしも扼殺や絞殺であった場合、相手の手や索条を除去しようとして、本人の爪《つめ》による防衛創が残ることがあるが、自殺死体にはそれがない。

『(6)失禁は着衣を濡《ぬ》らす程度』。死亡すると括約《かつやく》筋が緩んで糞尿失禁を起こす。従って首吊りの際は死体の真下に糞尿が残存しているのが、普通だ。しかし、涼音の失禁がわずかであるのは、逆に自殺であることを物語っているという見方もできる。昨今の情報化社会で、死んだら失禁することは広く人口《じんこう》に膾炙《かいしゃ》している。死後も無様な姿を見られたくないという若い娘なら、自殺を決行する直前にトイレを済ませるくらいのことはするだろう。

『(7)懸下箇所には索条による陥凹《かんおう》が見られる』。これも鑑識の報告内容と一致する。

『(8)死後二日経過により遺体の一部は腐敗が進行している』。

『(9)明らかな骨折箇所は見当たらず』。

真琴は、おやと思った。この箇所だけが引っ掛かる。顔色の変化に気づいたのか、古手川が身を乗り出してくる。

「何か気になるところでもある?」

「(9)の骨折云々の箇所なんですけど……」

ここで言う骨折というのは舌骨・甲状《こうじょう》軟骨の骨折を意味する。これらの骨は縊死や絞殺、扼殺によって圧迫される部位かそれよりもやや上方にあるので、圧迫されて骨折を生じることがある。

真琴の疑念は自殺判定を覆《くつがえ》すような大きなものではない。だが自分の不用意な発言で、古手川や捜査本部を惑わせる可能性を考えると軽々に口にすることは憚《はばか》られる。

逡巡していると、背後からキャシーがひょいと首を突っ込んできた。

「ダメよ、真琴。古手川刑事はプロフェッショナルとして真琴に意見を訊いているのです。真琴もプロフェッショナルとして応《こた》えなければなりません」

そうだった――真琴は怯懦《きょうだ》を振り切って古手川に向き直る。こんな風に口添《くちぞ》えするというのは、キャシーも同じことに気づいたからに違いなかった。

「縊死……首吊りというのは本人の全体重を懸《か》けるものなので扼殺や絞殺よりもはるかに強い力が作用します。縊死の場合に顔面鬱血が見られないのは、頸部を走る動脈や静脈だけではなく椎骨動脈も同時に圧迫されるからですが、逆に言えばそれだけ強い力がかかるということです」

「ああ、分かったよ、真琴先生」

古手川は合点《がてん》したように手を打った。

「首吊り自殺なら、その舌骨なり甲状軟骨が折れていないと変だってことか」

「全ての事例がそうだとは限りませんけど、骨折はしばしば発生します」

「しかし、それ以外の所見は全て縊死を示している。検視報告書を見る限り、索条痕以外

「これはあくまでも可能性に過ぎませんけど、例えば頸動脈を圧迫する以外の理由で窒息の外傷もなかった」

し、その直後に首を吊らせるという方法ならどうでしょうか。これなら死斑も移動しないし、他の要素も満足させることができます」

「もし遺体が現存していたら、解剖して自殺か他殺かも判断ついたかな」

「わたしはともかく、光崎教授なら必ず突き止めたと思います」

古手川はうーんと残念そうに唸る。

「遺骨からでも、突き止めてくれねえかなあ」

「骨、というのならともかく、あれは焼いてしまって灰のような状態になっているのでしょう」

キャシーは無情に首を振る。

「ボスは法医学者として卓越していますが、魔術師ではありませんから」

「司法解剖以外から洗ってみるしかないか」

「しかし古手川刑事。若宮涼音の部屋はもう捜索したのではなかったですか」

「最初の捜索では自殺が前提でしたからね。もし他殺前提の目で見れば、違ったものが見つかる可能性があります」

おお、なかなか頼もしい言葉だと感心した直後、矛先《ほこさき》が自分に向けられた。

「じゃあ真琴先生、同行してくれないか」

「えっ。何でわたしが」

「年頃の女性の部屋だよ。俺には気づかないものでも、真琴先生なら気づくんじゃないかと思ってさ。キャシー先生、彼女を借りていっていいですか」

するとキャシーはいかにも残念そうな顔をする。

「そういうことであれば、ワタシが一緒に行きたいと思うのですが」

「キャシー先生は趣味や嗜好《しこう》が偏《かたよ》り過ぎているので全然参考になりません。その点、真琴先生ならまだマシです」

マシとは何よ、マシとは——少し腹が立ったが、とりあえずは真っ当な婦女子として扱われたようなのでそれほど悪い気はしない。

覆面パトカーに乗り込む時、古手川が「悪ィ」と謝ってきた。

「やっぱり他に理由があったのね」

「被害者の家にちょっと苦手な家人がいてさ。俺を含めて警察がえらく憎まれている。捜査に関係がありながら警察官でない人間となると、真琴先生がうってつけだと思ってさ」

「……時間外手当が欲しいところですね」

冗談のつもりだったが、意に反して古手川が固まっている。次に飛び出した言葉で今度は真琴が固まった。

「どこか美味《おい》しい店に連れていくから、それで帳消しにしてくれないかな」

危《あや》うく舌を嚙《か》みそうな喋り方だから、言い慣れていないのはすぐに見当がつく。

「け、検討しておきます」

この言葉で二人はますます固まった。


何やら居心地の悪いクルマで一時間ほど走ると、朝霞市の若宮宅に到着した。既に夕刻を過ぎていたので母親とともに、茜という妹も在宅していた。

「警察が今頃何の用ですか」

玄関に出てきた母親、菊枝《きくえ》の対応を見て、古手川が苦手と評した家人が彼女であると判明した。警察官を相手に怯《ひる》むどころか、敷居を跨《また》がせようともしない。隣で茜がおろおろしているのもお構いなしだ。

「娘さんの部屋に上がらせてくれませんか」

古手川が仏頂面《ぶっちょうづら》で頼み込むが、菊枝は聞く耳さえ持とうとしない。

「あなた、この間朝霞署の刑事さんと一緒にいた人でしょ。今頃、何の用よ」

「捜査の一環でもう一度来ました」

「何が捜査よ。涼音が銀行のおカネを使い込んで、バレそうになったから自殺しただなんて。よくもそんなデタラメ言えたものね」

菊枝は玄関で古手川に食ってかかる。ちょっとでも上がり框《かまち》に足を掛けようものなら、蹴《け》り落としそうな勢いだ。

「あの娘《こ》が他人のおカネを横領なんてするはずがない。あたしやお父さんに相談しないまま自殺なんてするはずがない。そんな狡《ずる》くて弱い子に育てた覚えはない。あたしがあんなに説明したのに、警察は何一つ聞こうとしてくれなかったじゃないの。お、お蔭でね、あの子の葬儀は本当に寂しかった。お友だちは半分も来てくれなかった。親戚のほとんども参列してくれなかった。今でも近所からは犯罪者の娘を育てた家庭だと後ろ指を差されている。それもこれも、みんな警察が涼音を犯人扱いしたせいじゃないの。それを今更再捜査ですって？　ふ、ふざけるなあっ」

菊枝の飛ばした唾が真琴の顔にも掛かった。あまりの剣幕に真琴は何も言い出せない。黙って聞いているうちに、自分まで警察の一員のような気分になってくる。

「霊安室でも取調べの場でも、ずっとずっとそう言い続けてきたのに、あなたたちは一度だって親身に聞いてくれたことがなかったじゃないの。家ではおとなしい子も外に出たら別の顔があるとか何とか訳の分からない理屈で、あたしたちを丸め込もうとして。す、涼音はねえっ、もう灰になったのよ。土の中で眠っているのよ。今更何をどう調べようっていうのよ」

娘を理不尽な形で奪われる母親の気持ちは、何となく理解できる。真琴の親友が病死した際、彼女の母親がどんなに取り乱したかもまだ記憶に新しい。

ふと横に立つ茜に視線を移すと、彼女は何か言いたそうに母親と古手川を代わる代わる見つめている。

真琴の勘が囁《ささや》いた。

この子が突破口になる。

「ねえ。茜さん、だったかな」

初めて口を開いた真琴に、菊枝も茜も驚いたようにこちらを見た。

「あなたはどう思うの？　もう一度調べ直したいとやってきたこの刑事さんを追い払いたいの」

険《けわ》しい顔つきで菊枝が割って入る。

「ちょっと待ってください。あなた、この子を懐柔《かいじゅう》しようったって……」

「答えて、茜さん。あなた、お姉さんが横領の汚名を着せられたままでもいいの。自分の罪を認めて自殺したっていう警察発表をそのままにしておいていいと思っているの」

「嫌」

茜は言下に答えた。

「お姉ちゃんは他人のおカネを盗るような人じゃなかったし、理由も告げずに黙って自殺しちゃうような人じゃなかった。あたしが一番よく知っている」

「だったら調べさせて」

真琴は古手川の身体を菊枝と茜の前に押し出す。

「この刑事さんはね、ちょっと考えなしみたいなところはあるけど、曲がったことや嘘《うそ》っぱちが大嫌いな刑事さんなの。だからあなたのお姉さんが本当に横領も自殺もする人じゃなかったら、必ずその証拠を真面目に探してくれる。わたしは警察の人間ではないけど、それは保証してあげる」

口にしてから、もっと他の言い方はなかったのかと後悔した。振り返った古手川は抗議せずにはおられないような顔をしている。

「分かりました。お姉ちゃんの部屋、調べていいですよ」

「茜！」

「いいじゃない。前に一度調べられてるんだから。それにこの二人、何だか信用できそうだし」

茜がとりなすと、菊枝も不承不承《ふしょうぶしょう》ながら二人を家に上げた。

涼音の部屋は茜の部屋の隣にあった。

「だからケータイとかの話し声も筒抜けになっちゃうんです。あとニコ動の音とかも」

「事件の前夜、お姉さんに何か変わったことはなかったの」

「そういうのが全然なくて……だから余計に納得できないんです」

部屋は涼音が亡くなった時のままにしてあるという。それが本当なら涼音というのは、かなり綺麗好きだったということになる。八畳ほどの広さだが服が脱ぎ散らかされていることもなく、小物は全て棚に収まり、化粧台の上も整然としている。壁には有名画家のリトグラフが一枚掲げられているが、煩《うるさ》い印象は微塵《みじん》もない。真琴の雑然とした部屋とは大違いだ。

部屋の整頓《せいとん》具合が住人の精神状態を表す、とまでは言わないが、追い詰められた挙句《あげく》に自殺を選ぶOLの部屋にはとても見えなかった。

「ずいぶん片づいた部屋ね。やっぱり銀行に勤めている人は、みんなこんな風に几帳面《きちょうめん》なのかしらね」

「違うって、お姉ちゃん言ってました。銀行勤めする人は圧倒的にB型の人が多くって、会社の同僚の部屋を何度か覗《のぞ》いたことがあったけど、大抵はとんでもないことになってるって」

棚に並んでいるのは金融業務の専門書と小説の類で、読書傾向が偏《かたよ》っているとも思えない。

「何か押収したものとかはあるんですか」

訊いてみても、古手川は首を横に振る。

「めぼしいものは架空口座の通帳くらいでね。手帳の類もなくって、本人のポケットにあったスマホに全部の情報が網羅《もうら》されていたみたいだな」

「ちょっと見るね」

真琴はドアの前に突っ立っている茜に断りを入れると、化粧台の抽斗《ひきだし》を開ける。イヤリングや指輪などが投げ込まれているが、それほど値の張るようなものはない。

続いてクローゼットを覗いてみる。春物が整然と吊るされ、スプリングコートも二着あるが、これもブランド品ということもなく、量販店で手に入るような品物だ。

妙だと思った。古手川の話では、涼音は四百万円ものカネを横領していたのだと言う。それならもっと高価な服や装飾品があって然《しか》るべきなのに、それが一つも見当たらない。

ふと化粧品を検《あらた》めていないことに気づき、もう一度化粧台の上を漁《あさ》る。

化粧品に交じって二種類のフレグランスがあった。だが、その組み合わせがどうにも納得いかない。

「香水がどうかしたのか」

真琴の振る舞いを見て、古手川が声を掛ける。

「大したことじゃないんですけど……これ、一本は国産のオーデコロンで、小さな容器に詰めて毎日使っていたみたいなんですけど、もう一本はシャネルのパルファンで、しかも新作。これひと瓶《びん》で四万円くらいしますよ」

すると古手川は案の定、腑《ふ》に落ちないという顔をした。

「悪い。オーデコロンとパルファンの違いがよく分からん」

「フレグランスというのは賦香率《ふこう》、つまり香料の濃度の違いで、高いものから順番にパルファン、オーデパルファン、オーデトワレ、オーデコロンに分類されるんです。賦香率が違うから当然持続時間も違っていて、オーデコロンならせいぜい二時間程度なんだけどパルファンなら七時間程度は保つんです」

「で、それのどこが気になるんだよ」

「一点豪華主義にしてもアンバランス過ぎるんです。きっとオーデコロンの方は会社で日常的に使っていたものなんだろうけど、このシャネルはそうじゃないと思います。ねえ、茜さん。ちょっと教えて」

「何ですか」

「お姉さん、このパルファンをどんな時につけてた？」

茜の手首にパルファンをひと吹きして香りを嗅《か》がせてみる。

「これ、休みの日に外出する時につけていった香水です。いつも出勤する時はこっちのオーデコロンだったから」

思った通りだ。

「ねえ……ひょっとして、お姉さんに彼氏とかいなかった？」

「何だって」

古手川は驚いた風だったが、茜は真剣な目で真琴を見つめ返す。

「……いたかも知れない」

「はっきりとは知らないのね」

「お姉ちゃん、そういうことあたしにも言わない人だったから。でも、休みの日だけはその香水つけていったから、男の人に会うんだろうなって思ってました」

「古手川さん。捜査段階でそういう人に事情聴取しましたか」

「いや。そういう人物には会っていない。そもそも存在自体が知られていない」

古手川は険《けわ》しい顔をしていた。香水の種類から男の存在を嗅ぎつけた真琴を称賛する以前に、自分の知識の乏《とぼ》しさが腹立たしいのだろう。

「スマホにも、そういう男の名前は登録していなかった」

「あれって簡単に削除できますよね。通話記録も、それからメールも」

聞いているうちに古手川の険しさが増していく。もし端末から問題の男性の存在が故意に抹消《まっしょう》されているとしたら、そこには本人以外の人物の関与が浮上してくる。それはつまり、残されていた遺書もまた他人の関与を疑わなければならないことを意味するからだ。

「もう少し、捜してみよう。今度は彼氏の存在を証明するようなものがないかどうか」

古手川の発案で、今度は茜も参加しての捜索が始められた。しかし小一時間捜してみても、写真一枚手紙一通も該当するようなものは見つからない。

それも当然かも知れないと真琴は思う。大学や仕事関係ならいざ知らず、個人的な付き合いなら情報交換や日常のやり取りは大抵ＬＩＮＥやＳＮＳで済ませてしまう。全てはネット上の記録であり、手に触れられるものとして存在する訳ではない。

だが捜索は徒労に終わったものの、古手川は勢いづいていた。

「もう一度被害者のスマホを拝借して、鑑識に解析を依頼してみる」

そして茜への気配りも忘れなかった。

「お蔭で捜査の穴が見つかった。どんな具合になるのかはまだ分からないが、必ず白黒はつけてみせる」

その台詞《せりふ》は自分にも言って欲しい——。

真琴は一瞬だけそう思った。

3

涼音のスマートフォンを再度預かった古手川は、早速削除された情報の復元を鑑識に依頼していた。

「初動の段階で自殺と判断したから、捜査が後手後手に回っている」

「最初から調べていたら、こんな手間暇《ひま》もかからなかったのに」

「そう言うなよ、真琴先生。検視官が事件性なしと判断したものまで背後関係調べていたら、刑事なんかいくらいても足りやしない。それは司法解剖だって同じだろ」

「それはまあ……」

光崎もキャシーも出払っており、法医学教室には古手川と真琴しかいない。こんな時くらい事件以外の話でもしたらどうかと思うのだが、一方で事件の話をしていれば安心という心理も働いている。

「復元したら、案の定出てきた。本人が死の前日まで頻繁《ひんぱん》にやり取りしていた。赤塚武司《あかつかたけし》という男だ。通話記録とアドレスの両方が削除されていた」

「本人の死後に削除されたということですよね」

そうなればスマートフォンに入っていた遺書も、本人が作ったものかどうか怪しくなってくる。

「今日ここに来たのは真琴先生に訊きたいことがあったからだ。この間、自殺の偽装手段の一つとして、頸動脈を圧迫する以外の方法で窒息させた直後に首を吊らせるって言っただろ」

「あれはあくまでも一例で……」

「俺たちは自分の担当した事件しか首を突っ込んでいないけど、法医学教室の先生なら色んな死体を扱っているよな。表面上はそうと分からない窒息死の事例とかも。一番騙されやすいのはどんな症例だ」

真琴は少し考え込む素振《そぶ》りをみせた。あやふやな答えでは許されないと自覚しているらしかった。

「まず手っ取り早いのは一酸化炭素中毒です」

真琴は丁寧《ていねい》な説明をしてくれた。それによれば一酸化炭素を吸収すると、血液中のヘモグロビンと結合して酸素の運搬能力を低下させる。酸素が身体中に供給されなくなるので眩暈《めまい》や吐き気を催《もよお》し、最終的には意識障害や心機能・呼吸の停止をもたらすという。

「これなら表面上での所見に顔面鬱血ほど顕著なものがなく、死斑が目立たなければ血液検査でヘモグロビン値を出さない限り、なかなかそうと分かりません」

「一酸化炭素中毒による事故はよく耳にするな」

「ガスストーブとかファンヒーターとかの開放型暖房器具は室内の空気を使って燃焼し、排気ガスを室内に出す仕組みになっています。当然密閉された室内ならどんどん一酸化炭素の割合が高くなって、しかも空気中の酸素濃度が低下するので不完全燃焼を引き起こします。そうした危険性があるから、わざわざメーカーは時々換気をするようにと注意を促《うなが》しているんです」

「密閉した室内の場合、死亡率はどんなものかな」

「広さにもよるけど、空気中のＣＯ濃度が0・16パーセントもあれば二時間で死亡に至ります」

「二時間……結構、呆気《あっけ》ないんだな。一酸化炭素中毒死なんて、車内に排気ガスを引き込むくらいしか思いつかん」

「死って、案外わたしたちの身近に存在しているんですよ」

それは古手川も同感だった。刑事などという因果な商売をしていると、それを日々実感する。死体のある光景も普段から街中に溢《あふ》れている。ただ警察やマスコミが巧《たく》みに覆《おお》い隠しているから人の目に触れにくいだけのことだ。

「それにしても、偽装の方法を今から聞いてどうするんですか。こういうのって、ある程度捜査が進んでから推理するものじゃないんですか」

「予備知識として知っておくのは悪いことじゃないだろう。それがあるとなしじゃ尋問の方向だって変わってくる」

「予備知識って、それじゃあ……」

「今から赤塚武司に接触してくる。昨日の時点では気乗り薄だった課長も、スマホから情報が削除されていることが判明したら、前向きになった。ただしまだ案件としては自殺として処理された事件の洗い直しに過ぎないから、本格的な捜査とも言えない。だから単独行動だよ」

「例の渡瀬さんは一緒じゃないの？」

真琴からその名を聞くと、古手川は肩を竦《すく》めてみせた。

「班長は〈コレクター〉の方を追っている。県警は未だヤツ一人に振り回されていて、あのオッサンは交通整理に忙殺されている」

いつもは少し鬱陶《うっとう》しい存在だが、いないとなると妙に物足りないのはいったい何故《なぜ》なのだろう。

「その赤塚というのは、どんな人なんですか」

「よく分からん」

「分からないのに、会いに行くんですか」

「いや、さすがに素性くらいは調べてあるよ。都内に勤務する三十歳。住所は杉並《すぎなみ》の小《こ》洒落《じゃれ》たマンション、職業は証券マン、結婚歴なし、実家は栃木で両親は健在、兄弟なし」

「……それの、どこが分からないの？」

「若宮涼音との接点。赤塚は証券マンで涼音は女子行員。似たような業種だけど、二人の勤務地は離れているし、出身地も学校も違う。今のところ接点は何も見つかっていない。それにこれが一番大きなことなんだけど……」

「何？」

「三十歳でやり手の証券マンで結婚歴なし。世の中の尺度で言えば独身貴族なんだろうが、そういう人間がどうして女子行員を殺さなきゃいけないのか、動機が全然見えていない。まあ、それを見極めるためにも会いに行くんだけどね」

捜査一課に配属されてはや数年、教えられたことは無数にあるが、そのうちの一つが不意打ちだった。

単なる事情聴取であっても事前に面会約束を取り付けるような真似はしない。相手に抗弁や武装の用意をさせる前に、喉元《のどもと》へ食らいつく。

古手川がいきなり赤塚の職場に乗り込んだのも、全ては機先を制するためだった。涼音のスマートフォンからデータを削除したのが本当に赤塚だったとしたら、何の前触れもなく刑事が職場に現れれば必ず動揺するはずだ。後はその綻《ほころ》び目がけて質問を繰り出せば自制心も揺らぐ。

応接室で待たされること十五分。そろそろ古手川の辛抱が切れかかった頃、やっと目的の人物が姿を現した。

「どうも、お待たせしました」

赤塚武司の第一印象は、まず隙《すき》のなさだった。

仕立てのいいスーツを着こなし、髪にもきっちりと櫛《くし》が入っている。挨拶《あいさつ》の仕方も洗練されていて、有能さがネクタイをして歩いているようだった。

「埼玉県警刑事部の古手川です」

名刺を差し出せば事足りるのだが、古手川は敢《あ》えて警察手帳を提示する。これも相手を威圧するテクニックの一つだ。

「受付から警察の人が来ていると聞いて驚きました。いったい、わたしにどのようなご用件なのでしょうか」

見ていろ。その取り澄ました仮面をすぐに引き剝《は》がしてやる。

「心当たりはありませんか」

「さあ、一向に」

「若宮涼音さんの件で伺いました」

古手川は赤塚の表情を凝視《ぎょうし》しながら言う。そこに表れるのは驚愕《きょうがく》か、それとも不安か――。

「ああ、若宮さんの。彼女がどうかしましたか」

赤塚は天気の話をするかのように屈託《くったく》がない。

「ご存じなくはないでしょう。涼音さんはこの三月に亡くなっていますよ」

「ええっ」

赤塚は身を乗り出して小さく叫ぶ。まさに初耳だという仕草は、演技とすればアカデミー賞ものだと思った。

「本当にご存じないんですか。公園内の森の中で、首を吊っているのを発見されました」

「では自殺だったんですか」

「まだ断定はしていません。だから未だにこうして調べています」

「そうですね。もう三カ月も前になるんですね……いや、我々証券マンは見聞きするニュースがやや偏《かたよ》っているので、殺人とか芸能面の話にはとんと疎《うと》くて」

「それでも涼音さんの名前はご存じでしたね。三カ月も連絡が途絶えていたというのに、何の疑問も抱《いだ》かなかったんですか」

「頻繁に連絡を取り合う仲でもありませんでしたからね」

「いや、涼音さんは亡くなる寸前、あなたとよく連絡を取っていたようですが……」

口にしてから、しまったと思った。

これは、出すにはまだ早いカードだった。

「ああ、ケータイの履歴に残っていたんですね」

赤塚は納得した様子で頷《うなず》く。

「そうでしたか。わたしの方の電話番号が分かれば、通信会社に照会をかけて契約時の住所が分かる。住所が分かれば、マンションの管理会社に問い合わせて勤務先も分かる。それでお出でになったということですね」

赤塚の澱《よど》みない言葉を聞きながら、古手川は内心で歯噛《はが》みする。実際に古手川が辿《たど》った道もその通りだったからだ。

「涼音さんとはどういう関係だったんですか」

「顧客以前、ですかね」

「どういう意味ですか」

「順を追ってお話ししましょう。彼女と最初に会ったのは今年の二月、合コンでのことです。わたしの同僚が涼音さんの同僚と知り合いでしてね。それでそれぞれ独身者を募《つの》ってコンパを企画したんです」

「では、それから交際し始めたんですか」

「いえいえ。その場で名刺交換してふた言み言話しただけですよ。デートすら一度もしていません」

「おかしいじゃないですか。そんな相手とどうして頻繁に連絡する必要があるんですか」

「これが顧客以前という理由ですよ。合コンの後しばらくすると、彼女の方から連絡があったんですよ。実は投資を考えているので相談に乗ってくれないかと。つまり色恋沙汰の前に資産運用の話だった訳です。こちらとしても顧客が増えるのは願ってもないことですからね」

「以前ということは正式な顧客ではなかったという意味ですか」

「そうです。本来であれば顧客口座に登録した上で、正式なお客様として運用のご相談を承《うけたまわ》る決まりなんですが、不思議に彼女はそれを嫌いましてね。とにかく値上がり確実の銘柄《めいがら》を教えてくれと……何と言いますか、そういうインサイダーじみた情報を要求してきたんですよ」

赤塚は憮然《ぶぜん》として首を振る。

「顧客でもないのに、いや、顧客であってもそんなことできる訳がない。そんな真似をしてもし発覚したら、わたしは背任行為で即刻クビになってしまいます。それでやんわりと拒絶したのですが、涼音さんは執拗《しつよう》に連絡してきました。とにかく自分にはまとまったカネが必要なんだ。まとまったカネを用意しなければ自分は破滅だとか言っていました」

その頃、涼音は顧客たちの預金口座から四百万円もの預金を引き出している。その穴埋めに、短期間でカネを工面しようとしていたのなら、赤塚の証言には整合性が認められる。

ただし、この男を信じるならだ。

「何故大金が必要なのか明確な理由は言いませんでしたけどね。この商売を続けていたら、相手の振る舞い方でおよその見当はつくものです。彼女の切羽《せっぱ》詰まった様子から、他人には打ち明けられない理由であるのは察しがつきましたね。だからなるべく深く関わるのはやめようとしたんですが、とにかく彼女の電話攻勢はひっきりなしでした。もう勘弁してくれとお願いしたんですが容赦《ようしゃ》なしですよ。ところが一カ月もしてからですかね。彼女からの連絡がぴたりと止《や》んだんですよ。さすがに諦《あきら》めてくれたのかと胸を撫《な》で下ろしていたんですけど、まさか自殺していたとは」

「警察は自殺と断定している訳ではありませんよ」

「しかし森の中で首を吊っていたのでしょう。自殺以外を疑う要因があるんですか」

この野郎、自分の方から探りを入れてきやがった。その手に乗るものか。

「事故と事件の両面から捜査しています」

「それにしても、もう三カ月が経過しているのでしょう。いくら何でも慎重過ぎるような気がします」

苛立《いらだ》ちが募《つの》るが、すんでのところで渡瀬の常套句《じょうとうく》を思い出した。

「警察は慎重過ぎるくらいでちょうどいいと思いませんか」

「それは、もちろんその通りですが……」

「涼音さんが持っていたスマホからはあなたとの通話記録がすっかり削除されていました。それはいったいどうしてなんですかね」

「わたしに訊かれても困りますが……一つだけ思いつくのは、自分が大金を工面しようとしていたことを知られたくなかったからではないでしょうか。わたしに問い合わせれば、短期間の株取引で利益を得ようとしていた事実が明るみに出ますからね。やはり人には打ち明けられない事情があったのですよ」

模範解答として額に入れて飾っておきたいと思った。

「昨今はFXが広く認知されたり低額での株式投資が人口《じんこう》に膾炙《かいしゃ》したりで、ひどく景気がいいような報道が目立ちます。もちろんそれは間違いではありませんが、株で儲《もう》ける方がいらっしゃれば、必ず大きな損失をこうむる方もいらっしゃいます。景気が上り調子の時に限って損をした方の声は大きく取り上げられないものです」

「涼音さんもそのうちの一人だというんですか」

「涼音さんみたいに若い人でも、何かの資金繰りに絶望して自ら命を絶つのはそんなに珍しいことじゃない。こういう仕事をしていると、そういう事例を多く見聞きしますね」

「合コンで顔を合わせてからはずっと電話連絡だけだったんですか」

「いや、二、三度は喫茶店に呼び出されましたかね。向こうが指定した店だったので、場所とかはうろ憶《おぼ》えですけれど」

「肝心《かんじん》なところは明確に答えようとせず、後になってどうとでも言い逃《のが》れできそうな回答ですね」

あからさまな皮肉をぶつけてみたが、赤塚は平然としたものだった。

「この話し方はお気に召さないですか。申し訳ありません。担当者に薦《すす》められた株で大損をしたと文句を言われるお客様もいらっしゃいましてね。言質《げんち》を取られないように気を配っていると、自《おの》ずとこういう喋り方になってしまうのですよ……おや、そろそろ後場《ごば》の始まる時間ですね。これ以上ご質問がなければ持ち場に戻りたいのですが」

上目遣《うわめづか》いに伺いを立てる赤塚を見ながら古手川は唇を嚙む。

相手の方が一枚も二枚も上手だった。何のことはない。こちらが何をどう訊いてくるのか、すっかり手の内を読まれている。もっと材料を揃《そろ》えてから斬《き》り込むべきだったのだ。

「三月二十五日の夜から二十八日の朝にかけて、どこにいらっしゃいましたか」

「えっ、三カ月前ですか。うーん、一週間前までなら記憶もありますが、さすがに三カ月前になると憶えていませんね。仮にどこかの店で飲み明かしていたとしても、店の方で憶えてくれているかどうか」

「……また、何かあれば伺います」

捨て台詞よろしくそう言い残すのが精一杯だった。

＊

フォトスタンドの中の涼音がいつもより笑っているように見えたので、茜はほっとした。

お姉ちゃん、やっと警察の人が真剣に動いてくれたよ。

もちろんそれだけでは不充分だ。犯人が捕まえられて罰を受けなければ、とても涼音の無念が晴れるとは思えない。

あんなに毅然《きぜん》としていた姉に横領の汚名を着せて殺した人間。絶対に、絶対にこのままで済ませて堪《たま》るものか。

あの古手川という若い刑事は思慮深くはなさそうだが、どことなく一本気な印象を受けた。朝霞署の刑事たちとはそれだけでもずいぶん違う。しばらくは様子を見守っていよう。事態が停滞すれば、また考えればいい。

涼音の写真を見ているとLINEの着信音が響いた。スマートフォンを取り出してみると、彼からだった。

『どうだった？』

早速、訊いてきた。やはり、彼も気掛かりだったのだろう。こちらもLINE上で返事をする。

『朝霞署じゃなくて県警の刑事さんが来て、もう一度調べ直すって』

『県警か。やっと本気になったみたいだな』

『お姉ちゃんに彼氏がいたかどうか訊いてきたよ』

『茜の方で答えた？』

『いたかも知れないって答えておいた』

『それでいい。涼音さんのスマホから削除されたデータを復元したら、必ずアイツの名前が出てくるはずだから。変に茜が喋らない方がいい』

『でも、ちゃんと計画通りになった。あなたのお蔭よ。〈コレクター〉さん』

4

「あの落ち着き方が気に食わない」

話している最中、古手川は忌々《いまいま》しそうに顔を歪めた。光崎の前では間違ってもこんな表情を見せないので、少なくともあの老教授よりは自分に心を許しているのだろうか。

「刑事に犯人と疑われているってのに眉一つ動かさないでいやがる」

「それだけ身に覚えがないということじゃないんですか」

「言いたかないが、潔白な人間にも胡散臭《うさんくさ》がられて警戒されるのが警察官って職業でさ。ところが赤塚は何て言うか、ひどく慣れた感じなんだよ。まるで刑事がやってくるのを想定していたみたいに」

古手川が何を言おうとしているのかが、薄々と分かってきた。

「慣れた感じというのは、これが初めてじゃないという意味？」

「確証がある訳じゃないけど……あれは常習犯だ。窃盗、暴行、放火。それほど数をこなしちゃいないが、同じ犯罪を繰り返しているヤツは変な耐性ができているんだよ。上手《うま》い言い方ができないけど、もう向こう側にイっちまっているヤツには独特の臭みがある」

法医学教室の中にいるのは真琴と古手川だけだ。何かにつけて茶々を入れてくるキャシーも、毒舌こそが自分の存在意義と信じて疑わないような光崎もいない。

それなのに、この唐変木《とうへんぼく》は事件のことばかり熱心に喋っている。

「実は真琴せん……法医学教室の皆さんに見てほしいものがあるんだ」

真琴の微《かす》かな苛立ちに一向に気づく様子もなく、古手川は持参したカバンからファイルを取り出す。

「若宮涼音の事件が三月二十八日。その前後で似たような事件がないか探していたら、こんなのが出てきた」

古手川が差し出したファイルには検視報告書が入っている。

「今年二月二日、和光《わこう》市内の不動産屋に勤める時枝夏帆《ときえだかほ》というOLが、やはり公園の中で首を吊っているのが発見された」

報告書に記載された九カ所の鑑別点を見て驚いた。まるで若宮涼音の報告書をそのまま写したような内容だったからだ。

「古手川さん、これ」

「だから似たような事件と言っただろ。それに時枝夏帆は会社の決裁金三千万円を着服した疑いを持たれたまま死んでいる。それなのに、その三千万円の行方は未だ分からずじまい。同僚の話では、彼女には付き合っていた男性がいたそうだが、どこの何という男なのか他人にはひと言も洩らさなかったそうだ。遺書はケータイに打ち込まれていて、所轄が念のために通話歴をスクロールしてみたが、特定の男性の登録はなかった」

聞けば聞くほど類似点が出てくる。

いや、これはもう同じ事件といっていいのではないか。

「でも、それをわたし一人に説明するのは何故なんですか」

いささか期待を込めて訊いてみたが、返ってきた答えは真琴を失望させた。

「遺品として返却したケータイを再度、借り受けて解析しようと思っている。それで事前に連絡を入れたら、故人の父親から何故もっと早く調べてくれなかったんだと抗議された」

これも涼音の時と同様か。

「所轄が担当した際、本人は自殺なんかする人間じゃないから徹底的に調べてくれと言ったのに、呆気なく自殺として片づけられてしまったらしい。それを今更何だと」

その気持ちは痛いほど分かる。

「司法解剖に限らず、今は解剖医も費用も設備も不足していると説明したら、それなら実務に携《たずさ》わっている人間から直接事情を聞かせろと言われた」

「それで……わたし?」

「悪いんだけどさ」

そうだ、悪い。

話を持ち出すあなたのタイミングが一番悪い。

「わたしにも断る権利、ありますよね?」

「もちろんあるけど、断らないでほしい。断ると浦和医大の外聞が悪くなる」

「どうして」

「俺は世間が狭いんで、こんなお願いができる法医学関係者は浦和医大法医学教室の面々だけなんだよ」

じゃあ他の二人に頼めば、と言いかけて気がついた。

「キャシー先生に頼めば、まず間違いなく遺族とトラブルを起こす。光崎先生に頼んだらトラブル以前に、どうして先に知らせなかったんだと逆ギレする。どちらにしても法医学教室の心証は悪くなる」

「……知らない人間が聞けば何だと思うでしょうね」

「知っている人間が聞いたらそりゃそうだと納得するだろうな」

真琴は溜息《ためいき》を吐《つ》く。どうやら自分に拒否権はないようだった。

時枝夏帆の自宅に赴《おもむ》くと、予想通り玄関先で父親からの叱責を受けた。

「あの時はこちらが頼んでも警察は何もしてくれなかった。それが今度は手の平を返すように、夏帆の持ち物を預からせてくれだって？　あんまり勝手なことを言いなさんな」

父親の時枝弘之《ひろゆき》は古手川と真琴を玄関に立たせたまま、くどくどと恨みごとを言い募る。その態度から、所轄がどれだけ冷淡な対応をしたのかが窺《うかが》い知れる。

「だから改めて伺ったんです」

人に頭を下げるのが苦手そうな古手川が、存外に殊勝な物腰だった。

「初動捜査が手薄だったことは否定しません。だからこそ補充捜査は綿密に行いたい。あなただって、もし娘さんが自殺ではなかったとしたら、真実を明らかにしてやりたいと思うでしょう」

真摯《しんし》であっても言葉足らずでは相手を説得できない。横で聞いていて心配になってきたので、真琴は咄嗟《とっさ》に援護に回る。

「警察だけの責任とも言えないんです」

「何だって。そちらの事情を聞かせてくれんかね」

「とても卑近な話になりますけど、死亡事故の全てを解剖できる訳じゃないんです。国の予算が絶望するくらい不足しています。解剖費用は各警察署が賄《まかな》っていますから、当然その兼ね合いが必要です。解剖医だって全然足りていません」

「そうかね。昨日の新聞にも載っていたが、今の日本は医者も弁護士も余剰人員を抱えておるそうじゃないか」

「両方とも条件のいい組織や場所に集中しているだけです」

解剖医の置かれている環境がどれだけ苛酷なのか――すぐさま抗議じみた不平や不満が山のように浮かんだが、それを時枝に告げても詮無《せんな》いことは分かっている。

「そんなもの、全部あんたたちの都合じゃないか。ウチの夏帆を解剖に回すカネや手間を惜しんだ理由にはならん。警察は犯罪を暴くのが仕事だろう。医者は病因や死因を探るのが仕事だろう。あんたたち公務員ってのはいつもそうだ。自分たちが仕事を疎《おろそ》かにした原因を、すぐ組織の建前や予算のせいにしやがる。ちゃんとあんたたちが自分の仕事を全《まっと》うしたら済むことじゃないのかね」

時枝の言葉は粘《ねば》っこく纏《まと》わりついてくる。何かにつけ公務員というだけで難癖をつける輩《やから》がいるが、時枝の場合は娘の死をぞんざいに扱われたという恨みがあるので尚更なのだろう。

真琴にしてみれば仕事を全うするのに民間も公務員もないし、仕事を完遂《かんすい》できないのを組織や予算のせいにする人間は民間にだっている。組織の出自や予算の出処《でどころ》の問題ではないような気がする。

真琴が責められているとでも感じたのか、古手川が時枝と真琴の間に入った。

「同じような亡くなり方をした娘さんがいるんです」

「そうかい」

「これが仮に連続事件の一つだとしたら、また同様の事件が発生する可能性があります」

「犯人が捕まったとしても、それで夏帆が生き返る訳じゃない」

さすがに腹に据《す》えかねたのだろう。古手川の顔色がさっと変わった。

ここで短気を起こさないで。

真琴が古手川の言動を止めようとしたその時だった。

「もうやめろよ、父ちゃん」

時枝の背後に中学生らしき男の子が立っていた。

「継男《つぐお》……」

「みっともないんだよ、いつまでもぐちぐちぐちぐち」

「お前は黙ってろ」

「姉ちゃんのスマホ、形見分けでもらったからもう俺のモノだろ。だったら俺のモノを刑事さんに貸そうが何しようが俺の勝手だよな」

「継男っ」

「ついでに俺の部屋に誰を入れようが勝手だよな。ねえ、刑事さんたち。そんなとこじゃ碌《ろく》に話もできないから俺の部屋まで来てよ。お茶は出ないけどさ」

継男は父親をひと睨みしてから背を向ける。他人の家の事情に首を突っ込む趣味はないが、どうやら父親と息子の力関係は微妙なようだった。これ幸いと土間に上がった古手川に続き、真琴も継男の後を追う。

継男の部屋は階段を上がったすぐ左にあった。

「反対側、姉ちゃんの部屋だから無断で入らないでよ。そこは父ちゃんと母ちゃんの許可が要るから」

つっけんどんな物言いが真琴たちに向けられたものなのか、それとも両親に向けられたものなのかは判然としない。

「夏帆さんが自殺じゃないと判明したら、この部屋も調べなきゃいけない」

「前に一回見ていったけどね。特に不審な点はなかったとかで、あっさり帰っていったよ」

継男の部屋は一般的な中学生男子の部屋だった。棚の上に並べられたキャラクターのフィギュアとグッズ。妙にプロっぽいと思わせるパソコンの周辺機器も、最近の中学生男子には標準装備なのだろうか。

真琴はさっと部屋の中を見回してみたが、継男が姉と一緒に写っているような写真は一枚もない。いや、真琴自身も写真は携帯端末に収めているクチだから、継男の世代なら尚更なのだろう。

「〈コレクター〉の書き込みがそんなに効いた?」

いきなり継男はそう切り出した。

「県内で死体が出る度に県警のホームページに現れるんで、刑事さんたちは大わらわなんだってね」

「そんな話、誰から聞いた」

「ネットでみんなが噂しているよ。夏帆姉ちゃんの事件を洗い直そうとしているのも、尻に火が点《つ》いているからなんだろ」

「不満そうだな」

「父ちゃんにはああ言ったけどさ。あの時、まともな捜査をしてくれなかった恨みというのは俺にだってあるよ。家族の中で一番姉ちゃんと話していたし、仲よかったからね」

古手川は次第に剣呑《けんのん》な空気を醸《かも》し出していく。

「個別に抗議したくて、俺たちをここへ呼んだのか」

継男は机の中から真っ赤なケースに入ったスマートフォンを取り出した。

「言ったことに嘘はないよ。ただ家族の死をぞんざいに扱われて悔《くや》しがった人間がいることを憶えておいて欲しいんだ」

継男は無造作に携帯端末を突き出す。何を張り合っているのか、古手川もやや乱暴に奪い取る。

真琴は思わず吹き出しそうになる。見掛けはともかく、精神年齢は二人とも同じではないか。

「夏帆さんには付き合っていた人がいたのか」

「知らない」

「仲がよかったんじゃないのか」

「いくら仲がよくたって話さないことなんていくらでもあるよ。家族でも男兄弟と女兄弟は違うんじゃないの」

二人の会話を聞きながら、真琴は若宮家で交わした茜との会話を既視感とともに思い出す。

酷似《こくじ》したシチュエーションに酷似した家族関係。だが、故人の異性関係を嗅ぎ分ける能力は茜の方がずいぶん高い。これは男女の差でもあるが、精神年齢の差であるかも知れなかった。

「解析が終わったら、すぐに返却する」

「すぐでなくてもいい。じっくり確実に犯人を捕まえてくれれば」

「まだ殺人と決まった訳でもない」

「自殺なんて有り得ないんだよ」

「どうして分かる。君が知っているのは家の中の夏帆さんだけだろう。大人にはな、外での顔や立場ってものがあって」

「メチャ強かったんだよ」

「あん？」

「俺なんて太刀《たち》打ちできないくらいに生命力が強かったんだよ。そんな姉ちゃんが、会社のカネ持ち出したのがバレたくらいで自殺なんかするかってーの。ホントに姉ちゃんが横領したのなら派手な買物した挙句に自首するか、さもなきゃ外国へ高飛びしてるよ」

褒《ほ》めているのか貶《けな》しているのかよく分からないが、警察の公式見解に不満を抱いているのはよく分かった。

「……本人の特性として憶えておく」

「もう一つ、憶えていて欲しいんだけどさ」

「まだあるのかよ」

「もし夏帆姉ちゃんの事件をもっと真剣に捜査していたら、次の事件は起こらなかったんじゃないの？」

継男の目が二人を見据えたまま動かない。

連続殺人であった場合、継男の指摘はもっとも過ぎるほどで、古手川たち警察に弁解の余地はない。そこに組織や予算の都合など何の関係もない。

古手川はただ口を一文字に結んでいた。

古手川は継男から拝借したスマートフォンをすぐ県警本部の鑑識課に回した。そして結果を告げられると、その足で再び赤塚の職場に向かった。

敵陣に飛び込むのなら最低限の武器は用意しておけ——日頃から渡瀬に言われていることだが、その最低限の認識が上司と自分とでは雲泥《うんでい》の差がある。

あの癖のある男は敵の退路を全て断ち、刀・弓・吹き矢・鉄砲、おまけに大砲まで用意するのが最低限だと考えているようだが、古手川にとっての最低限は脇差《わきざし》くらいのものだ。敵と相対した刹那《せつな》、ひと太刀浴びせて致命傷を与えればそれでいいと思っている。

証券会社の応接室で待っていると、赤塚が例の一点の曇りもないという顔を張りつけてやってきた。

「ああ、確か古手川さんでしたね。若宮さんの件で、まだ調べ足りないことでもありましたか」

「いえ、今日は別件ですよ。赤塚さん、あなた、時枝夏帆という女性をご存じですか」

夏帆のスマートフォンを解析した結果、やはり涼音の時と同様に直近の通話記録は赤塚で占められていた。

古手川の勘は的中していた。二人の女性の酷似した死の陰には、赤塚武司が潜んでいたのだ。

「ああ、時枝さんですか。存じていますよ」

赤塚はあっさりと白状する。これは古手川も想定していたことだ。

「二月の初め、でしたか。自殺されたと彼女の友人から聞きました。それほどの付き合いもなかったので葬儀には参列しませんでしたが」

「片や証券マンと不動産屋に勤務するＯＬ。二人の接点はいったい何だったんですか」

「時枝さんの同僚がわたしの大学の後輩でした。その程度の間柄ですよ」

「その程度の間柄にしては、連絡を密にしていた」

「若宮さんの時と同様ですよ。名刺交換した途端、株で資金運用をしたいが、値上がり確実な銘柄を教えて欲しいって。そんなものが分かっていたらわたしたちも苦労しないし、第一インサイダー取引になってしまう。彼女からひっきりなしに連絡があったのは、そういう一方的な要求があったからです」

赤塚はさも困ったように頭を掻《か》いてみせる。

「若宮さんといい時枝さんといい、どうやらわたしにはそういう面での魅力しかないみたいで正直凹《へこ》みますね。アプローチしてくれるのは、そういう女性ばかりです」

「そして二人とも首を吊った」

「聞いた話では時枝さんも会社のカネに手をつけてずいぶん困っていたようでしたね。カネに困った女性というのは、身体を売るか自死で責任を取るしか選択肢がないのでしょうね」

世の女性が聞けば烈火《れっか》の如《ごと》く怒り狂うようなことを、顔色一つ変えずに平気で言ってのける。

「偶然にしては一致点が多過ぎる。今回も被害者のスマホからは、あんたとの通話記録がすっかり削除されている」

「だからそれは前にも言った通り、本人が横領したカネの補塡《ほてん》を考えていた事実を隠蔽するためです。それ以上の意味はありませんよ」

「あんたはそう言うが、時枝夏帆が横領したとされる三千万円の行方は未だ分かっていない」

「今日びの若い女性に三千万円持たせてもね、一カ月もあれば散財してしまいますよ。何でしたら、ホストクラブとかで訊き込みをされたらどうですか」

古手川はわずかながらでも頑強になった自制心に感謝する。これがなければ、相手の言葉を聞き終わらないうちに手が出ていたかも知れない。

「二つの事件に共通して関係しているのはあんただけだ」

「それは無理にそちらが関連づけたからでしょう。首吊りなんて毎日どこかで誰かがしている。何かの要因を被せていけば、必ず共通点や関連は出てくる。今回のも偶然みたいなものです。はっきり言って迷惑ですよね」

「捜査する側としては、ただの偶然として片づける訳にはいかない」

「それはもちろんそうでしょうとも。しかし、お願いですからアリバイが証明できないかといってわたしを容疑者扱いしないでくださいよ。四カ月も前のアリバイを証明できるのは、引き籠りか入院患者くらいのものなんですから。それに」

赤塚は意味ありげに笑ってみせた。

「肝心要《かなめ》の死体は、今や影も形もありませんからね」

5

「だからガサ入れすれば一発なんですって」

県警本部の刑事部屋で古手川は語気を強めてみせたが、対する渡瀬は鼻を鳴らすだけだった。

「会社のカネを横領した挙句に首を吊って自殺。しかも二人の女には共通の知り合いがいた……それだけの理由で捜査令状を取れると思ってるのか」

「その二人の死については〈コレクター〉の書き込みがあります。自宅か、さもなきゃ死体運搬に使用されたと思われるクルマを調べれば絶対にブツが出てくるはずです」

「この三月から〈コレクター〉による書き込みがどのくらいあった。県警本部と所轄、それから光崎先生たちが散々引き摺《ず》り回されて、どれだけ成果が挙がった」

渡瀬は今にも殴《なぐ》りかからんばかりに古手川を睨みつける。捜査一課よりは組対向きと陰口を叩かれる所以《ゆえん》だが、これが日常なのだから恐れ入る。

「でも全部空振りじゃなかったですよ。佐倉亜由美の事件や比嘉美礼ちゃんの件は殺人で立件できたじゃないですか」

「逆に空振りだったのは何件だ。打率で言えば一割以下、プロの仕事なら二軍落ちどころか下手すりゃ自由契約だぞ」

それを言われると返す言葉がないが、かと言って自説を引っ込める訳にもいかない。

赤塚武司はクロだ――古手川の勘がそう告げている。捜査一課に配属されて数年、まだまだ渡瀬には及ばないものの、虚偽と絶望を味わうことで警察官としての嗅覚を獲得したつもりだった。

被疑者逮捕の現場でもない限り、捜索は令状の発付によって実行されなければならない。だが令状を裁判所に請求できる者は警部以上の階級と定められている。つまり一介の巡査長である古手川がいくら騒ごうが、負け犬の遠吠えに等しい。

「日頃から口が酸っぱくなるほど言ってるのに全然直らねえ。お前は思っていることが全部顔に出るんだ」

「え」

「俺が首を縦に振りさえすればすぐにでも令状が手に入るのに。大方そんな風に思ってるんだろう」

図星だった。

「俺が勘と勢いだけで手錠を引っ張り出すように見えるか」

「……いいえ」

渡瀬がそんな単細胞でないことくらいは、下についてからすぐに分かった。粗野で暴力的なのは外面だけで、本性は奸計《かんけい》と深謀《しんぼう》がとぐろを巻いているようなバケモノだ。

「お前は裁判所をナメきっている。令状の請求には、その必要性を証明する資料の添付が要る。裁判官が納得するような資料でなけりゃ令状に記名押印はしてくれん」

それだって分かっている。だが、肝心要の死体は既に灰となっている。解剖もできない状態で、どうやって裁判官を説得しろというのか。

「赤塚に動機はあるのか」

不意に渡瀬の口調が変わる。

「若宮涼音の四百万円、時枝夏帆の三千万円。いずれも本人が横領した事実はあるが、カネの行方は未だに不明だ。もし赤塚に動機があるとしたらカネ絡みというのが一番しっくりくる。赤塚に大きな借金、もしくは大金が流れ込んだ形跡がないか調べようとしたのか。まさか令状待ちで資産調査に着手してないとか言い訳するんじゃないだろうな」

「現状では銀行調査が精一杯ですよ。それでも大きなカネの流れは摑めませんでした」

「商売が株屋だからしょっちゅう大きなカネが動いている。本人が大金を必要とする理由はいくらでも転がっている。そうでなくともお前の仮説じゃ、二人の人間を一酸化炭素中毒で殺しているんだ。相応の舞台装置も必要だから徹底的に家宅捜索すれば何がしかのブツが出てきても不思議じゃない」

「だったら」

「だが、本人がカネに困っているという程度じゃ裁判官は説得できん」

渡瀬はひときわ睨みを利かせて言う。

「若宮涼音も時枝夏帆も一度自殺で処理した案件だ。それを撤回して殺人として立件するんだから、共通の知り合いがカネで困ってました程度の事実を記載したって鼻で笑われるのがオチだ。あの状態が自殺ではなかったことを、死体なし解剖抜きで裁判官に納得させなきゃならん」

他人の口から聞かされると、自分のしようとしていることがいかに難儀であるかが身に沁みて分かる。

「帽子の中からハトを出すようなものですよ」

「ああ、そうだ。だが俺に令状を請求させるつもりなら、そういう奇術紛《まが》いのことまで考えろって話なんだよ。たまには額《ひたい》だけじゃなく、脳みそに汗を掻かせろ」

＊

「死体が欲しい」

法医学教室に顔を出すなり、古手川は独《ひと》り言のように呟いた。真正面に立っていた真琴は思わず眉を顰《ひそ》めたが、椅子に座っていたキャシーはまるで同好の士を見つけたかのように両手を合わせた。

「やめて、古手川さん。そういう物騒なことを言うのは一人だけで充分です」

「物騒も何も、死体がないことにはあの男の尻尾を捕まえられないんだよ」

古手川は再度赤塚から事情聴取した内容を告げる。本人は冷静に話しているつもりだろうが、言葉の端々に悔しさが滲《にじ》み出ている。

「今更こんなことを言うのは死んだ子供の歳を数えるような真似だってのは百も承知している。でもさ、実際問題として裁判官に令状を発付させるには材料が少な過ぎるんだ。折角真琴先生から検視報告書の齟齬《そご》についてアドバイスをもらったけど、あれだって九つある鑑別点のうちの一つが特異だったという解釈で済んでしまう」

聞いてみれば古手川の話はもっともと思えた。解剖した訳でもないのに検視報告書に難癖をつけるなど、中身も読まずに目次だけで読書感想文を書くようなものだ。

キャシーが天を仰《あお》いで慨嘆《がいたん》してみせる。

「Oh。こうなってみると、やはり火葬というニッポンの風習は法医学者にとって百害あって一利なしということが分かりますね。土葬であれば後からいくらでも墓を暴くことができるのに」

「お墓というのは無闇矢鱈《やたら》に暴くものじゃありません」

真琴は窘《たしな》めるが、キャシーは肩を竦《すく》めるだけでおよそ反省している様子がない。

「しかしですね真琴。ナポレオンやベートーヴェンといった歴史上の人物たちの死因が今も尚取り沙汰できるのは、遺体が残存しているからです。その意味で古手川刑事の死体が欲しいという発言は、ポリスマンとしてとてもとてもナチュラルな欲求なのですよ」

「ナチュラルかどうかはともかく、このままじゃ赤塚を野放しにすることになる。それだけは許しちゃあいけない」

直情径行《ちょくじょうけいこう》と正義感の強さは相変わらずだと思ったが、次の台詞で意表を突かれた。

「そうしないと、きっと三人目の犠牲者が出る」

「そんな……古手川さんに二度も目をつけられたというのに」

「確たる証拠もないのに、これからもずっと監視し続けるなんて不可能だ。捜査員の数にも限りがある。いいかい、真琴先生。ヤツは二件の偽装工作に成功したと思い込んでいる。そういう成功体験で味をしめたヤツは三度目四度目を繰り返す。殺人ていうのは癖になるんだ」

「三人目の犠牲者が出たら、その時こそすぐに解剖すれば……」

「キャシー先生っ」

と、これは二人が同時に叫んだ。

だが真琴は叫んだ後で考え込んでしまった。キャシーの物言いは直截に過ぎるが、指摘自体は正鵠《せいこく》を射《い》ている。若宮涼音と時枝夏帆が他殺である可能性を示唆するには解剖が一番有効だが、解剖するにはどうしても死体が要る。かと言って、過去から二人の死体を呼び寄せるのは魔術師でもない限り不可能だ。

「ですが真琴」

キャシーは妙に白《しら》けた口調で言う。

「現実にボディがないのであればワタシたち法医学教室のメンバーは関与できません。これは古手川刑事の仕事になります」

「それはそうですけれど……」

返事をしながら盗み見ると、古手川も自覚しているのかきまり悪そうな顔をしている。だから。

普段粋《いき》がっている男が、たまにそんな顔を見せないでよ。反則だろう。

とにかく差し迫った問題は、古手川の上司に捜査令状を請求させるような説得材料を見つけることだ。

何か方法はないか。古手川も、そして古手川の上司ですらも気づいていない手掛かりはないのか。

だが、いくら頭を捻っても、妙案は全く浮かばなかった。


事態が動いたのは十日目のことだった。

真琴が一人で法医学教室にいると卓上の電話の内線ランプが点滅している。法医学教室の隣にある献体団体にかかっているのだ。いつまで待っても誰も取る気配がないので、真琴は内線ボタンを押してついその電話を取ってしまった。草加《そうか》警察署からのある問い合わせだった。浦和医大に献体登録していた人間が亡くなったのだという。団体には今、誰もいないことを説明しようと、向こうの声を聞き流していたが、献体の状況を耳にするなり声を上げた。

「死因はそれに間違いないんですね？」

そしてとんでもないことを思いついた。

自分でも呆れるような思いつきで、最初は一笑に付そうとしたが考えれば考えるほどこれ以外に手段はないような気がする。

電話を切ってから再考し、計画をシミュレートしてみると光崎や学長辺りが激怒しそうな問題点が山のように浮かんでくる。

それでも真琴は思いついたアイデアを捨てることができず、やがて意を決すると古手川を呼び出した。

「取るものも取りあえず、今すぐ遺体搬送車で法医学教室へ来てください」

『取るものも取りあえずって、どういうことだよ。今、こっちも別件で……』

「偽装自殺の件で令状を請求できるかも知れないと言ったら？」

『十五分で着くから待ってろ』

「あ、その前に用意してきて欲しいものがあるんです」

約束通り、古手川は十五分きっかりでやってきた。

「言われたように遺体搬送車持ってきたけどさ。県警から要請も出ていないのに、いったいどういうことだ。まさか遺体搬送車でドライブでも洒落込《しやれこ》もうっていうのか」

「結構なドライブになるかも知れませんね。行き先は草加市です。事情は道中で説明するから、早く向かってください」

古手川は半ば気圧《けお》されるように運転席に座る。

「で、目的地は」

「草加警察署」

遺体搬送車が高速に乗ると、もういいだろうという風に古手川が話し掛けてきた。

「法医学教室にはいつも世話になっているし、少なくとも真琴先生は俺より慎重な人間だと信じているから細かいことは訊かなかった。これはいったい、どういうことなんだ」

「今から草加署に行って、遺体を一つ引き取ります。自殺であることは現場の状況と残された遺書で、担当の検視官が事件性なしと判断したようです。自殺したのは五十代女性。死因は一酸化炭素中毒。自家用車に排気ガスを引き込んで自殺を図ったんです」

「おい、それって」

「女性は生前から献体を希望していました。でも、いくら検視官が事件性なしと判断しても異状死体なので献体にすることはできません」

「まさか……若宮涼音と時枝夏帆の代用をするつもりなのか」

「ええ。一酸化炭素中毒死の死体を首吊り自殺の状態にするんです。その所見が二人の検視報告書に酷似していたら、渡瀬さんに令状を請求させる材料になりませんか」

現物が存在しないのであれば、近似したものをデータとして採用する――考えとしては間違っていないものの、その対象が死体となれば話は別だ。第一、そんなケースは聞いたこともない。

「自殺した方には身寄りがありません。だからこそ死後の始末や葬儀の費用を考えて献体団体に登録していたんでしょうね」

「……無茶なこと考えるなあ、真琴先生。さすがに開いた口が塞《ふさ》がらない」

「光崎教授の下にいたせいですかね」

「それだけじゃないと思うぞ」

「もちろん解剖や埋葬に要する費用はこちらで負担しなければいけませんけど、この場合、解剖費用は捜査費用から捻出《ねんしゅつ》できますか」

古手川は口をへの字に曲げる。

「遺体運搬車の持ち出しまでやったんだ。今更断られるとは考えてないんだろ。全くとんだ策士だよな」

「わたしとしては予想される問題を一つでも少なくしておきたいから」

「そうだろうなあ。草加署の方はいいとしても、ウチはただでさえ枯渇《こかつ》している解剖費用を更に絞《しぼ》り出さなきゃいけない。予算と上層部の顔色しか見ていない課長はともかく、班長にどう説明していいものか」

「怖いんですか」

「あの人を怖がらないのは死体くらいのもんだ」

「必ず説得してください。もう古手川さん、共犯者なんですから」

はあ、と古手川は小さく嘆息する。

「光崎先生の薫陶《くんとう》を受けたと言われたら納得せざるを得ないけど、部下は上司を選べないよな」

「それはお互い様でしょ」

草加署に到着すると、既に話を通してあったので遺体の引き取り手続きは円滑《えんかつ》に行われた。

自殺した女は身寄りがなく一人暮らし。郊外の家電量販店に勤めていたものの不倫相手の上司に三下《みくだ》り半を叩《たた》きつけられ、まるで当てつけのように死を選んだらしい。死体発見から既に二十四時間を経過、死後硬直は最強になっており、このまま時間が経過すればするほど涼音や夏帆の置かれた条件から乖離《かいり》してしまう。

必要書類に署名すると、真琴は担当刑事に念を押した。

「これで、このご遺体は浦和医大の管理下に置かれたということですね」

「ええ、まあ」

「すみません、遺体の確認をしたいので席を外していただけませんか」

担当刑事が退出すると、霊安室には真琴と古手川だけが残された。

本当に申し訳ありません。あなたの身体を捜査のために使わせていただきます。これ以上、犠牲者を増やさないための無茶をどうぞ許してください――。

真琴は遺体に合掌《がっしょう》してから、持参したロープを取り出す。

「お願いします、古手川さん」

「本当の意味で共犯者だよな、これ」

古手川は愚痴りながら空《から》のストレッチャーの上に乗り、天井に滑車《かっしゃ》を取り付ける。滑車も設置するための工事器具も前もって準備するように真琴が伝えていたものだ。

「これでよし」

古手川は取り付けた滑車の強度を確認すると、真琴からロープを受け取って先端に輪を作る。ぞっとしない仕事だが、これをしなければ遺体を引き取った意味がない。

遺体をストレッチャーごと移動させてから、ロープの輪に死体の首を潜《くぐ》らせる。

「ここから先は俺一人でやるから、真琴先生は外へ出ているか、後ろを向いていてくれ」

一連の作業は偽装工作が男一人の手で可能かどうか実証する意味もあるので、自分一人に任せろというニュアンスだった。

「駄目です」

真琴は言下に拒否する。

「発案者はわたしです。全部見届けなきゃ責任逃れみたいで嫌です」

古手川は了解したというように浅く頷いた。

ロープのもう一方を滑車に通し、ゆっくりと引いていく。次第に遺体はロープに吊るされて上半身を起こし、一杯まで引っ張ると天井からぶら下がるかたちとなった。全体重が掛かった時、項垂《うなだ》れた首の辺りからみしりという音が洩れた。古手川は、これ以上ないというほど不快そうな顔をする。

「真琴先生」

「はい」

「やってみると分かるけど、こんなことができるヤツはきっと人間の血が流れていない」

遺体を首吊り状態にして二時間もすると、ドアをノックする音がした。

「そろそろ撤収だな」

古手川と真琴は遺体をゆっくりと下ろし、滑車とロープを手早く片づける。捜査のためとはいえ、傍から見れば犯罪行為そのものなので罪悪感は相当なものだ。

だが、これで赤塚が行ったであろう偽装工作はほぼトレースしたことになる。ここに横たわっているのは涼音や夏帆と同じ手口で殺された遺体だ。

二人は遺体を搬送車に運び入れて草加署を後にする。バックミラーから庁舎の姿が消えるのと同時に、腋の下から嫌な汗が噴出した。

「さっきの古手川さんの話、全面的に賛成」

「うん?」

「こんなことを平気でやってのける人間は、絶対にまともじゃないです」

浦和医大に帰着すると、法医学教室で鬼が待ち構えていた。

「お前たち、自分が何をしたか分かっておるのか」

光崎は普段にも増して低い声を発する。抑揚に乏しい分、怒りの烈《はげ》しさがこちらに伝わってくる。口ぶりからすると、どうやら真琴のアイデアを見抜いているようだ。

一酸化炭素中毒死した遺体を首吊り状態にする。まずその行為だけで死体損壊罪に問われかねない。遺体の女性に親族がいないことが不幸中の幸いだが、それでも違法行為には違いない。

「発案者はわたしです。全ての責任はわたしに……」

「いや、光崎先生。話を全部聞いた上で遺体を草加署から搬送したのは俺です。だから遺体の受け渡しは俺に責任が」

「取れもせんような責任についてぐだぐだ吐《ぬ》かすな。揃いも揃って馬鹿者どもが」

光崎は二人の弁解を一刀両断にすると、ストレッチャーに近寄り、遺体袋を見下ろす。

「真琴先生。死後何時間経過した」

「二十六時間ほどです」

「ふん。まだ死後硬直が最強の頃合いか。早く解剖室へ搬入しろ」

「先生、それじゃあ」

「独断専行は後でたっぷり油を絞ってやる。今は折角の死体が台無しになる前にやることをやれ。ぼやぼやしていたら、そこにいるうつけの上司が邪魔しにくるぞ」

古手川と真琴は目配せするが早いか、遺体を載せたストレッチャーを解剖室に運び込む。その背中にもう一度声が浴びせられた。

「執刀は真琴先生がやれ」

真琴はぎょっとして振り返った。

「ここまで突っ走ったんだ。最後まで自分たちで見極めろ」

6

解剖室には古手川やキャシーのみならず、光崎までが姿を現した。真琴は思わず訊いてみる。

「どうして教授まで」

「手も出さんし口も出さんから気にするな」

最近は大学院生を従えて執刀することもあるが、光崎の目の前でメスを握ったのはこれが初めてだった。気にするなという方が無理な相談だ。

「どうした。突っ立ってないで、まず所見を述べろ」

「は、はい」

急《せ》かされたことも手伝ってか、俄《にわか》に指先が震え始める。真琴は両手を強く握り締めて震えを抑えた。

「い、遺体は五十代女性。頸部には索痕があり、索痕部は表皮剝脱《はくだつ》が見られます。また索痕の方向は前頸部から後上方に向かって後頸部で消失し、典型的な縊頸《いけい》を示しています。糞尿失禁の痕跡あり。死斑は鮮紅色で下腹部に集中。皮下出血の痕跡はなく、懸下箇所には索条による陥凹《かんおう》が見られます。顔面鬱血と結膜溢血点はありませんが、逆に言えばそれがあれば縊死の所見に合致し……」

「メスを入れる前から余計なことは言わんでよろしい。執刀前に先入観を表明してどうする」

「す、すみません」

「謝る暇があったら、さっさと執刀しろ」

「……メスを」

補助を買って出たキャシーからメスを受け取り、喉元に刃を入れる。手応えが硬く感じるのは、死後二十六時間で死後硬直が最強状態にあるからだろうか。土気《つちけ》色の献体とは感触も印象も異なる。

唐突に賞味期限という言葉が思い浮かぶ。死体に対して賞味とはずいぶん不遜《ふそん》な物言いだが、死体もやはり生きている。時間の経過とともに内部は融解し、組織は変質していく。時間が経てば経つほど死因は腐敗に消されていく。こうして実際にメスを握っていると、光崎が寸暇《すんか》を惜しむ理由がよく理解できる。まだ変色が進んでおらず、生前の状態を保っているようだった。

ちらと光崎の様子を窺うが、この老教授は腕組みをしたまま解剖台の死体を睨んでいる。

「次に胸を開きます」

メスでやや不整形なY字を描く。メスが走る後からすぐに血の玉がぷくりと浮かぶのは、刃の走るのが遅いせいだ。光崎の術式では、出血するのも切開から間があくことが多い。

馬鹿、比べてどうする。

自らを叱咤《しった》しながら指先を動かす。皮膚を開いて現れた臓器と組織はまだ生物としての色彩を保っていた。

「臓器と血液は死斑と同様に鮮紅色。縊頸による窒息死とは明らかに異なっています。各臓器には鬱血、さらに肺水腫が散見されるので血液を採取します」

真琴は自らの手で血管から血液を抜き取り、検査血液としてキャシーに手渡す。検査方法はいくつかあるが、一酸化炭素中毒を疑うのであれば吸光度測定によるものが最も簡便なので、キャシーもそれに従う。

　検査血液を炭酸ナトリウム水溶液で希釈し、ハイドロサルファイトナトリウムを加えて溶解させて吸光度を測定する。そして５３８nmと５５５nmの吸光度の比を求め、検量線から血中一酸化炭素ヘモグロビン濃度を求める。

　しばらくしてから、キャシーの乾いた声が解剖室の中に響いた。

「ヘモグロビン濃度78パーセント」

　通常、ヘモグロビン濃度が60パーセントを超えた時点でヒトは昏睡状態に陥り、70パーセントを超えれば呼吸が停止する。

「死体表面の所見は縊頸とも思えましたが、解剖と血液検査によって死因は一酸化炭素中毒であることが判明しました。顔面鬱血と結膜溢血点がなかったのは、死後二十四時間後に頸部を絞めたからです。従って……」

「だから、以前に発生した二つの自殺案件は必ずしも縊頸ではなかったと言うのか」

　光崎の言葉に全身を貫《つらぬ》かれる。真意を説明しないまま草加署から遺体を引き取った事実はともかく、若宮涼音と時枝夏帆の件は誰から洩れたのか。慌てて古手川を見たが彼も驚いたように首を振る。さてはと思いキャシーに視線を移すと、紅毛碧眼《こうもうへきがん》の准教授はあからさまに視線を逸らせた。

「比較の対象にするとしても、事件性ありと引っ繰り返したいのは二十代女性。ところがこの遺体は五十代で、しかも死後二十六時間も経過している。何故もっと条件の近似した遺体を引っ張ってこん。どうせ無茶をするなら細部を徹底させろ。折角の遺体を無駄使いするな」

「でも、条件に合う遺体なんてなかなか……」

「それなら現れるまで待て。一分一秒を争う案件でもなければ安易に動くな。そういうのを拙速《せっそく》というのだ」

指摘はいちいちもっともなので返す言葉がない。教師に叱責される生徒よろしく悄然《しょうぜん》としていると、更に突っ込まれた。

「確認することが終わったのなら、さっさと閉腹しろ」

それなりの覚悟をしたというのに、自分の行為は徒労だったというのか——敗北感でゆっくりと腕が重たくなる。

「おい、若造」

「何ですか」

「この解剖の報告書を参考資料として添付するつもりだったか」

「ええ、まあ。それでどこまで班長を納得させられるかは未知数ですけど」

「真琴先生、報告書ができたらわしに回せ」

「えっ」

「補足意見をつけておく。こいつの上司はおそろしい偏屈者で、若いヤツらの意見なぞ歯牙《しが》にもかけない救いようのない権威主義者だ。真琴先生の名前だけでは洟《はな》も引っ掛けん」

「あの、遺体を損壊してしまったことは……」

「ふん。報告書一枚で二つの事件が立件できるのなら、その権威主義者も片目くらいは瞑るかも知れん。それでなくても捜査一課の弱みなら、いくらでも握っとる」

その言葉でふっと楽になった。悔しいが、自分はこの老教授のひと言ひと言に一喜一憂させられている。

いつかはこの呪縛《じゅばく》を解いてやろうと思った。ただし、それは少なくとも今ではない。

＊

赤塚の家宅捜索には渡瀬が同行した。古手川も上司とのコンビは慣れているはずだが、今日に限ってどうも尻の辺りが落ち着かない。

原因は先ほど裁判所から発付されたばかりの捜査令状だった。渡瀬が直々《じきじき》に裁判所に出向いて捥《も》ぎ取ってきたものだが、それにしては相変わらず不機嫌な顔でいる。

「事件と何の関係もない解剖事例を参考資料に添付されたのは初めてだとよ。そりゃあそうだ。そんなたわけたことを考えるヤツはそうそういねえからな」

それでも前例重視の裁判官を力業で説得したのだから、大した交渉力だと感心する。もっともその裁判官は以前から渡瀬と懇意にしているらしいが。

「言い出したのはどっちだ。お前か、それともあの栂野って若い先生か」

真琴に責任を被せたくないので黙っていた。どうせ嘘を吐いたところで見破られるのは分かりきっている。

「刑事と法医学者が親密になるのは構わんが、相手を選べ」

さすがに聞き捨てならなかった。

「どういう意味ですか」

「コンビってのはな、片方がアクセルならもう片方はブレーキ役になるもんだ。それを二人してアクセル踏んだらどうなると思う。大暴走だぞ。ちょうど今のお前たちがそうだ」

「班長は真琴先生を一度見たきりでしょう」

「ひと目見りゃ分かる。あれは自信もないのに、思い込みだけで突っ走るタイプだ。お前と一緒だ」

思い当たるフシがあるので、これも返す言葉がない。

「光崎先生からもやんわりと釘《くぎ》を刺された」

渡瀬は苦り切って言う。

「ウチの若いのをたぶらかすな、だとよ。まるで不良学生の保護者にさせられた気分だ。

けったくそ悪い」

赤塚の自宅は瀟洒《しょうしゃ》なマンションの一室だった。地下は居住者用の駐車場になってお り、赤塚のクルマが駐《と》めてあるのも確認済みだ。捜査員たちは渡瀬と古手川の後に続く。

時刻は午後十一時三十分。この時間に赤塚が在宅しているのも承知している。

戸口に出てきたパジャマ姿の赤塚は渡瀬たち一行を見て、ぎょっとしたようだった。

「赤塚武司、居宅とその他諸々を調べさせてもらう。これが捜索差押許可状」

赤塚は渡瀬が突き出した捜査令状を穴の開くほど凝視する。

「令状をそんなにまじまじ眺めるヤツは久しぶりだな」

「嘘だろ……証拠なんてないはずなのに、何でこんなものが発行されるんだよ」

「あんたの言う通りだ。交通違反の赤切符みたいに簡単に切れるものじゃないからな。だから発付したなりの成果を期待したいところだ」

渡瀬は赤塚をリビングのソファに誘い、対面に自分が座る。

「悪いね、こんな大勢で押し掛けて。なあに、あんたの職場は毎日もっと忙《せわ》しないんだろう。少しだけ我慢していてくれ」

捜査員たちが家具やら抽斗やらを引っ繰り返している前で、赤塚はそわそわと不安そうな顔をしている。以前、職場で見せたのとは真逆の反応だった。

さては、絶対に自分には捜査の手が及ばないと高を括っての余裕だったのか。二人の死体が既に灰となったため、疑われたとしても令状が出るとは予想もしていなかったのだろう。

それでも赤塚は抵抗をやめようとしない。

「強制捜査なんかして、もし何も出なかったら埼玉県警はどう責任を取ってくれるんですか」

「責任ねえ」

渡瀬はそう言って胸を反《そ》らせる。いかにも傲慢《ごうまん》な態度だが、これも赤塚を故意に苛立たせようとする演技だ。

「部屋を荒らしているようだが、家具や調度に傷はつけていない。押収物件も調べが済めば返却する。物的な損失はゼロだ」

「冤罪《えんざい》じゃないか」

「被疑者として送検し何らかの罪を被せたのならそうなるだろうが、現状は捜査段階だ。本当に潔白なら、でんと構えていればいいだろう」

「嫌疑を掛けられたというだけで信用に瑕《きず》がつく」

「ただ単に調べただけなら記者発表もしない。このマンション付近にも報道関係者らしき人間の姿はなかった。捜査して疑惑が晴れれば、それ以上追及されることもない。それでも精神的苦痛に耐えられないのなら、損害賠償でも慰謝料請求でも何でもすりゃあいい」

渡瀬はいつもの半眼で赤塚を眺める。疑念に凝り固まり、汚物を見下すようなこの半眼が、相対する者に大層な不安を与えるのは計算ずくだ。

「だが、こちらにも大勢で押し掛けるには、それ相応の理由がある。この疑問が解消できるのなら、今すぐ捜査員を引き揚げさせてもいい」

赤塚の目にわずかながら希望の灯が点《とも》る。だが、これもまた渡瀬の交渉術の一つに過ぎなかった。

「あんた、カネに困ったことはないか。百万、千万単位でだ」

「わたしは堅実なタイプで、無理な背伸びも身の丈に合わない贅沢もしません」

「無理な背伸びをしなくとも、ドツボに嵌《は》まる時がある。身の丈が普通の人間より大きいなら、嵌まり方もその分深い」

「何が言いたいんですか」

「こんな」と、渡瀬は捜査令状をひらひらと振ってみせる。

「紙切れ一枚に頼って、我々がただ指を咥《くわ》えて見ていたと？　令状を取らずとも捜査できることは山ほどある。その一つがあんたの仕事ぶりだ。赤塚さん、あんた顧客の資産運用を担当しているんだってね」

「ええ、まあ」

「大層、優秀なトレーダーらしい」

「一応、それなりの評価はされています」

「だが、しくじる時もある。一月だったか、大きな買いを仕掛けたが、案に相違してこれが急落した。何と顧客には無断の売買だったらしいじゃないか」

これは売買のデータがまだ入手できず、同僚からの噂話《うわさ》に過ぎなかった。しかし、赤塚の肩が上下するほどのインパクトは発揮した様子だ。

「顧客の資金が大きく目減りした事実はない」

「そりゃあそうだろう。損失を出してもすぐに補塡しておけば発覚もしないからな。ただ、その直後に時枝夏帆が三千万円もの現金を持ち逃げした挙句、首を括っているとなればどうしても疑いたくなる。その三千万円の行方が不明なら尚更だ。しかも同様のことが若宮涼音にも起きている」

「そんなもの、全部噂話に過ぎないでしょう」

「証拠がないからな。逆に言えば証拠さえあれば俄然《がぜん》真実味を帯びてくる。言っとくが捜査令状の適用範囲はあんたの自宅だけじゃない。当然、勤め先のデータ開示にも及ぶ。それでも、あんたはカネに困ったことがなかったと押し通せるかね」

赤塚の顔に再び恐慌《きょうこう》の色が表れる。そして弁解なのか反駁《はんばく》なのか口を開きかけた瞬間、捜査員の一人が駆け寄って渡瀬に耳打ちをした。

「赤塚さん、喜べ。あんたに朗報だ。損害賠償や慰謝料請求の訴えをせずに済むぞ」

「えっ」

「地下駐車場に駐めてあったあんたのクルマも調べさせてもらった。業者に依頼したんじゃ痕跡が残るから内部の清掃も自分でやったんだろうが、どうもわたしはＤＩＹってのに懐疑的でね。たった今、車内のコンソール部分から排気ガスの粒子が採取されたらしい」

赤塚の顎《あご》が、がくんと下がった。

「隈《くま》なくアルコールか何かで拭《ふ》き回ったようだが、手の届かない場所が残ったようだな。人事不省に陥らせてから助手席に座らせ、予め決めておいた現場に直行。排気ガスを外から流し込み、頃合いを見計らってから木に吊るした。単純な手口だが、証拠さえ残さなきゃバレないとでも思ったか」

「で、でも排気ガスが逆流することだってある。マフラーが雪に塞がれた時とか」

「あんたはここ一年、マフラーが塞がれるような豪雪地帯にクルマを走らせたことがあるのか。まあ、それで何とか言い逃れができても、もう一つの残留物についてはそうもいくまい。助手席のシートの奥からは何かの分泌液らしきものが採取された。これが二人の犠牲者どちらかの失禁の跡だったら、今度はあんたが首に縄を掛けられる番だ」

翌日夕刻過ぎ、古手川は真琴とともに再び時枝宅を訪れた。前日に赤塚逮捕のニュースが報道されたせいか、二人はすんなり家に上げてもらえた。

部屋のドアを開けると継男がベッドに腰掛けていた。どうやら二人の再訪を予期していたようで、驚いた様子はない。

「ニュース、見たよ。やっと逮捕してくれたね」

まるで憑《つ》き物の落ちたような柔和《にゆうわ》な顔だった。

「預かったお姉さんのスマホを返しにきた。それから……」

「分かってるよ。俺を逮捕しに来たんだろ」

「……どうしてそう思う」

「この部屋からクルマが見える。ケータイ返しに来るだけなら、覆面パト二台も必要ないし。そのお姉さんを連れてきたのは、親父に対するせめてもの気遣いなんだろ」

嫌なところまで頭の回る子供だ。いや、姉の敵討ちを実行しようとした時点で子供扱いはできないか。

「君が〈コレクター〉だと認めるんだな」

「前に来た時、そこにある端末やら何やらガン見していっただろ。ああ、疑われてるなとは思ったよ」

「警察庁のサイバー犯罪対策課に力を借りて、三月以前も含めた〈コレクター〉の最初の書き込みについて、粘り強くIPアドレスを追っていった。ようやく辿り着いたのが君のアドレスだった」

「へえ。結構な数のサーバーを経由させたから、まず安全だと思ってたんだけどな」

殊勝に項垂れてみせるが、これで終わらせるつもりはない。

「ただ君が〈コレクター〉だとすると腑に落ちない点が一つある。夏帆さんの死体の状況は君が知っていて当然だが、二人目の被害者若宮涼音さんの詳細な情報を何故第三者の君が知っていたのか。考えられるのは、涼音さんの近親者から情報を提供してもらった可能性だ」

その途端、継男の顔色が変わった。

「実はここに来る前、妹の茜ちゃんに会ってきた。彼女のスマホに君とのＬＩＮＥ記録が残っていたよ」

「……彼女、何か言った？」

「今のところはまだ何も言っていない。君へ義理立てしているんだろうな。でもこれだけ証拠が揃っていたら黙っていても同じだ。夏帆さんの死に疑問を抱いてきた君は警察が腰を上げないことに苛立っていた。そこに茜ちゃんが絡んできた。そうなんだろ？」

継男は反抗的な目を取り戻したが、どこか切なさを帯びていた。

「俺が警察の無能さをツイッターでツイートしたら、ずいぶんリツイートがあった。その中で、自分も同じ思いをしたって子がいて……」

「それが茜ちゃんとの接点になったのか」

「ああ」

後は説明するまでもない。二人は自分たちの姉の死に同じ男が関係していることを知ったのだ。

「だったら、あんなややこしい真似をしなくてもよかったんじゃないのか」

「中高生二人が、赤塚が怪しいと訴えて本気になってくれるかよ。俺も茜ちゃんも、通り一遍の捜査しかしてくれなかった警察が信用できなかったんだ。あんなに曲がったことの嫌いな姉ちゃんをだまくらかした赤塚だから、警察だって簡単に騙せそうだった。でも、正体不明の誰かが二人の死には疑問がある、何故もっと調べないのかと書き込みを続けたら捜査の見直しくらいは考えてくれると思った」

それで〈コレクター〉なる怪人を創作したという訳か。

県警本部を散々翻弄《ほんろう》した犯人が、捕まえてみれば中学生とは――古手川は明日の新聞紙面を想像してげんなりする。顔を見合わせた真琴も困惑の表情なので、おそらく同じことを考えているに違いない。

だがたとえ結末が羊頭狗肉《ようとうくにく》になろうとも、これで〈コレクター〉の事件はやっと終結するのだ。

「これから一緒に来てもらわなきゃならない」

「あのさ……今更だけど、罪は重いのかな」

「さあな、威力業務妨害か偽計業務妨害か。〈コレクター〉のせいで県警本部および浦和医大法医学教室の機能が一時麻痺状態になったのは確かだからな。いくら中学生でも全くのお咎めなしとはいかんだろ。さあ」

古手川の声で、継男は大儀そうに腰を上げる。

「たったあれだけの書き込みで捕まるのかよ」

継男の放った捨て台詞が、不思議に耳に残った。

六　暴く

1

古手川が警察本部の廊下を歩いていると、向こうから知った顔が近づいてきた。

「あ、古手川くんだ」

こちらに気づいた姫川雪絵《ひめかわゆきえ》は目を輝かせて駆《か》け寄ってきた。

「ひっさしぶりねえ。元気してた？」

挨拶《あいさつ》と同時に肩を叩《たた》かれたが、あまりの強さに体勢を崩《くず》した。ばしん、という音が廊下中に響き渡ったような気がした。

「……姫川よ。いくら野郎相手でも、もう少し女らしい挨拶しろって、何度も忠告したよな」

「あはははは、ごめんごめん。でも古手川くん、ずっと渡瀬班長の下にいるんでしょ。だったら多少荒っぽい方がいつものリズムに合うんじゃないかと」

「四六時中あんな扱いを受けて楽しいと思うか」

「あらあ。辛《つら》くてもつまらなくはないでしょ。捜一に配属されてから、落ち込んだ日はないって言ってたじゃない」

「落ち込んだ日がないんじゃなくて、落ち込んでるヒマがないんだよっ」

「それはちょっと羨《うらや》ましかったりするな。何ならわたしと交代してみる？」

「俺にチョーク持たせようってのかよ」

「駐車違反の言い訳聞くのは退屈だけどさ、速度違反のクルマ追い掛けるのは、そこそこスリルあるよ」

「人殺し追っている方がスリルあるぞ」

「まあ、それもそうか」

雪絵はけたけたと笑ってみせる。だがその笑い方に古手川は違和感を覚えた。

古手川と同じ年度に県警本部へ赴任してきた同期ということもあったが、雪絵とは妙にウマが合った。捜査一課と交通課、配属された部署は違えど上司に対する不平不満は似たようなものだから、酒の席では男女の隔《へだ》ても忘れて愚痴《ぐち》り合ったのだ。

元より男勝りで、話していても異性という気が全くしない。腕っぷしも強く、県警本部主催の柔道大会で対戦した時など有効勝ちをさらわれた。部署が違うからこそ、会えば自由に近況を報告し合える仲だった。

「でも捜一も少しは落ち着いたんじゃないの。例の〈コレクター〉とかいう愉快犯、逮捕したんでしょ」

「ああ。一応は」

「一応って、どういうことよ」

「まだ本人が全てを自供した訳じゃないからな」

「ああ、そうか。犯人、中学生だったんだよね。逮捕されて泡食って、証言の辻褄《つじつま》が合わないか」

「いや。泡食うどころか落ち着いたもんさ。自分の歳が歳だから、大した罪にはならないと思っているのかね。受け答えも澱《よど》みがない」

「それなら」

「証言内容が一部食い違っている」

「少しでも自分の罪を軽くしようとしているんじゃないの」

「そういう子供に見えない」

古手川は喋《しゃべ》りながら時枝継男の顔を思い浮かべる。大人に逆らうのが自分の仕事と心得ているような子供だが、亡くなった姉への思慕《しぼ》が時折見え隠れする。虚勢を張れても、心情を隠せるタイプではない。古手川の見る限り、小出しに白状するような了見は持っていなさそうだった。

古手川が感想めいたことを呟《つぶや》くと、雪絵は合点《がてん》したように頷いた。

「まあ、あんたがそう思うのならそうかもね。あんた、女心とかからっきしなのに、中坊の心理とかは的確に読むから。きっと精神年齢が近いからだよね」

「お前な」

「だって法医学教室の彼女だっけ。まだデート一つしたことないんでしょ」

思わず噎《む》せた。

「そんな話、誰から聞いた！」

「あー、やっぱり知らぬは本人だけか。あのさ、死臭渦巻《うずま》く法医学教室に若くて可愛い娘《こ》が紛《まぎ》れ込んでたら、そりゃあ目立つよ。で、その娘を見掛ける時は大抵捜査一課の直情径行野郎《じょうけいこう》が一緒なんだから、そういう噂《うわさ》も立って当然」

「それは仕事で仕方なくだな」

「判で押したような言い訳する前にポーカー・フェイス覚えなさいって。ホント、笑えるくらい腹芸とか駆け引きに疎《うと》いんだから。少しは渡瀬班長見習いなさいよ。世間が辛くなるわよ」

「あれを見習ったら見習ったで、世間が狭くなる気がする」

「あんた、未だに上司と腹の探り合いしてるの？　いいわねえ、緊張感の途切れない職場環境で」

「お前の方はどうなんだよ」

「えっ」

「人のこと言う暇があったら、自分の方こそ相手を作れ。警官なんて拘束時間長いから、今のうちに見つけておかないと三十越えてからヤバイって話だぞ」

「今のはセクハラ発言だ」

「男ならよくて、女相手はダメなのかよ」

「セクハラというのは、そういうものなのよ。よおっく憶《おぼ》えときなさい」

雪絵は啖呵《たんか》を切ったものの、その直後に口を押さえて俯《うつむ》いた。

「どうした」

「……最近、調子悪くて……ちょい下痢《げり》気味だし」

違和感の正体はこれか。

声にはいつもの勢いがなく、憎まれ口は精彩を欠いている。顔色も悪い。

「更年期障害か」

「あのね、いくら相手が二十代女子でも、それセクハラだから。気をつけなよ。笑って聞き逃すの、わたしくらいのもんだから」

「ああ。お前も心ないひと言で野郎どもの純情を傷つけないように気をつけろ」

立ち去る雪絵の後ろ姿には、やはり疲労の色が見える。交通課の仕事も古手川の想像以上に激務なのかも知れない。

今度また呑《の》みに誘ってみるか——そんなことを考えながら取調室に向かっていると、エレベーター付近で今度は別の顔見知りに出くわした。

「ああ、古手川くん。お疲れさん」

鷲見は深刻そうな顔で古手川を見る。もっともこの検視官はいつもこんな顔をしているので、表情から感情を読み取るのが難しい。

「相変わらず捜一は忙しいな」

「刑事部屋に行ってきたンすか」

「検視報告書の一部に説明を要する部分があってね。ああ、そう言えば〈コレクター〉を捕まえたそうじゃないか」

「検視官も興味ありですか」

「もちろんだ。彼のせいで埼玉県警はずいぶん引っ掻《か》き回されたからな。ただの事故案件を無理に捜査させられたり、解剖に回されたり、通常とは違うモードで苦しめられただろう」

「未だに後遺症に悩まされてますよ」

それは古手川個人というよりも捜査一課全体の実感だった。所轄署よりは多少恵まれているが、県警本部とて人員や予算には限りがある。本来であれば単純な事故や自殺で処理できる案件を〈コレクター〉の書き込みがあるというだけで、捜査員は右往左往させられ、浦和医大法医学教室をはじめとして司法解剖を請け負《う お》ってくれている各大学もフル稼働させられる羽目に陥《おちい》った。まだ年度末には相当の日数が残っているというのに、解剖に回す予算は枯渇《こかつ》し、解剖に携《たずさ》わるチームにも疲労の色が濃くなっているのが現状だ。

「しかし犯人が中学生だったのは意外だったな。メールの発信元を巧みにカモフラージュさせているというから、てっきり成人した愉快犯の仕業だと思っていたんだが」

「今日びの中学生は侮《あなど》れませんよ。何しろデジタルネイティヴの世代ですから。USBメモリー咥《くわ》えて生まれてきたようなヤツらですよ」

「海外サーバーを経由させるくらいはお手のもの、か。大変だな、アナログ世代が陣頭指揮を執《と》っている捜査一課も」

今回の犯人に興味があると言いながら、どこか鷲見の口調は他人事《ひとごと》のようだ。

よくよく考えればそれも道理で、捜査一課の刑事たちや法医学教室の面々は〈コレクター〉に引き摺《ず》り回されたが、鷲見たち検視官は〈コレクター〉が絡《から》んでいようがいまいが、全ての異状死体の検視に立ち会っているのだから従前と仕事量が変化している訳ではない。〈コレクター〉が跋扈《ばっこ》し始める三月以前から通常運転を続けていた訳であり、従って古手川や真琴たちのように疲弊してもいない。

「それにしても中学生とはな。ウチの長男も同じくらいだからあまり他人事とは思えなくてね」

　そこが他人事でない部分か。そう言えば同僚や上司を家庭人として見たことはあまりない。

「まさか、検視官の長男も〈コレクター〉みたいなことをする可能性があるんですか」

「子供の躾《しつけ》やら教育やらは女房に依存しているものでね。息子の全てを把握しているのかと訊かれたら返事に窮《きゅう》する。その犯人の中学生に思想的な背景とか、犯行に走らせる確固とした動機があったのか」

「現在、取調べ中なんですけれど、妙な思想や中二病に罹《かか》っているような雰囲気はありませんよ。どこにでもいるようなクソ生意気なガキです」

「そういう少年が県警本部を攪乱《かくらん》させる知能犯になってしまうのが、現代の病理だ。そうは思わないか」

　鷲見は何やら深刻そうに語りかけるが、それこそ古手川にとっては他人事だ。現代の病理などにかかずらっている暇はない。今はとにかく〈コレクター〉の供述調書を作成しなければならない。

「今から、その現代の病理とやらの事情聴取ですよ」

「ああ、そうだったか。邪魔をして悪かったな」

すぐに頭を下げたところをみると、当事者意識は希薄であっても、真っ当な職業人ではあるらしい。古手川は一礼すると、そのまま取調室へと向かった。

逮捕された時から〈コレクター〉こと時枝継男の態度に変化は見られない。傲慢《ごうまん》さも卑屈さもなく、ただこの年代の男子特有の拗《す》ねたような目で古手川を睨《にら》みつけるだけだ。

「さて、始めるとするか」

古手川が挨拶代わりにそう告げると、早速継男が咬《か》みついた。

「何度訊かれたって答えは変わらないよ」

「それはどうかな。すぐには思い出せない記憶が、時間の経過とともに甦《よみがえ》るのはよくあることでね。同じ質問を何度もするのはそのためだ」

「非効率だと思わない？」

「人間ってのはそもそも非効率なもんだろ」

「面倒臭いな」

「姉貴の仇討《かたきう》ちしようとした君もその一人だ。自覚しろ」

「自覚しているから、ちゃんと喋ったんじゃないか」

「しかし全部じゃない。君が言及しているのは姉貴の時枝夏帆と若宮涼音の件だけで、後の百五十三件の書き込みについてはずっと知らぬ存ぜぬを通している」

「だってホントに知らないんだって。俺のパソコン、寄ってたかって調べたんだろ」

継男の指摘には頷くしかない。彼の身柄を確保した後、鑑識は押収したパソコンの中身を徹底的に解析したが、結果は捗々《はかばか》しくなかった。継男が海外のサーバーを経由して県警のホームページにアクセスした痕跡は二件しか認められなかったのだ。

もっとも鑑識課の一人はこんなことも言っていたらしい。

『これだけの知識と能力があるのなら、県警のホームページにアクセスした痕跡さえ消去してしまえるのではないか』

技術的には不可能ではないということなので、捜査一課もその線を疑っていたが、取調べ担当を命じられた古手川には疑問が残っていた。

死体に関する情報の詳細についてだ。

「姉貴の遺体がどんな具合だったのかは、親族である君なら当然分かる。若宮涼音の死体についても、これは妹の茜ちゃんから詳細を聞けば解決する。しかし他の案件については
どうやって情報を取得したんだ」

〈コレクター〉による書き込みには共通点がある。死体発見の日時と、その死体の損壊状態だ。謀殺《ぼうさつ》であったとしたなら犯人でなくては分かり得ない情報。だからこそ捜査本部の面々は〈コレクター〉の書き込みがある度に再捜査へ駆り出されたのだ。

「だから、そんなの知らないって言ってるだろ。俺はただ、姉ちゃんの仇を取りたくて、

警察の目を赤塚の方に向けたかっただけだ。茜ちゃんに協力してもらったのも、彼女の姉貴が同じ男に騙《だま》されているのが分かったからだ。それなのに、どうして他の自殺や事故にちょっかい入れる必要があるんだよ」

「必要のない揉《も》め事を起こして悦《えつ》に入るのが愉快犯だからだ。捜査本部の中でそういう意見は少なくない」

「馬っ鹿じゃねえの。そんなことしたって自分には一文の得にもならないし、やってることは善悪の分からない三歳児の悪戯と一緒じゃないか」

「ああ、その通りだ。その一文の得にもならない三歳児の悪戯を、君よりひと回りもふた回りも年上の社会不適合者どもが嬉々として行っている。それが世界の現実だ」

継男は一瞬、驚いたように目を瞠《みは》ったが、すぐに不満顔になる。

「俺、そういうのと一緒にされてる訳？　姉ちゃんの無念を晴らしたいって結構切実な思いだったんだけど、そんな中二病拗《こじ》らせたようなヤツらと同じ扱いかよ。やってられねえっつうのっ」

中学生から中二病と罵《ののし》られるのは、いったいどんな気分だろうと想像してみる。

「今、『捜査本部の中でそういう意見は少なくない』って言ったよな」

「ああ、言った」

「古手川さんはどう思っているのさ」

捜査員の個人的見解を容疑者本人に告げるなど、およそ褒《ほ》められたことではない。こちらの捜査方針を本人に伝えるようなものだからだ。

それでも目の前に座る継男を見ていると、刑事という立場を忘れて肩入れしたくなってくる。

「自宅で逮捕された時、君が言ったことを憶《おぼ》えているか。『たったあれだけの書き込みで捕まるのかよ』。あれが引っ掛かっている」

「あれは本音だよ。俺が書き込んだのはたったの二件だけど、その程度で県警本部が俺を逮捕するなんてギャグだとしか思えなかったものな」

逮捕の際、不意に口をついて出た言葉がまやかしだとは思えなかった。そして、時枝夏帆と若宮涼音以外の捜査情報を、継男が把握していたという確証はどこにもない。あるのは、余罪を追及すればいずれは吐くだろうという、捜査本部の思惑だけだ。現に栗栖課長がそうこぼした時、隣にいた渡瀬は聞こえよがしに「まあ、それが一番安心できる結論ですからな」などと毒づいてみせたくらいだから、少なくともあの上司は捜査本部の希望的観測など一顧《いっこ》だにしていない。

そうだ。〈コレクター〉による一連の書き込みが全て継男の仕業だというのは、あくまでも捜査本部の希望的観測に過ぎない。ここ数カ月、〈コレクター〉によって散々掻き回された憤懣《ふんまん》と疲弊が、捜査本部を安直な解決へ導こうとしているのだ。

こんな時でも、いや、こんな時だからこそ、古手川が取調べに入る前に渡瀬はこんなことを言ってきた。

『いいか。真っ当な取調べをしたいのなら、出来の悪い記者みたいに結論ありきでモノを考えるな。都合よさげな話に引き摺《まど》られるな。何かに都合のいい話ってのは、別の何かに都合が悪くできている。思惑に惑わされるな。事実と論理だけで考えろ』

相変わらず禅問答《ぜんもんどう》じみた口説だったが、事実と論理だけで考えろという言葉だけは不思議に腑《ふ》に落ちた。それこそは浦和医大法医学教室で体験したことだったからだ。

体表面の状態に惑わされず、身体を切り開き、臓器の損壊を確認して論理的に死因を究明する――それは現代の科学捜査が提唱している精神そのものだった。

「第一さ、古手川さん。姉ちゃんと茜ちゃんの姉貴はともかく、それ以外の事故の捜査情報、俺がどうやって知るんだよ」

それは古手川自身が捜査会議の席上で疑問点として挙げたことだ。だが、栗栖課長の回答は至極あっさりとしたものだった。

「あれだけの技術があるなら、県警本部のホストコンピュータにハッキングするのも可能じゃないのか」

栗栖の言葉をそのまま告げると、継男は心底呆《あき》れ果てたという顔をした。

「それ、本気で言ってんの？　あのさ、複数のサーバー経由してＩＰアドレス辿《たど》れなくするのと、セキュリティがちがちの官公庁のホストにハッキングするのとでは全然レベル違うんだよ。警察はそんなことも分からないのかよ」

理解している者もいるだろうが、判断を下す立場の人間の中にはいないだろうな——これは普段から肌で感じていることだが、もちろん継男の前では口にしない。

「一事が万事さ。コンピュータ犯罪に手を染める人間は日々修練して、自分の腕を磨《みが》いている。何故なら彼らは定職にも就《つ》かないような穀潰《ごくつぶ》しで、修練に費《つい》やす時間が無尽蔵《むじんぞう》にあるから」

「……それ、誰の意見？」

「さあな。世間に流布《るふ》している一般論というか、ハッカーについてのイメージだろう」

「いったい何年前の話してんだか。あのさ、今のハッカーってそういうんじゃないから！企業や、下手したら国家からヘッド・ハンティングされるんだから！」

半《なか》ば訴えるように言ってから、継男はまたぞろ不機嫌な表情に戻る。

「逮捕されて損した」

「うん？」

「警察がこんな世間知らずばっかりだと知ってたら、みすみす逮捕されることなかったな」

栗栖課長あたりに聞かせてやりたい言葉だと思った。

「正直に話したら信じてくれると思ってたのによ」

「そいつは悪かったな。しかし姉貴のためとは言え、県警本部の連中を慌てさせたのは事実だ。しばらくは罰だと思って天を恨《うら》め」

「しばらくは？」

「君のクラスは馬鹿ばっかりか」

「いきなり何だよ……いや、馬鹿もいるけど一部だけ」

「警察というのもこれはこれで大きい組織でな。埼玉県警だけでも一万一千人以上の警察官がいる。一万一千人だぞ。そりゃあ中には世間知らずもいるだろうが、そうじゃない警察官もいる」

古手川は継男に目線を合わせ、説き伏せるように言う。

「心配するな。ウチの本部にはな、思い込み捜査と自己保身と冤罪《えんざい》が何より嫌いなザ・昭和な刑事がいるんだ」

「で、そういう啖呵《たんか》切ってきたんだ？　捜査本部の疑惑を晴らすネタもないのに」

古手川の話を聞いていた真琴は、呆れた様子で腕を組んだ。

「何で根拠もないのに、そんなぬか喜びさせるんですか」

「根拠はないけど、自信はある」

「それはどんな自信ですか」

「少なくともガキの嘘くらいは見分けがつく。中坊にやってもいない罪を認めさせるような真似はしない」

「だからって、どうして古手川さんが法医学教室に来なきゃいけないんですか」

「ヒントが欲しい」

「えっ」

「俺は継男の供述が正しいと思っている。そう仮定すると若宮涼音の事件より後は二人目の〈コレクター〉が書き込みをしていたことになる。つまり模倣犯《もほうはん》だ。ところが、この模倣犯は管内で発生した異状死体について詳細を知っていた。逆に言えば、死体の状態を知っていた関係者の中に二人目の〈コレクター〉が潜《ひそ》んでいることになる」

「古手川刑事」

今まで二人のやり取りを聞いていたキャシーが割って入る。

「それはつまり、県警の関係者を疑っているという意味ですか」

「可能性は捨て切れません。ただ、こういう話を県警の庁舎内では大っぴらに話せないでしょう」

「それについて、古手川刑事のボスは何と言っているのですか」

「えらく基本的なことを言われましたよ」

古手川が唇を尖《とが》らすと、正面に立っていた真琴がにやにやとそれを見ていた。

「可能性はともかく、今度の一連の事件で誰が一番得をしたのか考えろ、と」

「至言です」

「それで考えてみました。〈コレクター〉が書き込みを始めたために発生したことは何か。それによって利益を得た者は誰か。すぐに思いつくのは解剖の数が激増したことです。解剖の数が増えるということは、当然……」

真琴が古手川の声を途中で遮《さえぎ》った。

「古手川さん。あなた、まさか法医学教室の関係者を疑ってるんですか」

「何も真琴先生たちを疑っているんじゃないよ。県警が解剖要請かけるのは浦和医大だけじゃないしさ」

「事情はどこの医大も似たようなものですよ。完全なボランティアとまでは言いませんけど、解剖一件あたり、どれだけの赤字になるか、古手川さんも知ってますよね？　解剖が増えれば増えるほど大学の予算を圧迫するんですよ。そもそも警察が充分な予算を捻出《ねんしゅつ》してくれればわたしたちだって」

話が妙な方向に飛び火しそうだ。古手川は慌《あわ》てて軌道修正を試みる。

「だから、ヒントが欲しくてここに来たんだよ。司法解剖が増えて、誰が得をしたのか。真琴先生たちなら何か心当たりがあるかと思ってさ。確かにどこの医大も懐《ふところ》事情は似たようなものかも知れないけれど、それでも解剖実績が増えることで有形無形の利益を得るところがあるんじゃないのか」

古手川が問い掛けても、真琴とキャシーは互いに顔を見合わせるばかりで有用な話は聞けそうにない。

この二人に質問して空振りなら、あとは光崎に同じ質問をするしかない。だが質問したところで、いつもの口調で一喝《いっかつ》されるのは分かり切っている。

さあ、どう切り出したものか。

古手川はあれこれと問答を想定し始めたが、結局その機会は後回しになった。翌々日になって、埼玉県警の警察官が自殺するという事件が発生したからだ。

午前七時四十分。県警本部の近くに建てられた独身寮の屋上から身を投げたのは、交通課に勤務する姫川雪絵巡査部長だった。

2

渡瀬から第一報を知らされた時、古手川は一瞬何の冗談かと思った。

「姫川が飛び降り自殺？　まさか嘘でしょう。俺、一昨日本部の廊下でばったり出くわしたんですよ。その時はそんな素振り、これっぽっちも」

「俺がこのテの嘘を吐いて面白がると思うか」

独身寮は県警本部から目と鼻の先だ。古手川は取るものも取りあえず、現場に急行する。

埼玉県警の寮は県内四十カ所にあり、雪絵が住んでいたのは女子寮だった。本部の近くにありながら古手川が一度も敷地内に足を踏み入れたことがないのは、そういう理由からだ。

雪絵が墜落《ついらく》したであろう場所は遠くからでも一目瞭然だった。既にブルーシートでテントが作られている。

先に到着していた捜査員は、いずれも渋面だった。それも当然かも知れない。目の前に横たわっている死体は自分と同じ警官なのだ。

ブルーシートのテントを潜《くぐ》ると、すぐに凄惨な光景が目に飛び込んできた。アスファルトの上には血の池が広がっている。アスファルトは血を吸収しないため流出量が多めに映るが、それを差し引いてもかなりの出血だ。

雪絵の身体は裸に剝《む》かれた状態でシートの上に寝かされていた。

「さすがに到着が早いですね」

こちらに振り向いたのは降谷《ふるや》検視官だった。腰が低く丁寧な物言い、検視官としてのキャリアも十年を超える。古手川たち捜査一課の人間が全幅の信頼を置く検視官の一人だった。

合掌《がっしょう》するのももどかしく、古手川は死体に駆け寄る。

夢でも誤情報でもない。シートの上に横たわっているのは紛《まぎ》れもなく雪絵だった。

発見されて間もないため、肌にはまだ赤みが残っている。だが頭部の損傷具合は如何《いかん》とも し難《がた》かった。後頭部から側頭部にかけて柘榴《ざくろ》のような亀裂が見える。脳漿《のうしょう》もかなり溢《あふ》れ出ている。

古手川はしばらくその死に顔を凝視《ぎょうし》した後、改めて手を合わせた。

平常心はどこかに吹き飛んでいた。代わりに浮かんできたのは、一昨日に見た雪絵の笑顔だ。

あんな風に話し、あんな風に笑っていた気の置けない同期が、今は無残な骸《むくろ》となっている。親しい人間の死には何度か立ち会ってきたが、未だにこの衝撃には慣れない。胸にぽっかり穴が開くとはよく言ったもので、この喪失感を補えるものはそうそうないだろう。

今こうしている間にも雪絵の身体からはどんどん体温が抜けている。死に顔を見ているこちらまで体温が低くなる気がした。

「……降谷さん。死因は何ですか」

「見ての通り、頭蓋骨骨折による脳挫傷《のうざしょう》です。外傷は他に見当たりません。八階屋上からほぼ垂直落下。自分の頭部を衝撃から護ろうとした形跡もなし。覚悟の自殺ですよ」

「たとえば意識を失ってから突き落とされた可能性はありませんか」

降谷は困ったように頭を掻くと、古手川を手招きしてテントの外へ連れ出した。じりじりと陽光が照りつける中、降谷は血溜まりの真上、宿舎の屋上を指差す。

屋上には転落防止用の金網が四方に張り巡らせてあった。

「見ての通りです。あの金網の高さ、二メートル以上はあるでしょうね。たとえ女性の肉体であっても、担いで金網を乗り越えるのは困難ですよ。第一、本人が自発的に飛び降りるのを目撃した者がいます」

「誰ですか」

「それは他の人に確かめてください」

古手川は慌しく宿舎に出入りする捜査員の中から、同じ渡瀬班の菅田《すがた》を捕まえる。

「古手川。お前も来たのか。ああ、そう言えば姫川雪絵とは同期だったな」

「自殺というのは間違いありませんか」

「本人が金網をよじ登って乗り越え、そのまま落下するところを、出勤途中の署員が目撃している。金網の内側には本人直筆の遺書もあった」

そう続けた後、菅田はその喋り方に気遣いがないのを後悔するような顔になった。

「遺書、見るか。ついさっき鑑識に渡したばかりだけど」

「お願いします」

菅田に教えられ、雪絵が居住していたという五〇四号室に移動する。当該の部屋は既にドアが開き、鑑識や捜査員たちが激しく出入りしている。

部屋の中を覗いて意外な感に打たれる。男勝《まさ》りな雪絵だったが、リビングの調度は二十代女子そのものだった。キャラクターものの縫《ぬ》いぐるみには更に驚かされた。同僚の秘密を覗き見るような罪悪感と意外さで、日頃の図々《ずうずう》しさが影を潜める。

ただし部屋から受ける印象は本人と同様、明朗で温和なものだった。私情を押し殺し努めて冷静に観察したが、どこにも死の気配は感じられない。

「おう。遺書、借りてきたぞ」

菅田の声に振り返ると、ポリ袋に入った紙片を突き出された。

「面倒かけてすいません」

紙片は薄い花柄模様が入った便箋《びんせん》だった。

『皆さまへ
愛してはいけない人を愛してしまいました。これはその罰なのだと思います。今まで親切にしていただき、ありがとうございました。そのご恩に報いられないのが、本当に申し訳ないです。

ごめんなさい。

姫川雪絵』

ごめんなさい。

細くて頼りなげな字体だった。

「これは警察関係者に向けてのものらしい。両親に対しては別の遺書が並べてあった。その横には揃《そろ》えたパンプス。絵に描いたような自殺さ。パンプス履きのままじゃあ、金網も登りにくいだろうしな」

「本人の筆跡ですか」

「交通課の文書類に本人の直筆が残っていたんで、今筆跡鑑定してもらってる。ただ、素人目で見ても十中八九本人のものらしいな」

「確かにインクで書かれたものなんですか」

「キッチンのテーブルにペンが置いてあってな。どうやらそいつで認《したた》めたらしい。印刷じゃない」

古手川は再度文面に目を落とす。

愛してはいけない人を愛した。字面のまま受け取れば、不倫の上での自死ということになる。

不倫だと。

またもや古手川の中で、快活だった雪絵の面影《おもかげ》と遺書の文章が重なり合う。醸《かも》し出されるのはどうしようもない違和感だ。もし遺書が本物なら、自分の人を見る目はとんでもなく節穴だったことになる。

いや、そもそも女心というものが男には到底理解できないものなのか。

まるで他人の足を動かすようにして屋上へと向かう。ここでも捜査員と鑑識の人間が絶えず動き回っている。

道路側の金網の真下には、パンプスが置いてあったらしき位置がチョークで記されている。パンプス本体も鑑識が持っていった後だろう。

改めて金網を見上げると確かに高い。転落防止用と言ってしまえばそれまでだが、なるほどこれなら余程の覚悟がない限り向こう側まで乗り越えようとは思わない。景色につられてふらふらと飛び降りるようなロケーションではない。

捜査員たちが自分の仕事をこなしている中、古手川は孤独感に襲われる。突如、日常に虚無が開き、身体ごと吸い込まれそうな恐怖が纏《まと》わりつく。

捜査一課に配属されて間もなく、担当した事件に絡《から》んで小学生の男の子と知り合った。何となくウマが合い、彼の家で夕食をともにしたり、喧嘩《けんか》の加勢をしたりするようになった。古手川に兄弟がいなかったせいか、本当の弟にさえ思えた。

ところがその少年が次の事件の被害者となった。死体は惨《むご》たらしい有様で、およそ人間に対して敬意の欠片《かけら》も感じられない状態だった。あの時、間違いなく古手川の一部は壊れていたはずだ。

『被害者の無念を晴らせ。ただし過剰に肩入れするな。感情に走ると見えるものも見えなくなる』

いつだったか渡瀬から言われた言葉だ。少年の事件以降、ともすれば暴走しがちな自分を諫《いさ》める度に思い出していた。思い出すと、不思議に冷静さを取り戻すことができた。

だが効果のない場合もある。今がちょうどそうだ。

気心の知れた者の死はこんなにも虚《うつ》ろなのか。

笑い合った者の死はこんなにも精神を脆弱《ぜいじゃく》にさせるのか。

古手川はしばらくその場に佇《たたず》んでいた。

県警本部に戻ると、早くも雪絵に関する情報が集まり出していた。課が違うとはいえ身内の事件だ。捜査員たちの動きがいつにも増して疾《はや》い。

自室から掻き集めた私物、文書類、指紋、毛髪、そして職場に残されたものが証拠物件としてずらりと並ぶ。それをひやりとした目で見下ろしているのが渡瀬だった。

「自殺であるのは間違いなし、か」

誰に言うともない言葉だったのかも知れないが、古手川には聞き捨てならなかった。

「班長にしては早めに結論を出すんですね」

「ああ?」

「証拠物件だけで決めちまうんですか。家族関係とか、交友関係とか、目撃者に詰めた質問するとかしないんですか」

渡瀬は半眼のまま古手川を睨《にら》み据《す》える。初見の人間には恫喝《どうかつ》しているようにしか見えないが実はこれが通常モードで、相手の真意を探っているに過ぎない。

案の定、渡瀬はこちらを殴《なぐ》りかねないような顔を向けてきた。

「最近治まったと思っていたら、また悪い癖が出たか」

「俺は別に」

「姫川巡査部長が飛び降りる瞬間を目撃したのは一人じゃない。県警本部に急ぐ三人が同時にその現場を目視している。ついでに言っておくが、全員採用試験に合格する程度の視力の持主で、何べんも事故や犯罪の現場を見てきたベテランだ。咄嗟《とっさ》の出来事であったにしても証言に錯誤が生じた可能性は少ない。目撃した時刻、姫川巡査部長の着衣・行動、その後の周囲の反応、三人の証言は全て一致している。金網からは本人の足の指紋も検出されている。誰かに運ばれた訳でも、突き落とされた訳でもない。本人が自分の意思で金網をよじ登ったんだ」

古手川の注目を促すように、今度は並べられた証拠物件を指差す。

「遺書は本人の直筆だと鑑識は断定している。加えて交通課の同僚から事情聴取したが、彼女が職場環境で特に悩みを抱いていた事実は浮かばなかった。遺書が仄《ほの》めかしていた不倫の末の自殺を否定する材料は何もない」

「両親に宛《あ》てた遺書には何が書かれていたんですか」

「職場の人間に宛てたものと大差ない。愛してはいけない人を愛してしまった。自分の死はそれが原因だ……後は詫《わ》びの言葉がもっと長く、切々と綴《つづ》られている。お前の下卑《げび》た好奇心が満足するなら見せてやるぞ」

「いや……それはいいです」

「何が不満だ」

「姫川とはよく愚痴をこぼし合った同期で……そいつが不倫ていうのが、どうにも納得できなくて」

「本人の昨日の行動で、その裏の一部が取れた」

「昨日の行動？」

「彼女は昨日公休を取っている。もっとも前日になって急に申請したらしい。日頃はそういう休み方をしない人間だったから課長も不審に思ったそうだ。そんな人間が予定外の公休使ってどこに行っていたのか。その答えがこれだ」

ごつい指が本人の所持品の一つを指す。

「診察券……婦人科？」

「病院に照会したら一発だ。姫川巡査部長はそこで堕胎《だたい》手術を受けている。手術の終了が午後五時。彼女は二時間ほどベッドで休憩してから寮に帰宅した。それが午後七時半過ぎ。病院と寮の距離を考慮すると、途中でどこかに立ち寄ったようには思えん」

一昨日顔を合わせた際、どこか雪絵の様子に違和感を覚えたのは、その時既に堕胎を考えていたからなのか――古手川はますます自分が観察力皆無の人間のように思えて仕方なかった。

「でも、それだけで……」

「道ならぬ恋愛だったから堕胎した。確かにそれだけで自殺の動機にするのは根拠が薄弱だろうな。だが堕胎の理由は別の倫理的理由だ。いや倫理的というよりは生物学的と言うべきかな。彼女の子宮で息づいていたのは、不運にも奇形児だった」

返す言葉がなかった。

「十五週目だったから経腹エコーで判明した。もちろんエコーで100パーセント判明するものでもないが、この胎児の場合は別だ。エコー画像でも丸分かり、何せ頭が半分欠けていた」

「あ、頭が？」

「無脳症というヤツだ。本人の希望で医師が堕胎してみると果たしてそうだった。大脳のほとんどが欠落しているから、そのまま生まれても生存率は著《いちじる》しく低い。不倫相手の子供を身籠《みご》った彼女を自殺に追い込むには充分な理由だと思わないか。愚痴をこぼし合った仲なら、本人の性格の一端くらいは知っているだろう。姫川巡査部長は責任感の強い、時には自責の念が強過ぎる人間じゃなかったのか」

渡瀬のひと言ひと言が槍となって胸に突き刺さる。自責の念の強さと言われればまさしくその通りで、後輩のミスや交通課の失態を我がことのように思い悩むきらいがあった。普段の豪快さはその弱さを自己否定する合わせ鏡のようなものだった。そんな女が健康ではない胎児を孕《はら》んでいたと知ったら、我が身を呪うような絶望に襲われても当然だろう。

「実際、エコーの映像を見せられた本人はその場で狂ったように泣き叫んだそうだ。そして手術が終わった後は、幽霊みたいな顔をして病院から出ていった」

「……もう、結構です。充分過ぎるくらい納得しました」

これだけ証拠が揃《そろ》っていたら事実を認めない訳にはいかない。過去にもあったことだが、改めてこの上司にわずかな嫌悪と大きな畏怖を抱いた。

「充分過ぎるだと。おい、そんな歳していつから淡泊になった」

「自殺であるのは明白なんでしょう」

「自殺でした、動機はこうでした。それで事件を終わらせちまうつもりか。頼り甲斐《がい》のない同期だな。草葉の陰で彼女が呆れているぞ。たとえば相手の男は誰だったのか、お前、気にならねえか」

渡瀬はにやりと笑ったが、これも知らぬ人間には凄《すご》んだようにしか見えないだろう。

「仕事はここからだぞ」


警察官も人の子であり、女性警官も女であることに変わりはない。従って一般市民と同様に恋愛もすれば、心弱き者と同様に自殺を考えることもある。

だが警察組織の中では、その常識もあまり通用しないようだった。事件発生当日より県警本部内には本部長通達として、事件の詳細について外部に漏洩《ろうえい》させるべからずとの指示が下った。これは文書ではなく各担当部長からの口頭で、という形式だったが、文書として残さない点がより重要性と機密性を強調しているようだった。

捜査一課では栗栖課長がその旨《むね》を伝えたが、居並ぶ捜査員たちの間には早くも白けた空気が広がった。

「女性警官の自殺が、そんなに外聞の悪いことなんですかね」

古手川の言葉はついつい尖《とが》りがちになる。

「課長の言うことを聞いていたら、まるで不祥事扱いだ」

「不祥事なんだよ」

渡瀬は聞いている際、栗栖の顔を見ようともしなかった。

「今度の件は不倫とワンセットだ。週刊誌あたりに嗅《か》ぎつけられたら、痛くもない腹じゃなくて痛い腹を探られるようなもんだからな」

「痛い腹、ですか」

「少し考えりゃ分かる。警察官なんて拘束時間の長い仕事だからな。これは警察や公務員に限らずどんな商売でも似たような話だが、拘束時間が長けりゃ当然知り合う異性は職場関係に限定される」

渡瀬の言わんとしていることが理解できた。

「姫川の不倫相手も警察官てことですか」

「事実はどうあれ、県警上層部はその可能性を危惧《きぐ》している。警察官同士の不倫と自殺が重なりゃあ、マスコミの好餌《こうじ》になるのは間違いない。話が大きくならないうちに捜査を終わらせたいのが本音だろう」

やがて渡瀬の言ったことが現実となった。

その日のうちに姫川巡査部長の死は自殺として処理され、帳場が立つこともなく捜査終了が告げられたからだ。

彼女が所属していた交通課はもちろん、事件を担当した捜査一課からも当然のごとく不満の声が上がる。古手川もそのうちの一人だった。

「堕胎した女の方は自殺で片づけて、孕ませた男の方はお咎《とが》めなしですか」

たった今、捜査終結を宣言したばかりの栗栖に食ってかかる。感情が昂《たか》ぶるあまり、保身や上意下達の原則は頭からすっぽり抜け落ちていた。

「何を血迷っているんだ、君は」

栗栖は一瞬、眉を顰《ひそ》めたがすぐに冷笑を浮かべる。

「検視でも鑑識でも、結果は自殺の事実を覆《くつがえ》すものではなかった。警察としてこれ以上調べることはない」

「相手の男はどうするんですか。押収した姫川のスマホからでも相手を特定できるはずです」

「相手の男性が姫川巡査部長に対してどんな態度を取ったとしても、刑事で追及できることではあるまい。それこそ犬も食わない痴話喧嘩《ちわげんか》みたいなものだ」

嫌味たらたらの言説でも一応理には適《かな》っている。警察の仕事は行為を取り締まることであって、心持ちの善悪を糾弾《きゅうだん》するものではない。

しかし、それでも古手川は自分を抑えることができなかった。

「自殺なら異状死でしょう。少なくとも司法解剖はするべきじゃないんですか」

「まるで聞き分けのない子供だな。異状死全件を解剖できない事情くらい、君だって承知しているはずだ。殊に今回は〈コレクター〉のせいで本来は不要だった案件も解剖に回していたから、既に予算は枯渇《こかつ》している。第一、検視にあたった降谷検視官が司法解剖の必要はないと判断したのだ。一介の刑事に過ぎない君が、その判断に疑義を差し挟《はさ》む余地はない」

これも理に適ってはいる。司法解剖要否の決定権は検視官にある。刑事訴訟法の条文にある通りだ。

「もう首を突っ込むな。これ以上、話をややこしくしてどうする」

語るに落ちるとはこのことだ。現状においても姫川雪絵の死を単なる自殺で片づけるには支障がある。だから沈黙を守れという主旨だ。

理屈も現状も打開策なし。古手川ごときが捜査本部の方針に反旗を翻《ひるがえ》せる根拠もない。加えてトップの決定は絶対だ。

それでも尚、古手川は納得がいかない。このままではいずれ不用意な発言をして、栗栖の逆鱗《げきりん》に触れるのは目に見えている。だが頭で理解していても、身体と口が先に動いてしまうのが自分の身上だ。

やめろ、ともう一人の自分が警告を発したのと口を開きかけたのが同時だった。

「まあ、待ちなさいな、課長」

野太い渡瀬の声で、古手川の言葉は喉元で留まった。

「確かに事件性は希薄だし、降谷検視官が下した判断も妥当でしょう。しかしこの馬鹿の言うことにも一理はある。異状死ならとりあえず解剖するのがスジだという、この一点だけになんだが。もちろん検視官の判断を蔑《ないがし》ろにするつもりはないが、少なくとも建前上はそうなっている」

「いや、しかし渡瀬班長。今も言った通り、県警の司法解剖に充てる予算は底をついている。建前建前と言うが、県警の運営が建前だけでは円滑に機能しないことくらい、あなただって承知しているでしょうに」

「ああ、承知している。同じように無念の残る殺され方をしても、そのタイミング如何《いかん》で真相を暴いてもらえる者と暴いてもらえない者に分かれる。つまりはカネのあるなしで成仏できるかどうかも決まる羽目になるってことだ。解剖の予算配分に関わったヤツらはさぞかし恨まれるだろうな。さて、枕元には何人の浮遊霊が立ち並ぶことか」

するとと栗栖は露骨に嫌そうな顔をした。それも道理で、解剖に関わる予算を申請するのは捜査一課長である栗栖の職務だ。

「縁起でもないことを言わんでください。いずれにしても、この話はこれで終わりです。姫川巡査部長の件は自殺で決着済みです」

「ところがそうじゃないという、偏屈な意見もある」

「渡瀬班長。あなたね、捜査本部を掻き乱すような真似は厳《げん》に慎んでくださいとあれほど……」

「その偏屈な意見ってのは俺じゃない。ちゃんとした専門家の意見だ」

「専門家? まさか」

「そのまさかだ。法医学の権威と謳《うた》われる人物に死体の写真を送ってみたのさ」

古手川の耳がすぐさま反応する。

既にそっちに手を回していたのか。先刻抱いたわずかな嫌悪感はあっという間に帳消しになる。

「回答は迅速且《か》つ明快なものだった。『司法解剖の必要あり』。降谷検視官の判断も重要でしょうが、斯界《しかい》の権威である光崎藤次郎教授の意見をガン無視することもできんでしょう」

光崎の名前を聞くや否《いな》や、栗栖は舌の上に不味《まず》いものをのせたような顔になった。

3

「Oh! アイシー。古手川刑事のボスからいきなり死体の写真が送られてきたのは、そういう事情だったのですね」

法医学教室にやってきた古手川が事情を説明すると、キャシーは生き生きと話し始めた。どうやら事件絡みで解剖を行えるのが殊《こと》の外《ほか》嬉しいらしい。

「県警の予算の都合ということで解剖要請がぱったりとやんでしまい、困り果てていたのですが、やはりウチのボスと古手川刑事のボスはカンテラを照らし合う仲だったのですね」

それは肝胆相照《かんたんあいて》らすの間違いだろうと真琴は思ったが、口にはしなかった。よく考えてみれば、キャシーの誤解もとんでもないような間違いではない。

「それで、ボスの意見で県警の対処は覆ったのですか」

いやそれが、と古手川の反応は思わしくない。

「光崎先生の業績と埼玉県警における貢献度は誰も否定しないんですけどね。上の方はとにかく予算がないの一点張りで」

「マネー、マネー、マネーですか。本当にこの問題についてはＡ種や国境は関係ありませんね。ワタシの学んだ医大でも同様の問題がありました。自治体ごとに予算も異なるので、解剖に回せる案件にやはり差がでてくるのです」

キャシーは肩を竦《すく》めてみせた。

「死因究明は全ての死者に公平に行われなければならないのに、結局は持つ者と持たざる者で格差が生じてしまいます。地獄の沙汰も金次第というのは、こういうことを言うのでしょうね」

この諺《ことわざ》の使い方は合っているような気がする。

真琴は渡瀬から光崎宛てに送られた写真を、再度取り出してみる。

写真は全部で九葉。ブルーシートの上に横たえられた死体の、全体像から各部位までを接写したものだ。日頃から鍛練《たんれん》を繰り返していたためか、贅肉《ぜいにく》がほとんどついていないのが分かる。二十八歳だから自分よりも年上だが、このモデル体型は少し羨《うらや》ましいと思う。脇腹に湿疹のような紅斑があるのも愛嬌《あいきょう》で、生前は色白であったことも容易に想像がつく。これで頭部の夥《おびただ》しい損壊さえなければと悔《く》やまれる。

古手川の話によれば彼女の名前は姫川雪絵。交通課に所属する女性警官で、古手川とはよく愚痴を言い合う仲だったという。

もう物言わなくなった女性が、自分の知らない古手川を知っていた——そう考えた途端、俄《にわか》に敵対心のようなものを覚えたので真琴は面食らった。

どうしてわたしがこの人に対抗しなきゃいけないのよ。

何やら顔面が熱を帯《お》びてきたので、照れ隠しに確認してみた。

「光崎先生はこの九枚の写真だけで司法解剖の必要ありと判断したんですよね。具体的な疑問点には触れてなかったんですか」

「俺が直接聞いた訳じゃないからね。班長の話では、写真をメールで送信した五分後に電話があったそうだ。それもたったひと言、『解剖させせろ』。ウチの班長は光崎先生に全幅の信頼を置いているからそれで通用するんだろうけど、下手すりゃ喧嘩になりかねない」

「互いを知り尽くした者同士にランゲージなど不要なのですよ」

「……キャシー先生。その表現は妙な誤解を招くのでやめてもらえませんかね」

「しかし古手川刑事。県警が司法解剖に消極的だと、死体の処分はいったいどうなるのですか」

「そこは班長の威厳というか、脅しが効いているんですよ。光崎先生からの意見もあるんで、今のところ死体は署で安置しています。折角駆けつけてきたご両親に引き渡せないのは、申し訳ないんですけどね」

「死体はある。大義もある。だけどおカネがない。マネー、マネー、マネー」

珍しくキャシーの言葉に険がこもっていた。

「ワタシのようなガイジンがこんなことを言うのも差し出がましいと思うのですが、ニッポンは世界有数の経済大国なのでしょう？　百兆円に近い国家予算があるのでしょう？　それなのに、一体あたりたかが二十五万円の解剖費用が何故捻出できないのでしょうか。この国の官僚たちは、そんなに死者の権利が小さなものと決めつけているのでしょうか。正直に言って、死者への敬虔《けいけん》さがとても希薄に感じられます」

キャシーの憤慨《ふんがい》はもっともだったので、真琴も古手川も言葉を返せないでいた。

全てのものに公平に、というのは素晴らしい理想だが、社会体制や権益の偏在がそれを許そうとしない。いつでも割を食うのは、収益性が乏《とぼ》しく、声が小さい者たちだ。声を完全に失った死者たちは尚更そうだろう。投票権を失った死者に秋波《しゅうは》を送る政治家などいて堪《たま》るものか。

空気が重苦しくなってきたので、真琴は話題を変えることにした。

「この姫川という女性警官さんには秘密に付き合っていた人がいたんでしょ。それならスマホに通話記録とか残っていたんじゃないですか」

「ああ、きっちり残っていた。頻繁《ひんぱん》じゃないが、三日おきくらいに連絡を取り合っていたみたいだ。だけど相手先は〈彼〉としか登録されていなかった。試しにその番号に掛けてみたんだけど応答は一切ない。捜査本部では、逢い引き用に別の携帯端末を用意していたんじゃないかと踏んでいる」

「どうして、そんなことを。スマホやケータイなんてすごくプライベートなものじゃないですか。なのに、どうして相手の身元を隠すような真似を」

「そこが一般企業と警察官の違いでね。県警本部では時折身体検査が実施されるんだよ」

いきなり中学生時代の単語を持ち出されたので、すぐには意味が把握できない。

「このところ警官の不祥事が連続しただろ。それで月に一度の割合で、職場に違法なものを持ち込んでいないか。逆に職場の備品を持ち出していないか。反社会的勢力と接点を持っていないか。官給品のケータイも自前のスマホもチェック対象になっている。姫川が相手の名前を秘匿《ひとく》したのは、身体検査を警戒したからだと思う。もちろん男の方からそう指示されていた可能性も大きい」

「じゃあ、相手というのは」

「ウチの班長が言っていた。拘束時間の長い仕事は知り合う異性が職場関係に限定されるそうだ。姫川の場合はそれが不倫になっちまったんだけど、相手の名前を隠したことで、その疑いを更に濃くした。相手は職場の人間に面が割れているヤツなんだよ。だから姫川は名前を隠さざるを得なかった」

「その彼が名乗り出るなんてことは……ないか」

「死人に口なしとはよく言ったものさ。しかも死人が折角自分の名前をひた隠しにしてくれているからね。不倫なら当然彼氏は妻帯者。わざわざ家庭の平穏を脅《おびや》かしてまで死者に義理立てするつもりはないんだろう」

宿した生命は歓迎されないまま闇に葬《ほうむ》られ、身を挺《てい》して庇《かば》った相手からは一顧《いっこ》だにされない。

何て悲痛な人生だろうと思った。

真琴に出産経験はないが、それでも妊娠を知った同性の気持ちくらいは想像できる。それはおそらく母性がもたらす共通の原初的記憶だ。

新しい生命、自分の分身に対する愛情は他に比較するものがない。きっと自分の命よりも大事に違いない。この世のあらゆるものを敵に回しても護りたい存在に違いない。

それが、生存が叶わないものだと知らされた時の衝撃と痛みはどれほどのものだろう。

姫川雪絵が病院で狂ったように泣き叫んだという話が胸に迫る。もし自分がその立場だったらと思うと、恐怖と切なさで息をするのも苦しくなる。

すると一方で相手の身勝手さが浮き彫りになってくる。古手川や渡瀬の読み通り警察官だとすれば、雪絵の訃報《ふほう》のみならず堕胎の事実も知っているはずだ。それなのに未だに男は頰《ほお》かむりして口も閉ざしている。

「通話記録からの追跡はどうしても無理なんですか」

「今は飛ばしのケータイも手軽に入手できるからね。相手が素性《すじょう》を隠す気なら、電話番号だけで個人を特定するのはほとんど不可能に近い。それからもう一つ悩ましいのは、降谷検視官が司法解剖の必要なしと判断を下したことだ。いくら光崎先生のひと言があるにしろ、検視官の判断を覆すのは簡単じゃない」

古手川の声が無念そうに聞こえる。この男も同じように考えていると思うと、少しだけ苛立ちが和《やわ》らいだ。

「それより真琴先生。肝心《かんじん》の光崎先生はどうしたんだ。まだ講義中なのかい」

「実はわたしも朝から姿を見掛けないんです」

真琴と古手川はほぼ同時にキャシーの顔を窺うが、この紅毛碧眼《こうもうへきがん》の准教授も困ったように首を振るばかりだった。

「ワタシも真琴と同じで朝から見掛けていません。優秀な人間はいつも多忙です」

「困ったな。今日ここにお邪魔したのは、光崎先生が死体写真から不審に思ったことを直接聞くためだったんだけど」

「ソーリー、古手川刑事。しかし、あのボスはいついかなる時も神出鬼没《しんしゅつきぼつ》なのです。とてもワタシや真琴に管理できる人ではありません」

「いや、それはもう四字熟語使ってくれなくても分かってるんですけどね。お二人はこの九枚の写真で、何か不審に感じたことはありませんか」

キャシーが近寄ってきたので、真琴は頭を寄せて一緒に写真を確認する。だが何度見ても初見の印象が増すだけで、特段変わった点は見当たらない。キャシーも矯《た》めつ眇《すが》めつ見入っているが、やはり異状点は見つけられないらしい。

元より、光崎の指摘自体が腑に落ちない。目撃者の証言と死体の損壊具合は完全に一致している。落下寸前まで生きていた者が地上八階の屋上から飛び降り、頭蓋骨骨折で脳挫傷を起こす。頭部の損傷状態からは即死だとしか思えない。司法解剖するまでもなく直接の死因は明白だ。それなのに何故、光崎は司法解剖に固執《こしつ》するのか。

光崎の言動が確固たる信念に基づくものであるのは承知している。今回の件も光崎なりの考えがあってのことだろう。しかしその意図がさっぱり見えないと、どうしても不安になってしまう。

だがキャシーはそうでもないらしい。やがて諦めた様子で写真から視線を外すと、古手川に底抜けの笑顔を向けた。

「まるで見当もつきません」

「……そこ、もっと残念そうに答える場面だと思いますけど」

「残念だとは思っていません。お蔭でワタシの知識がまだまだ光崎教授のレベルに追い付いていないことが確認できましたから」

「それは、喜ぶようなことなんでしょうか」

「オフコース。ハードルが高ければ高いほど、ジャンプ力は向上するものです」

このポジティヴさは国民性によるものなのか、それともキャシーの個性なのか。多分両方なのだろうと真琴は合点する。

「それより古手川刑事。そろそろ本音を言ったらどうですか」

「えっ」

「光崎教授と長く付き合ってきたあなたなら、あのボスが死体を開くまでは結論らしきものを表明しないことはとっくに知っているはずです。それにも拘《かか》わらずここへやって来たのは、別の目的があるのではないですか」

すると古手川はばつの悪そうな顔で頭を掻く。

あらら、図星だったらしい。

「キャシー先生には敵《かな》わないな」

「ノー。古手川刑事がシンプル過ぎるのです」

　忘れていた。キャシーのポジティヴさは歯に衣着《きぬ》せない物言いとワンセットだった。

「ええっと、実はですね。ぶっちゃけ解剖に関する費用の件で、浦和医大法医学教室の皆さんにお願いがありまして……」

　妙に畏《かしこ》まった態度を眺めていて、不意に学生時代、女友達からおカネを無心されたことを思い出した。古手川の仕草がその時の彼女のそれにそっくりなので、思わず吹き出しそうになる。

「ご存じでしょうが、埼玉県警は既に司法解剖に充《あ》てる予算が底をついてしまい、仮に姫川の解剖を要請したとしても、法医学教室に支払える報酬がないんです」

　Ｏｈ、とキャシーが素《す》っ頓狂《とんきょう》な声を上げた。

「古手川刑事。あなたはまさかワタシたちに奉仕活動をしろと言うのですか」

「いや奉仕活動というのはちょっと語弊があって。事件の捜査に待ったをかけたのが光崎先生の鶴のひと声だったのを考慮してくれると、県警本部としても有難いと……」

　まるで奥歯に物の挟まったような喋り方を続けていた古手川だったが、それが限界だった。

「ああっ、だからこんな交渉事を俺に任せる方が間違ってるんだ」

　そう言うなり恐縮さをかなぐり捨てて、いつもの古手川に戻った。キャシーは人の悪そうな顔をしてにやにや笑っている。

「やっぱり、損な役を押しつけられたのですね」

「ご推察の通りですよ。お前だったら顔馴染《なじ》みになっているから頼みやすいだろうって業務命令で」

「その厚顔無恥《こうがんむち》で無責任なコームインポリシー丸出しの命令を下したのは、例の渡瀬さんなのですか」

「いいえ、もう一つ上の階級からです。渡瀬班長は何も言わずに席を外しちまって」

「ソーリー、古手川刑事。慣れないミッションを命じられて大変だと思いますが、ワタシたち法医学教室の経済状態も似たようなものなのですよ。〈コレクター〉が活躍したために、ワタシたちも通常より解剖件数を増やしてしまいましたから。そして解剖費用は一体につき二十五万円ですから毎回赤字。ワタシ個人としては解剖が増えて喜ばしい限りなのですが、法医学教室としての予算も同様に底をついているのです。従って、埼玉県警の陳情を受諾する訳にはいきません」

「あー、そうでしょうね。ええ、分かっていますとも。キャシー先生から指摘されるまでもなく、県警と法医学教室の二つの赤字体質については散々聞かされていましたから」

古手川は謝罪すればいいのか、それとも開き直ればいいのか困っている風だった。さすがに少し同情してあげたくなる。

「でもどうするんですか、古手川さん。県警でも浦和医大でも、どこからか予算を引っ張ってこないと、姫川さんの遺体もいずれは荼毘《だび》に付さなきゃいけないし」

「二十五万円」

古手川は憤懣《ふんまん》やる方ない口調で言う。

「たったそれしきのカネが捻出《ねんしゅつ》できないなんて情けないったらない。もう面倒臭かったから俺の財布から出そうとしたんだけど、それは班長から止められた。いったん前例を作っちまうと、組織はそれを盾にして個人に責任を負わせるようになりかねないからやめろってね」

「とてもとても、正しいです」

キャシーが控えめに拍手する。

「それが公私混同というものなのです」

「帰ったら班長に伝えておきますよ……しかしお互いの懐事情は光崎先生も先刻ご承知のはずなのに、どうして説明抜きで解剖させろなんて言い出したんだか」

「真実の追求の前に、マネーの問題はナンセンスです」

キャシーは何故か誇らしげだが、真琴の意見は少しだけ違う。

光崎が真実の追求に傾倒しているというのは確かにその通りだろう。しかしだからと言って、あの老獪《ろうかい》な男が金銭的な問題に全く無頓着《むとんちやく》とも思えない。大体我を通しながらも最終的には辻褄を合わせる知恵がなければ、我がままを続けることなど不可能ではないか。

　死者の思いや無念を蔑ろにしたくない、という古手川の気持ちには賛同するしかない。そしてまた経済的な理由で、医師の恩恵を受けられる患者と受けられない患者に分けられることには強い抵抗を覚える。

『……また、どの家に入っていくにせよ、全ては患者の利益になることを考え、どんな意図的不正も害悪も加えません』

今では暗唱できるほどになった〈ヒポクラテスの誓い〉の一節を改めて噛み締める。死者であろうと生者であろうと患者には違いない。そして患者である限りは経済的理由など関係なく、その全てに公平に対処しなければならない。

　声は自然に出た。

「大学側に掛け合ってみます」

　それなら自分もと手を挙げた古手川を伴《ともな》って、真琴は大学の経営企画課のドアを叩いた。応対したのは経理係の床嶋《とこしま》という男だった。

　真琴が事情を説明し、それに古手川が補足をする。つまりは法医学教室と県警が協同して交渉に当たるといった体だが、案の定床嶋は渋い顔に終始した。

「それでは話になりませんよ、栂野先生」

　床嶋はぶんぶんと首を横に振る。

「死因究明というのが高邁《こうまい》な使命というのも、今一つ理解できません。生きている患者さんのために費用を捻出するのも苦しいのに、どうして死んだ人のために大学がカネを使わなきゃならんのですか。そりゃあわたしだって法医学の重要性は理解しているつもりですが、そこには自ずから優先順位というものがあるはずでしょう」

「医療の上で優先順位というのは、症状の軽重でしかありません。生者と死者の間に優先順位なんてありません」

「それが法医学の見識なのかも知れませんが、おカネというのは非常にドライな話です。ひと口に二十五万円と言いましても決して少ない金額ではありません。栂野先生のひと月分の給料もそれくらいではありませんか？　つまり一体の解剖費用で先生お一人分の給与を賄《まかな》えるという意味です。お分かりいただけますよね」

　床嶋の喋り方が粘着質なのと話の内容のせいで、浴びせられる言葉は不快感を伴って身体に纏わりつく。

「栂野先生もご承知でしょうが、我が大学の学生数は年々下降傾向にあります。巷《ちまた》で喧伝《けんでん》される少子化と医科の創設ラッシュのダブルパンチですが、その影響もあって浦和医大の台所事情は非常に深刻な状況です」

「それは重々承知の上で……」

「いいえ。失礼ですが、先生は費用対効果というものを全然念頭に置いていらっしゃらない。もちろん教室の中でそれを意識しろとまでは言いませんが、大学の運営において金銭の問題は決して看過できません。あまりこんなことは言いたくないのですが、ウチの大学は国からの補助がなければとっくに潰《つぶ》れています。栂野先生はそれをご承知の上で、何の見返りもない解剖費用のために他の予算を削れと仰《おつしや》るのですか」

いかに医大の職員とはいえ、経理に携わる者の根底にあるのは費用対効果だ。大学の収益が圧迫されている昨今は尚更そうだろう。真琴たちの要望を迷惑そうに拒絶する床嶋の立場も理解できるだけに、聞いていて辛さが募る。横に並ぶ古手川も大学の運営方針に口を出す訳にもいかないので、黙って頭を垂れているだけだ。

「大体、犯罪捜査の一環ということなら、埼玉県警が費用捻出するのが道理じゃありませんか。それを大学側に肩代わりさせようなどと、恥ずかしいとは思わないのですか」

床嶋の口調は次第に感情的になり始めた。これは組織の台所を預かる者としては、当然の反応なのかも知れない。古手川もそれを意識してか、いつもの威勢はどこへやらもっぱら平身低頭に徹している。

割と大人な対応もするんだ——そう思うと、庇《かば》わずにはいられなかった。

「あの、どうして、こてがわ……県警の刑事さんがここにいるかと言うとですね、そもそもこの件で解剖の必要性に言及したのが、ウチの光崎教授だったからなんです」

光崎の名前を聞くや否や、床嶋は露骨に顔を顰めた。

「それでしたら光崎教授か法医学教室の有志でカンパでもされたらどうですか。ウチは警察と違い、研究費を皆さんのお心遣いで補塡《ほてん》していただくことには何の規制もありませんから」

さすがにその物言いには引っ掛かった。

「いい機会なので言わせてもらいますが、常日頃から法医学教室の暴走には手を焼いていたんです。他科のように入院費・治療費・手術代等の収入が見込めないにも拘わらず、支出だけが年々上がっていく。他科がせっせと掻き集めたおカネを次から次へとドブに放っている。ウチの経営基盤を揺るがしているA級戦犯なのですよ。斯界《しかい》の権威という肩書でいつまでも専横《せんおう》が許されると思っているのなら、大間違いですよ」

「専横は言い過ぎです。光崎先生にそんな意図はありません」

「そんな意図かどんな意図かは知りませんが、光崎教授の振る舞いが大学経営を圧迫しているのは紛れもない事実なのです。経営企画課からは、もう何度も予算請求の見直しをお願いしているのに、一向に聞き届けていただけないばかりか性懲《しょうこ》りもなく前年度上積みの金額を要求してくる。医は仁術《じんじゅつ》とよく言われますが、仙人じゃあるまいし霞《かすみ》だけを食う訳にもいかないでしょう。法医学教室の稼働率が上がっているのに増員できない理由もお分かりですよね。どれだけそちらの仕事が増えても、これ以上の予算を充てられないから人数を増やせないんです。その辺はもうちょっと自覚してくれないと」

あまりに礼を失した言葉に、行儀よさが崩壊しかけた。

その時いきなりドアが開けられ、恐怖の大王が降臨した。

「わしがその程度の算数もできないと思っているのか」

突如現れた光崎を前に、床嶋は表情を硬直させる。

「確かに法医学教室で直接の収入といえば学生からふんだくる授業料くらいだが、無形の見返りというものもある。わしの虚名が誘蛾灯《ゆうがとう》の如《ごと》く入学希望者を取り込んでいる事実を無視されては困る」

「いや、あの、わたしは別に先生の業績について申し上げている訳ではなく」

「霞だけを食う訳にはいかんというのには賛成だ。経営企画課の面々もちっとは栄養のあるものを食したいだろう。それならこの部屋にある無駄に豪華な応接セットを叩き売ったらどうだ。うな重の上、人数分くらいはそれで賄《まかな》えるぞ」

「いえ、あの、これは大学の備品として相応《ふさわ》しいものをですね」

「そんなに立派な調度品を揃えたければお前のポケットマネーから奮発したらどうだ。職員の心遣いで足りない分を補填することには、何の規制もないのだろう」

床嶋が毒気を抜かれたように呆然とする中、光崎は真琴と古手川を睨みつける。

「ふん。揃いも揃ってうつけ者どもめ。場違いという言葉の意味を知っているか。今のお前たちがそうだ」

「いや、光崎先生。真琴先生は県警本部の無理難題を何とか解決しようとして」

「そんなもの、とっくに解決しとる」

二人は同時にえっと短く叫ぶ。

「おい若造、今すぐ死体をここまで搬送しろ。真琴先生は執刀の用意。さっさとしろ、遅い仕事は亀でもするぞ」

真琴と古手川は半ば引き摺られるように部屋から出される。光崎の背中を追いながら、真琴はまず訊くべきことを訊く。

「あの、さっき費用の問題は解決したということでしたけど、費用はどこから捻出されたんですか。まさか教授のポケットマネーですか」

「検察庁だ」

「えっ」

「さいたま地検の刑部《おさかべ》という検察官だ。こいつが司法解剖の必要ありと判断して、浦和医大に解剖要請を寄越した。よって解剖費用は地検持ちになる」

そういうことか、と後ろで古手川が呟く。

「古手川さん、これって」

「刑事訴訟法二二九条だよ。異状死体の検視は普通、司法警察官である検視官の仕事だけどこれはあくまで代行であって、条文では検察官がその任に当たることとされている。つまり検視官よりも決定権が上位だ。それに……」

「まだ何かあるんですか」

「その刑部っていう検察官はウチの班長と昵懇《じっこん》の仲でね。だから真琴先生、これは十中八九班長の書いたシナリオなんだよ」

「でも、よく検察庁を巻き込むなんて芸当ができたもんですね」

「渡瀬班長と刑部検事のやり取りが目に浮かぶよ」

古手川は呆れたように言う。

「きっと脅したんだ。姫川の自殺は不倫どころかもっと最悪の災厄《さいやく》を孕んでいる。それを司法の側から解明したかたちにしないと後になって祟《たた》るとか何とか……」

話を纏めると狡猾な渡瀬の書いたシナリオに、これまた老獪な光崎が呼応したといったところか。

何てひどいコンビだと苦笑しながら、真琴は法医学教室へ急ぐ。

4

解剖室に運び込まれ、青白い光に照らされた姫川雪絵の身体はそろそろ腐敗が進行しつつあった。冷却滅菌保存していても内部に潜む常在菌の侵食を阻《はば》むことは難しい。発見当時は白かった肌も、今では多くの常在菌を内包する下腹部から全身にかけて樹枝状の変色が走っている。これは腐敗網と呼ばれるもので、細菌の増殖しやすい血管内で溶血が生じ、ヘモグロビンや硫化ヘモグロビンが血管壁に浸潤して太い皮静脈が褐色になることで発現する。

頭部は相変わらずだった。噴き出た血液や脳漿を拭き取っていても、頭蓋が大きく割れているために生物の頭部というよりは潰れた果実のような印象を受ける。

愚痴友だちだったという古手川は顔《おも》の下半分をマスクで隠しているために表情を読み取れない。だがその目つきから悲愴な面持ちであることは想像できる。

見知った者が目の前で解剖に付されるのは真琴も経験済みだ。死体にメスが入り、両側に開かれた際に噴出する腐敗臭が死者との思い出を容赦なく蹂躙《じゅうりん》する。かつて言葉を交わした者が静物になった事実を否応なく突きつけられる瞬間だ。

古手川はそれに耐えられるのだろうか。

きっと大丈夫だと思う。ここに立っているのなら、事実と向き合うことに怯《おび》えてはいないはずだ。

キャシーはいそいそと解剖用具一式を揃え、光崎の登場を今か今かと待ち構えている。いささか不謹慎の誹《そし》りは免《まぬか》れないが、真実の追求が念頭にあるのは分かっているので責める気にはなれない。

プレートの上に用具が置かれると、それきり物音は途絶した。

しん、と空気が張り詰める。聞こえるのは三人の息遣いと空調の音だけだ。静かな緊張感が腹の底から広がっていく。

やがてこの部屋の主が姿を現した。

解剖着に身を包んだ光崎は、まるで二十代の若者のように歩く。マスクの上から覗く双《そう》眸《ぼう》は哲人の光を放っている。真琴は毎度感心してしまうのだが、この男にとって解剖着は一種のスイッチなのかも知れない。普段は皮肉屋で底意地の悪い老人が、解剖着を着た途端に峻厳《しゅんげん》な空気を纏った医術者に変貌《へんぼう》する。

「では、始める。死体は二十代女性、頭蓋は後頭部から側頭部にかけて大きく損壊。上半身にいくつか擦過傷《さつかしょう》があるが、これは墜落直後にアスファルトとの擦過によって生じたものと思われる。左腹部に紅斑点あり。死後硬直は既に緩解《かんかい》している。まず目蓋《まぶた》を開く」

第一声で虚を衝《つ》かれた。今まで何体もの解剖に立ち会ったが、最初に目を診《み》ると告げられたのはこれが初めてだった。

どれだけ損壊していても、光崎の死体の扱い方は変わらない。滑《すべ》るように片手で頭を押さえ、目蓋を開く。混濁した角膜は出来の悪いガラス玉のようだ。

わずかな異状だが、真琴の目は釘付けになる。

死体の眼球は少し充血していた。しかし頭部損壊が直接原因で充血することはないはずだ。

光崎はそれを予想していたらしく、納得するように浅く頷いた。

「次に開腹する。メス」

補助に立った真琴からメスを受け取ると、すぐに光崎の手が動いた。

胸部中央からY字切開。いつものように一瞬の澱《よど》みもなくメスを持つ手が精密機械のように速く、正確に動く。

身体を左右に開いた瞬間、例の腐敗ガスが一気に拡散した。だが、古手川は腕組みをしたまま微動だにしない。部屋の隅に突っ立ったまま、光崎たちの動きを見つめている。

「肋骨剪刀《せんとう》」

続いて光崎は露出した肋骨と肋軟骨の間を素早く割いて部分切除していく。

最近は大学院生を前に真琴も肋骨剪刀を握るが、実際に執刀して分かるのは扱いの難しさだ。メスよりも力の入れ方が微妙で、しかも切断場所によって切れ味も違ってくる。

それを光崎は「向きに逆らうな」とひと言だけ告げた。

組織にはそれぞれ走る方向がある。その方向に沿って刃を入れれば力は少なくて済むが、垂直に入れる場合は無駄な力を遣うことになる。また同じ部位でも、厚さの違いでやはり刃の進み具合が異なる。

光崎の手が早い理由の一つがそれだ。無駄な力を必要としない、最短で最小の捌《さば》き方。小さな力で短く切断するので、当然費やす時間も短くなる。それには頭の天辺《てっぺん》から爪先《つまさき》まで、どこの筋肉や組織がどの向きに走っているかを正確に把握しておかなければならない。

それを考えると、ぞっとする。

人間の身体にいったいどれだけの筋肉と組織が存在し、どの方向に沿って組成されているか。無論、そんなことは医学書にも明記されていない。全ては医師個人の経験と実績に拠《よ》るものだ。光崎並みの知見を得るためには、どれだけの遺体を解剖しなければならないのかを想像すると気が遠くなる。

やがて肋骨の数本を切除すると、腐敗臭は最大になる。マスク越しでもわずかに臭いが侵入し、真琴の胃袋を刺激する。さすがに耐性ができてきたので最初の頃のように嘔吐感を催《もよお》すことはないが、部外者には堪らないだろう。

古手川はそれでも両目を見開いて雪絵の体内から視線を逸らさないでいる。大した自制心だと、これは感心するしかない。

肋骨を切除するとあらかたの臓器が露出する。光崎の手は最初から目的地を決めていたかのように、胃腸へと滑り降りていく。

「胃腸粘膜に鬱血」

その言葉通りだった。

光崎の示した粘膜部分は著《いちじる》しく鬱血し、浮腫《ふしゅ》ができている。

何故、と声が出かけたが、光崎は執刀中の質問は許さないとでもいうように手を動かし続ける。

「メス」

次に光崎の手は小腸に伸びた。まだこの部分は変色が進行しておらず、薄いピンク色を維持している。

だが、妙に膨脹していた。他の臓器と比較しても膨満具合が尋常ではない。光崎のメスは明太子《めんたいこ》のようになった小腸を、さくさくと音もなく切り裂いていく。中から現れたのは、とぎ汁状になった便だ。

「小腸内に血性液が認められる」

光崎の指は止まらない。そのまま小腸粘膜の一部を切除し、ステンレス皿に置く。

「キャシー先生。ＩＣＰ－ＭＳ（誘導結合プラズマ質量分析）にかけてくれ。それから毛髪と爪を試料として採取」

ＩＣＰ－ＭＳの名前が出た瞬間、ようやく真琴にも光崎の考えが呑み込めた。確認すべきことを全て終えたのか、光崎はさっさと閉腹作業に取り掛かっている。

そこへ堪りかねた様子の古手川が近づいてきた。

「光崎先生、そのＩＣ何とかって何の略称ですか。俺にも理解できるように説明してください」

光崎はぎろりと睨む。こんな場面でひと悶着《もんちやく》起こされては敵わない。慌てて中に入ろうとすると、光崎が喋り出した。

「ではお前の頭でも理解できるように、色々すっ飛ばして説明してやる。砒素《ひそ》の検出方法の一つだ」

「砒素？」

「その節穴で一部始終を見ていただろう。腹部の紅斑点、結膜炎、胃腸粘膜の鬱血、小腸内の血性液。これらは全て砒素中毒によって引き起こされる症状だ。しかも慢性ではなく、比較的急性なものだ」

光崎は喋りながら閉腹の手を止めない。

「比較的急性という意味は、ここ数カ月に亘《わた》って少しずつ砒素が蓄積しているということだ。分析の結果で詳細は判明するだろうが、慢性であれば皮膚に色素沈着が起こるはずだ。それがこの死体にはない」

砒素は溜まる毒だ。経口摂取すると体内の組織や酵素のＳＨ基と結合して沈着する。その結果、数々の多臓器不全を引き起こす原因となる。

「この警察官とは最近、会ったことがあるそうだな。その際、何か様子の変わったところがなかったか」

「吐き気を催してました。それから下痢気味だって……」

「二つとも砒素中毒の症状だ。それで堕胎せざるを得なかった理由も察しがつく」

「砒素が堕胎と何の関係があるんですか」

「十五週目の堕胎だったな。その期間、ずっと砒素を摂取していれば当然胎児にも影響する。無脳児の発生原因はまだ明確になっていないが、母体の中毒症状がこれだけ進めば奇形になる確率も大きい」

「殺されていたんだ」

古手川は誰に言うともなく呟く。

「自分で飛び降りるずっと前に、殺されていたんだ」

「その言い方は全く正確ではないが、本人が自死しなくてもいずれは中毒症状が悪化していただろうな」

古手川はじっと雪絵の身体が閉腹されるのを見守っていた。

閉腹が終わると、光崎は損壊した頭部を丁寧に修復し始めた。自分でメスを入れた部分だけでなく、解剖さえ済んでしまえば可能な限り生前の姿に戻す。それが光崎の流儀だった。

真琴たちは光崎の作業が全て終了するまで、ひと言も発しなかった。

それから二日後、渡瀬と古手川、そして真琴が待つ刑事部屋にその検視官がやってきた。

「姫川巡査部長の事件、解決したんですって？」

これに渡瀬がいつもの仏頂面で応じる。

「ええ。ついさっき科捜研から分析結果が出たもので」

「それはよかった。しかし、どうしてわたしが呼ばれたんですか」

「どんな解決なのか、興味はありませんかな」

「いや、そりゃあ興味はありますよ。しかし解決といっても彼女は飛び降り自殺だったのでしょう。それをどうして今更……」

そこで渡瀬が光崎の手による司法解剖報告書を開陳した。その後のＩＣＰ－ＭＳの分析結果は、紛れもなく姫川雪絵が砒素中毒に罹《かか》っていたことを証明していた。

「砒素というのは全くもって便利な毒物ですな。特に毒性の強い無機砒素は無味無臭。猛毒であるにも拘わらず、シロアリ駆除薬や殺鼠剤《さっそ》に使われているから入手も容易だ。姫川巡査部長は秘密の逢瀬の度、少しずつ毒を盛られたんでしょうな。喫茶店で彼女が中座した隙に飲み物へ砒素を混入。少量で無味無臭だからまずばれない。それを繰り返していくうちに、砒素はどんどん彼女の体内に蓄積し、器官や臓器を蝕《むしば》んでいく」

「ひどい話です。しかし彼女は自殺したんですよ」

「彼女は相手の子供を身籠っていました。しかし体内に蓄積した害毒が子宮内まで侵蝕《しんしょく》し、十五週目で胎児は奇形児であることが判明する。彼女にしてみれば死の宣告にも等しかったんでしょう。堕胎手術を終えて寮まで帰り着くと遺書を認め、翌朝になって屋上から飛び降りた。直接の死因は墜落による頭蓋骨骨折。だが、それ以前に殺人未遂が成立しています」

「何とも遣る瀬《やせ》ない話だ」

「我々は何とかその男の素性を突き止めようとしましたが、これがどうにも上手くいかない。彼女の住まいは独身寮ですから男を引っ張り込むような真似はまず無理。よほど警戒していたのか、職務中以外の彼女が男と連れ立っているのを目撃した者もおりません。中絶手術をする場合には同意書に相手の男性の署名が必要なので、これで手掛かりが得られるかと思ったんだが、エコー検査で奇形児と判明した上の緊急手術だったので、そのサインすら存在しなかった」

検視官は短く嘆息する。

「姫川巡査部長が必死になって、相手の男性を隠していたんですな」

「そうするように命じられていたのでしょうな。だが、どれだけ注意していたとしても男と女の逢い引きだ。まさか指一本触れずにいることもできない。それで鑑識に苦労をさせました」

「苦労とは？」

「彼女の私服全てを調べたのですよ。するとようやく見つかりました。外出用のレザー・ジャケットから彼女以外の指紋が検出されたんですよ。肩を抱く時にでも、ついうっかり触れたんでしょう。我々は当初から、相手は職場の人間だと踏んでいた。そして検視官。あんたも知っての通り、警察官は全員指紋を登録されている。だから一発でヒットした。彼女のレザー・ジャケットに残っていた指紋はあなたのものだったんですよ、鷲見検視官」

その瞬間、鷲見は顔色を変えた。

「鷲見検視官。今、あんたは必死に考えているんだろう？　交通課勤務の姫川巡査部長と検視官である自分が職場外で接点を持つとしたらどんなシチュエーションが有り得るのかを。それなら心配しなくていい。言い訳する必要がないように、外堀は埋めておいた。彼女の堕《お》ろした胎児があんたとの子供だったことはもう証明済みなんだ」

「とっくに堕ろしたんでしょう」

「件《くだん》の産婦人科に捜査員が駆けつけたのは中絶手術の翌日だったんだが、まだ胎児を処分する寸前で助かった。そこで早速サンプルを採取させてもらったという訳だ。後であんたからもサンプルを頂く。ＤＮＡ鑑定にかければ、めでたく父子のご対面という訳だ」

「拒否する」

「それでも構わない。言い忘れたが、あんたの家を捜索する令状はもう取ってある。書斎に入れば抜け落ちた毛髪やら宝の山だろうな」

「わ、わたしが彼女に砒素を盛っていたとしても、彼女は自ら飛び降りて死んだんだ」

「それがあんたの誤算といえば誤算だが、まあ嬉しい誤算だったろうな。彼女が自殺してくれたお蔭で殺人が殺人未遂に格下げだ。どうだ、嬉しいか」

　そして渡瀬は凶暴極まりない顔を、ぐいぐいと鷲見に近づけていく。

「だが、それで済むと思うかね。家宅捜索に入った時点で、あんたのパソコンももちろん押収する。鑑識と警察庁のサイバー犯罪対策課が手ぐすね引いて待っているんだ。あんたが連日のように県警のホームページにアクセスした証拠を欲しがってな。二代目の〈コレクター〉はあんただ」

　渡瀬はごつい人差し指の先で鷲見の胸元を叩く。鷲見は串刺《くしざ》しにされたようにぴくりとも動けない。

「『全ての死に解剖が行われないのは、わたしにとって好都合である』、だったか。あの一文があんたの目論見《もくろみ》をそのまま言い当てている。不倫関係が円満に続くはずもない。腹に子供を身籠った彼女は、あんたに不都合なことを要求したんじゃないのかね。そこであんたは姫川巡査部長に少しずつ砒素を盛り、やがては中毒死させようと計画した。しかし折角彼女を毒殺できたとしても、司法解剖されれば企みが明らかにされる可能性が大だ。そこであんたは二月と三月に発生した〈コレクター〉の書き込みに注目した。もし県警の管内に発生する異状死全件に司法解剖を行えばどうなるのか。最終的に予算も人員も底をつき、県警と各大学の法医学教室が機能不全になるのは間違いない。そこであんたは〈コレクター〉に便乗して次々に怪情報を書き込んでいった。異状死についての詳細な情報も、検視官のあんただったら容易に取得できる」

それまで話を聞いていた真琴は、途中から奇妙な感覚に襲われる。まるで渡瀬には犯人の見当がついていたかのようだ。

鷲見も同じことを考えたのだろうか、渡瀬を怯えた目で見始めた。

「まさか。わたしを疑っていたのか」

「二人目の〈コレクター〉が書き込みした案件には当然あんたが検視を担当したものも含まれていたし、解剖の稼働率を知りたいとかの理由であんたは何度も浦和医大を訪れている。その辺りから妙な動きをするもんだと思っていたのさ。おそらくあんたが一番恐れていたのは光崎先生がメスを握ることだった。要は県内の司法解剖のシステムがダウンしていく実態を把握しながら、彼女に砒素を盛り続けるためだったんだろう。そしていよいよこれ以上の解剖は不可能という段階で、彼女に最後の一服を盛ろうとした矢先、彼女が自死を選んじまった。あんたにしてみれば想定外の出来事だったんだろうが、こちらは姫川巡査部長があんな最期を迎えて、やっと最終目的に気づいたって次第だ。遅きに失したよ」

渡瀬は鷲見の胸に当てた指を、そのまま突き刺すようにめり込ませる。

「ただの偽計業務妨害じゃない。殺人未遂とセットでの罪状だから、さぞかし裁判官たちの心証も悪くなるだろうよ。いずれにしても警察は解雇。愛人に毒を盛ったのは事実だから、社会的な制裁も待ち構えている。まあ、愉《たの》しみにしているんだな。ともかく、こちらにお出でいただいて色々と手間が省けた。これだけは礼を言わにゃあな。おい、連れてけ」

渡瀬の指示で、待機していた捜査員が鷲見の両腕を捕まえて引っ張っていく。しかし当の鷲見は抗《あらが》う気力をとうになくしている様子だった。

「よし、古手川。あの中学生の小僧、もう解放してやれ。いい仕置きにはなったろう」

「……それはいいんですけどね」

「どうした。何か不満のありそうな顔だな」

古手川を見ると、確かにつまらなそうな表情をしている。

「結局、最後は班長が全部持っていっちまうんですね」

「お前にはまだ人を見る目が足りない」

「どうしたら、そんなものが養《やしな》えるんですかね」

「取りあえず身を固めたらどうだ。一緒に暮らす人間がいると、嫌でも観察力が養われるぞ」

次の瞬間、思いがけず真琴は古手川と目を合わせた。

（この作品『ヒポクラテスの憂鬱』は、平成二十八年九月、小社から四六判で刊行されたものです。

また本書を刊行するにあたって、東京医科歯科大学法医学分野　上村公一教授に監修していただきました。

本書はフィクションであり、登場する人物、および団体名は、実在するものといっさい関係ありません。）

一〇〇字書評

切り取り線

購買動機（新聞、雑誌名を記入するか、あるいは○をつけてください）	
□（　　　　　　　　　　）の広告を見て	
□（　　　　　　　　　　）の書評を見て	
□ 知人のすすめで	□ タイトルに惹かれて
□ カバーが良かったから	□ 内容が面白そうだから
□ 好きな作家だから	□ 好きな分野の本だから

・最近、最も感銘を受けた作品名をお書き下さい

・あなたのお好きな作家名をお書き下さい

・その他、ご要望がありましたらお書き下さい

住所	〒				
氏名		職業		年齢	
Eメール	※携帯には配信できません	新刊情報等のメール配信を 希望する・しない			

この本の感想を、編集部までお寄せいただけたらありがたく存じます。今後の企画の参考にさせていただきます。Eメールでも結構です。

いただいた「一〇〇字書評」は、新聞・雑誌等に紹介させていただくことがあります。その場合はお礼として特製図書カードを差し上げます。

前ページの原稿用紙に書評をお書きの上、切り取り、左記までお送り下さい。宛先の住所は不要です。

なお、ご記入いただいたお名前、ご住所等は、書評紹介の事前了解、謝礼のお届けのためだけに利用し、そのほかの目的のために利用することはありません。

〒一〇一－八七〇一
祥伝社文庫編集長　清水寿明
電話　〇三（三二六五）二〇八〇

祥伝社ホームページの「ブックレビュー」からも、書き込めます。
www.shodensha.co.jp/bookreview

祥伝社文庫

ヒポクラテスの憂鬱《ゆううつ》

令和 元 年 6 月 20 日　初版第 1 刷発行
令和 4 年 6 月 1 日　第 9 刷発行

著　者　中山七里《なかやましちり》
発行者　辻　浩明
発行所　祥伝社《しょうでんしゃ》
東京都千代田区神田神保町 3-3
〒 101-8701
電話　03（3265）2081（販売部）
電話　03（3265）2080（編集部）
電話　03（3265）3622（業務部）
www.shodensha.co.jp

印刷所　堀内印刷
製本所　ナショナル製本
カバーフォーマットデザイン　芥 陽子

 ISBN978-4-396-34531-0 C0193